JOBST SCHLENNSTEDT

STURM ÜBER DER OSTSEE

Küsten Krimi

emons:

Bibliografische Information der Deutschen Nationalbibliothek
Die Deutsche Nationalbibliothek verzeichnet diese Publikation in der Deutschen Nationalbibliografie; detaillierte bibliografische Daten sind im Internet über http://dnb.d-nb.de abrufbar.

MIX
Papier | Fördert gute Waldnutzung
FSC® C083411
FSC
www.fsc.org

Umschlagmotiv: shutterstock.com/Reiseschatzi
Umschlaggestaltung: Nina Schäfer, nach einem Konzept von Leonardo Magrelli und Nina Schäfer
Umsetzung: Tobias Doetsch
Gestaltung Innenteil: DÜDE Satz und Grafik, Odenthal
Lektorat: Hilla Czinczoll
Druck und Bindung: CPI – Clausen & Bosse, Leck
Printed in Germany 2023
ISBN 978-3-7408-1950-7
Küsten Krimi
Originalausgabe

Die Welt mag untergehen,
wenn ich mich nur rächen kann.

Cyrano de Bergerac

Dunkle Wolken

Ein Jahr zuvor

Der Blick aus dem Fenster über die Wiese mit Gänseblümchen und blühendem Klee bis zum weißen Sandstrand und dem Meer, das in der Sonne glitzerte und so blau strahlte, wie er sich die Südsee oder zumindest das Mittelmeer vorstellte, hatte ihn jedes Mal beruhigt. Bei aller Traurigkeit, die das Eingesperrtsein in diesen Gemäuern auslöste, waren diese Momente zwar nur ein schwacher Trost gewesen, aber sie hatten ihm geholfen und die täglichen Torturen ein wenig erträglicher gemacht. Wenigstens etwas Positives zu empfinden, das ihm ermöglichte, einen weiteren Tag zu überstehen. Am Leben zu bleiben und nicht zu kapitulieren vor den Menschen, deren einziges Ziel es offenbar war, ihn zu brechen.

Warum?

Das war die Frage, die ihn damals gequält hatte. In jenen Augenblicken, wenn er durch das Fenster blickte und den weißen Segelbooten nachsah. Diese Freiheit. Einfach davonzufahren. Dahin, wo ihn niemand kannte. Wo diese bösen Menschen ihn niemals finden würden.

Nachts hatte sie ihn besonders gequält. Wenn er im einfallenden Mondschein an die Unterseite des Etagenbetts starrte und die Kerben im Metallgestell zählte, die er seit seinem Einzug hineingeritzt hatte. Als wüsste er nicht sowieso, wie lange er schon dort war.

Am meisten hatte ihm allerdings die Erkenntnis zu schaffen gemacht, dass es niemanden gab, der ihm zur Seite sprang. Niemanden, der ihm half, und sei es nur durch tröstende Worte. Alle hatten weggesehen, selbst die wenigen Freunde, die er hier gefunden hatte. Wahrscheinlich aus Angst, sie würden die nächsten Opfer werden. Also wurde über das, was tagtäglich geschah, der Mantel des Schweigens gehüllt. Lediglich die bisweilen mitleidigen Blicke der anderen hatten erahnen lassen, dass sie doch mit ihm fühlten.

Alles an diesem Ort war grauenhaft gewesen. Was vorher eine Qual gewesen war – hier war es zur Tortur geworden. Die Hölle auf Erden. Einsamkeit, Erniedrigung und das Gefühl, verstoßen worden zu sein, hatten dazu geführt, dass bei den meisten Opfern jede Menschlichkeit verschwunden war. Doch über allem stand das, was niemand erfahren durfte. Das, was sich abspielte, wenn sie unbeobachtet gewesen waren. Wenn sie ihm die Augen verbunden oder einen Sack über den Kopf gestülpt und mit ihm getan hatten, was sie wollten. Stück für Stück saugten sie unter größter Pein dann das letzte bisschen Leben aus seinem Körper.

Niemand von ihnen hatte verkraften können, was ihnen widerfahren war. Die meisten waren mit der Zeit nur noch zu kalten Wesen geworden, manche hatten auch aggressiv reagiert und sich zur Wehr gesetzt. Oder untereinander Wut und Frust abgelassen. Und dann gab es noch diejenigen, die irgendwann keinen anderen Weg gesehen hatten, als sich aus dem Fenster zu stürzen.

Und er selbst?

Er hatte gehofft, jemanden zu finden, der ihm wirklich half. Jemanden, der sich mit ihm verbündete und mit dem zusammen er stärker war als allein. Mit dem er sich zur Wehr setzen konnte. Denn er brauchte, um zu überleben, jemanden, dem es genauso ergangen war wie ihm selbst.

Und tatsächlich hatte es diese eine Person gegeben, die ihm seit der ersten Begegnung das Gefühl gegeben hatte, sie stünde ihm näher als jeder andere hier. Obwohl es Wochen gedauert hatte, bis sie zum ersten Mal ein paar Worte miteinander gewechselt hatten. Jemand, der noch verschlossener als er selbst, dessen Schicksal womöglich noch schlimmer als seines gewesen war.

Bis zu dieser Begegnung war alles um ihn herum fremd und unwirklich gewesen. Eine triste Welt ohne Anker, ohne irgendjemanden, zu dem er eine Verbindung aufbauen konnte. Oder wollte. Niemand, der ein Interesse an ihm gezeigt hatte. Er war von allen verstoßen worden, wie eine lästige Katze, die nicht stubenrein war und sich deshalb ein neues Zuhause suchen musste. Er war das Geschenk eines ungebetenen Gastes gewesen, das man loswerden wollte, ohne dass jemand davon erfuhr.

Er musste kurz schmunzeln. Immer wieder führte er sich Bilder vor Augen, um seine Situation ein wenig erträglicher zu gestalten. Als könnte er sein Schicksal mit schwarzem Humor annehmen, um nicht daran kaputtzugehen. Dabei war doch längst alles zu spät.

Wieder musste er an damals denken. Für eine kurze Zeit hatte sich sein Leben angefühlt, als würde es eine Wendung zum Guten nehmen. Der Junge war ganz anders als er selbst gewesen, aber wenn sie zusammen waren, empfand er dennoch fast so etwas wie Seelenverwandtschaft. Sie hatten sich gegenseitig Halt gegeben und waren füreinander da gewesen, wenn die Dunkelheit wieder über sie hereingebrochen war.

Irgendwann war er dann plötzlich verschwunden. Von einem auf den anderen Tag, einfach weg. Lange Zeit hatte er geglaubt, auch sein Freund und Leidensgenosse hätte es nicht länger ausgehalten und sich das Leben genommen. Was sie mit Sicherheit verschwiegen hätten, so wie immer.

Er war am Boden zerstört gewesen. Der kleine Funken Hoffnung war wie eine Seifenblase zerplatzt. Nach wenigen Stunden war es ihm vorgekommen, als hätte es ihn gar nicht gegeben. Nur ein Geist, der für einige Wochen aufgetaucht war, um ihm etwas Kraft zu schenken, aber nicht bleiben konnte. Es hatte Momente gegeben, da war er sich sicher, er hätte sich das mit diesem Jungen alles bloß eingebildet. Dass er Stimmen gehört hätte, weil der Wahn schon damals Besitz von ihm ergriffen hatte.

Wieder ganz allein zu sein, hatte sich nach ein paar Tagen fast normal angefühlt. Ein Déjà-vu-Moment, der sich durch sein Leben zog wie ein roter Faden, die einzige Konstante.

Noch weitere drei Jahre war der tägliche Horror einfach weitergegangen. Er hatte es ertragen, ohne etwas dabei zu fühlen. Aber irgendwann hatten sie ihn in Ruhe gelassen. Vielleicht, weil er zu alt gewesen war. Weil sie Angst davor hatten, dass er sich zur Wehr setzen würde. Dass das alles aufflog. Als er schließlich in die Freiheit entlassen wurde, hatten die Probleme allerdings erst so richtig begonnen.

Er atmete tief durch. Die Rückblicke wühlten ihn auf. Vor allem, weil in den letzten Jahren so viel passiert war. Er hatte durch Begegnungen und Recherchen so viele schmerzliche Wahrheiten erlebt und herausgefunden, die er entweder längst verdrängt oder niemals in Erfahrung zu bringen geglaubt hatte. Er hatte Antworten gefunden, von denen er sich manchmal wünschte, sie niemals bekommen zu haben. Und unfassbare Parallelen zu dem, was ihm widerfahren war.

Es hatte etwas in ihm in Gang gesetzt. Gefühle, die ihm bislang fremd gewesen waren. Die dafür sorgten, dass er sich vor sich selbst erschreckte, wenn er daran dachte, wozu er fähig wäre, und auf der anderen Seite Zufriedenheit und der Gedanke, das einzig Richtige zu tun. Letzteres überwog. Er musste es tun. Sein Leben geraderücken. Rache nehmen an den Menschen, die dafür verantwortlich waren, dass er seit Jahren auf der Kippe stand, immer kurz davor, auch aus dem Fenster zu springen. So wie es die anderen damals schon getan hatten. Er war am Ende seiner Kräfte.

In den letzten Monaten hatte er einen groben Plan geschmiedet und festgelegt, wer auf seiner Liste stand. Er kannte nun die Reihenfolge und hatte entschieden, wie er vorgehen wollte. Für jeden Einzelnen würde es schmerzhaft werden, nicht nur körperlich. Er wollte sie die gleichen seelischen Qualen spüren lassen, die er erlebt hatte. Wenigstens ein wenig

Genugtuung fühlen, auch wenn ihm klar war, dass sie niemals so leiden würden wie er. Denn sie würden mit dem Schmerz nicht weiterleben müssen, wie er es getan hatte, sondern selbst sterben.

Als Nächstes würde er sich um die Details kümmern. Er musste die Abläufe kennen, die Schwachstellen und schließlich einen minutiösen Zeitplan erstellen. Nichts sollte dem Zufall überlassen bleiben, denn nichts durfte schiefgehen, zumindest solange er nicht hinter jedem Namen auf seiner Liste ein Kreuz gemacht hatte.

Wenn alles nach Plan verliefe, würde er innerhalb weniger Tage sein Ziel erreicht haben. Wobei er wusste, dass es von Mal zu Mal komplizierter werden würde. Das Ende von allem hatte er bislang gedanklich noch weit von sich ferngehalten. Er konnte nicht einschätzen, wie schwer es emotional für ihn werden würde. Eigentlich hatte er diese Art von Gefühlen unter Kontrolle, besser gesagt, sie spielten in seinem Leben keine Rolle mehr. Aber wenn es am Ende so weit war und er *ihr* gegenüberstand, würde womöglich alles über und unter ihm zusammenbrechen.

Was danach käme, wusste er nicht. Wenn die Polizei nicht dahinterkam, dass er es war, den sie suchten, bestand die Option, die Zelte hier abzubrechen und sein Leben irgendwo auf der Welt noch einmal ganz von vorne zu beginnen. Obwohl ihm die Phantasie fehlte, wie er all das, was er erlebt hatte, jemals von seiner Festplatte löschen sollte, selbst wenn die Rache seine Seele vielleicht befreit hatte.

Immer wenn er an diesem Punkt seiner Überlegungen anlangte, zogen die dunklen Wolken wieder auf. Dann redete er sich ein, dass es besser gewesen wäre, schon damals zu sterben. Mit Blick auf die blühende Wiese, den weißen Sandstrand und das Meer, das in der Sonne glitzerte und so blau strahlte, einfach aus dem Fenster zu springen.

Ja, es wäre besser gewesen, wenn er sich damals für diesen Weg entschieden hätte. Das hatte er immer gewusst. Und dennoch war er noch hier im Diesseits. Er atmete. Und er hatte einen Plan. Zum ersten Mal in seinem Leben. Einen Plan, den er umsetzen würde. Egal, was oder wer sich ihm in den Weg stellen würde.

Blackout

Alexander Clasen stapfte breitbeinig und mit der Taschenlampe zwischen den Zähnen durch seinen Garten und stemmte sich gegen die Böen, die im Sekundentakt um das Haus peitschten. Er hatte die Abdeckung seines Gasgrills und die metallene Gießkanne, die von der Terrasse weggeweht worden waren, im kleinen Schuppen am Ende der Rasenfläche in Sicherheit gebracht. Aus den Augenwinkeln sah er, dass ein paar Blumentöpfe umgefallen und kaputtgegangen waren. Aber er würde es Maren erst morgen früh sagen, sie würde sich nur aufregen und ihm Vorwürfe machen, dass er die Töpfe nicht rechtzeitig gesichert hatte.

Der Sturm, der sich draußen über der Ostsee gerade so richtig zusammenbraute, würde kein normaler Novembersturm werden, sondern schwerer als alles, was Norddeutschland in den letzten zwanzig Jahren erlebt hatte, sagten die Meteorologen in Radio und Fernsehen. Aber das behaupteten sie oft, wusste Clasen. Meistens blieb es zum Glück bei solchen Ankündigungen und nicht viel mehr als einem *büschen* Wind, wie die Leute an der Küste sagten.

Heute war er sich allerdings unsicher, ob sie nicht doch richtig lagen und es schlimm werden würde. Die Böen fegten bereits mit einer solchen Wucht durch Grömitz, dass er für die bevorstehende Nacht ein mulmiges Gefühl hatte. Dazu kam ein fast waagerechter Regen, der in Wellen gegen das Haus peitschte. Es hätte ihn nicht einmal gewundert, wenn es kein Regen, sondern das aufgewirbelte Wasser der Ostsee gewesen wäre, auch wenn das Meer ein paar hundert Meter entfernt war.

Er mochte keine Unwetter. Nicht dass er Angst um sich hatte, aber immer wenn es stürmte oder ein Gewitter über sie hinwegzog, sorgte er sich um die Villa. Dass ihnen womöglich das Dach davonflog oder eine der alten großen Eichen umknickte und das Haus traf.

Alexander ging die Außentreppe zum Keller hinunter und hielt kurz inne. Er war sich sicher, dass er die Tür vorhin hinter sich zugezogen hatte, aber durch den Wind war sie offenbar ein Stück aufgeschlagen. Fröstelnd schob er den Gedanken beiseite und atmete tief durch, als er die Tür schließlich hinter sich schloss. Dann fuhr er sich durch die vom Wind zerzausten Haare und schwor sich, erst dann wieder einen Schritt aus dem Haus zu tun, wenn der Sturm vorbei wäre.

Maren saß im Wohnzimmer und blätterte in einem der Kataloge, die sie von der Messe in München vergangene Woche mitgebracht hatten. Sie war auf der Suche nach Interieurideen für ihr zuletzt erworbenes Objekt, eine Villa direkt an der Kurpromenade in Timmendorfer Strand. Etwas besonders Exklusives, das sie nach erfolgreicher Sanierung zu einem Preis verkaufen würden, der deutlich über dem lag, zu dem sie die Immobilie erworben hatten. Sie kalkulierten in der Regel mit einem Aufschlag von über achtzig Prozent, abzüglich der Investitionen musste immer ein Gewinn von fünfzig Prozent unter dem Strich stehen. Das war ihre eiserne Regel, die bislang bis auf zwei Ausnahmen in der Anfangszeit immer funktioniert hatte.

Das Knarzen der Dachbalken, die dem Sturm trotzten, drang durch das ganze Haus. Das Geräusch war wohlvertraut, doch heute klang es viel bedrohlicher als sonst. In immer schnellerer Abfolge krachten die Böen jetzt gegen das über hundert Jahre alte Gebäude.

»Die nächsten Stunden werden ziemlich ungemütlich«, sagte er beiläufig, als er an Maren vorbei in die offene Küche ging, um sich ein Glas Bordeaux aus der Flasche einzuschenken, die auf der marmornen Arbeitsfläche stand.

»Dann lass uns doch versuchen, sie gemütlich zu machen«, sagte sie, ohne ihren Blick vom Katalog zu heben.

»An was denkst du?«, fragte er überrascht. Wollte sie ihn etwa verführen?

»Du schnappst dir die Flasche und noch ein weiteres Glas und kommst zu mir auf die Couch. Und dann richten wir das neue Haus gemeinsam ein.«

»Dein Arbeitseifer in allen Ehren, aber ich habe heute Abend keine Lust mehr, mir einen Kopf über Böden oder Badezimmerarmaturen zu machen«, entgegnete er enttäuscht. »Die letzten Tage waren anstrengend, und du weißt genau, was morgen auf mich wartet. Das Gespräch mit Sander entscheidet darüber, ob wir so weitermachen wie bislang oder ob wir uns neue Partner suchen müssen.«

»Und du weißt, was ich von Sander halte«, sagte Maren nun bestimmt. »Ich hätte kein Problem damit, wenn du ihm morgen einfach kompromisslos die Pistole auf die Brust setzt. Wenn er sich dann trotzdem weigern sollte, schießt du ihn eiskalt ab.«

»Ich liebe deine direkte Sprache, aber ganz so unkompliziert ist die Sache nun leider nicht. Ich muss dir nicht erzählen, was an der Zusammenarbeit mit ihm alles dranhängt. Mir wäre es lieber, wir einigen uns.«

»Aber nur zu unseren Bedingungen.«

Alexander zuckte mit den Schultern. Er hatte sich eigentlich mit dem Rotweinglas in seinen Design-Loungesessel setzen wollen, doch stattdessen ging er jetzt durch den Raum zurück ins offene Treppenhaus. Vielleicht würde er oben ein Bad nehmen. Der kurze Gang in den Garten hatte ihn ausgekühlt. Obwohl es zehn Grad waren und der Winter noch keine Anstalten machte, an der Küste Einzug zu halten, hatte der kalte Wind ihn frieren lassen. Aber die Wahrheit war wohl vielmehr, dass er überhaupt keine Lust hatte, die neue Immobilie durchzuplanen, wenn schon in Kürze vielleicht alles am seidenen Faden hing.

Wieder knarzten die Dachbalken. Er spürte regelrecht, wie der Sturm das Haus bearbeitete. Mal mit einer kurzen Salve von schnellen Schlägen, dann wiederum mit einem weit ausgeholten Kinnhaken, der alles erbeben ließ.

Alexander nippte an seinem Glas, während er die letzten Treppenstufen hoch ins Dachgeschoss nahm und ins Badezimmer ging, um Wasser in den Whirlpool einzulassen. Er setzte sich auf den Rand, verlor sich in Gedanken und ließ sich vom Rotwein und dem Rauschen des laufenden Badewassers beruhigen. Das war auch nötig, denn die Sache mit Sander setzte ihm zu. Er wusste nicht, wie er die Lage einschätzen sollte, und wenn er eines nicht leiden konnte, war das Unsicherheit. Er brauchte das Gefühl, das Heft des Handelns in den eigenen Händen zu halten.

Maren hatte recht, Sander stellte zunehmend eine Gefahr für sie dar. Er war unberechenbar geworden, es schien fast so, als hegte er Ambitionen, selbst ins Immobiliengeschäft einzusteigen. Dabei konnte er doch froh sein, überhaupt einer der bekanntesten und größten Bauunternehmer in der Lübecker Bucht geworden zu sein. Ohne ihn wäre Sanders Firma wahrscheinlich noch immer eine Dreimannbude, die auf den großen Auftrag wartete. Er hatte Sander doch erst zu dem gemacht, was er heute war, weil er ihn regelmäßig mit Sanierungsarbeiten und Neubauprojekten versorgt hatte. Und jetzt versuchte dieser Mann allen Ernstes, seine Macht und die erreichte Monopolstellung gegen ihn auszuspielen?

Sie waren in den letzten Wochen bereits ein paarmal aneinandergeraten, aber was morgen bevorstand, besaß definitiv das Potenzial für eine Kriegserklärung.

Alexander fuhr zusammen. Wieder eine heftige Böe, die das Dach der Villa so stark erschütterte, dass ihr bestimmt nicht alle Ziegel standgehalten hatten. Im nächsten Moment flackerte das Licht, dann verschwand die Spannung vollständig, und von einem Moment auf den anderen war alles um ihn herum stockdunkel.

Er drehte das Wasser aus und stürzte aus dem Badezimmer. Im Treppenhaus blieb er stehen. Über ihm der Sturm, der mit aller Wucht an seinem Haus rüttelte. Wie auf einem durch die Wellen stampfenden Schiff kam er sich vor, während er sich am Treppengeländer festhielt und nach unten lief.

»Maren? Alles in Ordnung bei dir?«

Keine Antwort.

»Ich befürchte, wir haben einen Stromausfall«, versuchte Alexander sich auch selbst gut zuzureden, spürte aber das Unbehagen, das sich in seinem Körper breitmachte. Vielleicht hatte es das Haus wirklich schwer getroffen.

Er griff nach seinem Handy in der Hosentasche und schaltete die Taschenlampe ein. Vorsichtig versuchte er sich von der Treppe aus zu orientieren.

»In der Schublade der Vitrine liegen Feuerzeuge. Zünd ein paar Teelichter an!«, sagte er laut genug, dass Maren ihn hören musste. »Auf der Fensterbank stehen die beiden kabellosen Lampen, die kannst du einschalten. Ich komme jetzt runter.«

Alexander wartete auf eine Antwort, aber nachdem seine Stimme verklungen war, herrschte wieder nur Stille. Bis sie durch ein helles Geräusch unterbrochen wurde, das wie ein auf Fliesenboden zerspringendes Glas klang.

»Pass auf, dass du dich nicht an den Scherben verletzt«, rief er noch etwas lauter und rannte die Treppenstufen jetzt förmlich hinunter.

Das Unbehagen war längst einer aufkommenden Angst um Maren gewichen. Weshalb reagierte sie nicht? War sie in der Dunkelheit gestolpert und vielleicht nicht bei Bewusstsein, weil sie sich den Kopf angeschlagen hatte?

Nur langsam setzte er nun einen Fuß vor den anderen, bis er wieder den Flur erreicht hatte, der in das große Wohnzimmer mit den hohen Decken, der chilligen Sitzecke aus teuren Sofamöbeln und dem Essbereich mit der langen Tafel führte.

Hier war es stockdunkel. Von draußen drang durch die großen Fenster kein bisschen Licht, offenbar waren auch die Straßenlaternen ausgefallen. Alexander leuchtete in Richtung Fenster in der Erwartung, dass ihn das Taschenlampenlicht auf den Scheiben blenden würde, erkannte aber dann, dass die großen Stoffvorhänge zugezogen waren. Das waren sie noch nie, solange er zurückdenken konnte. Was zum Teufel …?

Wo steckte Maren? Er leuchtete mit der Taschenlampe durch das große Zimmer. Keine Spur von ihr.

Der Lichtkegel zitterte jetzt auf dem Boden. Er spürte, wie er förmlich verharrte, fast in Schockstarre verfiel, nur seine Hand, in der er das Telefon hielt, bewegte sich komplett unkontrolliert.

Auf einmal glaubte er, ein leises Geräusch zu hören. Ein unterdrückter Laut, als versuchte jemand, gegen etwas anzusprechen. Oder vielmehr zu schreien. Kam es aus der Küche?

»Maren?« Seine Stimme klang brüchig, die Angst verhinderte, dass er ihren Namen laut und deutlich rufen konnte.

Er kämpfte gegen die Zuckungen in seinem Arm und richtete die Taschenlampe des Handys langsam in Richtung Küche. Doch der Schein war nicht hell genug, um den ganzen Raum auszuleuchten. Er fiel vorbei an der Kochinsel und dem frei stehenden Retrokühlschrank. Auf dem Fliesenboden erkannte er die Scherben eines zersplitterten Glases. Aber das interessierte ihn in diesem Augenblick nicht, denn jetzt entdeckte er sie. Dort hinten in der Ecke saß sie. Nur schwach im Taschenlampenlicht zu erkennen.

Maren.

Ihm zugewandt auf einem der beiden Barhocker an dem kleinen Bistrotisch, den sie nur selten benutzten. Weshalb antwortete sie denn nicht? Und warum hatte sie die Vorhänge zugezogen?

Obwohl er nicht weitergehen wollte, weil ihm sein Bauchgefühl sagte, dass hier etwas Furchtbares vor sich ging, setzte er einen Fuß vor den anderen. Wie ferngesteuert, als könnte er sich gar nicht dagegen wehren. So wie bei einem Verkehrsunfall, von dem man den Blick nicht abwenden konnte.

Als er nur noch wenige Körperlängen von ihr entfernt war, hielt er plötzlich inne. Maren rührte sich noch immer nicht. Sie saß bewegungslos auf dem hohen Stuhl und blickte offenbar in die Ecke der Küche, in der die große Vitrine und das Weinregal standen.

Und jetzt erkannte er auch den Grund dafür. Die Panik raubte ihm augenblicklich den Atem. Denn direkt hinter Maren stand eine dunkel gekleidete Person mit einer schwarzen Maske über dem Gesicht. In der Hand hielt sie eine Art Schnur. Und die führte zu ihrem Kopf. Genauer gesagt zu einer durchsichtigen Folie oder Tüte, hinter der Maren mit weit aufgerissenen Augen nach Luft schnappte.

»Hinsetzen!« Eine männliche, tiefe Stimme drang plötzlich durch den Raum. Alexander stutzte und verharrte.

»Hinsetzen, habe ich gesagt«, wiederholte der Mann. »Auf den anderen Barhocker gegenüber von ihr. Du hast den besten Platz, um zuzuschauen, wie sie sterben wird.«

Der Anblick von Maren, die unter der Plastiktüte einen verzweifelten Kampf ums Überleben führte, und der dunklen Gestalt verschwamm vor Alexanders Augen. Aber es war nicht die Panik, die dafür verantwortlich war. Etwas anderes beschäftigte ihn seit dem Moment, in dem der Mann angefangen hatte zu reden. Er wusste nicht, woher, aber er kannte diese Stimme, da war er sich sicher.

Marionetten

Dirk Sander hatte eine Viertelstunde zusammengekauert und dem Sturm trotzend vor dem Büro an der Kurpromenade unweit der Grömitzer Welle, des bekannten Meerwasser-Brandungsbads, gewartet. Aber die Tür war verschlossen geblieben und Alexander Clasen nicht wie verabredet aufgetaucht.

An der großen Fensterscheibe hatte er sich die Nase platt gedrückt, in der Hoffnung, jemanden im Innern erkennen zu können. Aber der Raum war nicht nur äußerst spartanisch eingerichtet, alles an ihm wirkte, als wäre Alexander schon seit Langem nicht mehr hier gewesen. Vielleicht, weil die Räumlichkeiten renoviert wurden, zumindest deuteten ein paar Details darauf hin. Auf dem einsam in der Mitte des Büros stehenden Schreibtisch lag nichts außer einem Zollstock. Und weiter hinten sah Sander eine Trittleiter vor einer weißen Wand und Abdeckfolie auf dem Boden.

Hier waren sie in all den Jahren noch nie zusammengekommen. Meistens hatten sie sich in einem der Cafés an der Promenade getroffen, manchmal auch in den Nachbarorten entlang der Küste. Er erinnerte sich auch an einige Treffen in der Villa der Clasens in der Anfangszeit. Er war beeindruckt von dem Haus gewesen und hatte dadurch etwas besser verstanden, wie die beiden tickten. Ihr Leben drehte sich nur um sie selbst und ihren Besitz. Sie waren kinderlos und hatten auch klar geäußert, dass Nachwuchs nicht zu ihrem Lebens- und Karriereplan passte.

In ihrem Haus hatten die beiden alles bis ins letzte Detail durchdesignt. Möbel und Wohnaccessoires waren wohlüberlegt ausgesucht worden, dafür hatte Maren ein Auge. Und Geld schien dabei ohnehin keine Rolle zu spielen. Ganz im Gegensatz zu diesem tristen Büro in einem der älteren Flachdachbauten an der Promenade, vor dem Sander jetzt stand.

Er hatte Alexander angerufen, aber nicht einmal seine Mailbox war angesprungen. Dem Geräusch in der Leitung nach zu urteilen, war sein Handy nicht nur ausgeschaltet, sondern gar nicht mehr erreichbar.

Einfach tot.

Kurzerhand entschied Sander, es bei den Clasens zu Hause zu versuchen. Es war gerade einmal acht Uhr an diesem Dienstagmorgen, sie würden mit Sicherheit noch am Frühstückstisch sitzen. Alexander hatte ihren Termin vielleicht einfach vergessen.

Denkbar, aber doch eher unwahrscheinlich, ging es ihm wiederum durch den Kopf. Alexander Clasen war alles Mögliche, aber niemand, der unpünktlich erschien oder eine Verabredung sogar vergaß. Und schon gar nicht in diesem Fall. Was sie zu besprechen hatten, war wichtig und dringend. Sie mussten endlich den Graben überwinden, der sich in den letzten Wochen immer mehr aufgetan hatte. Aber vor allem musste Alexander verstehen, dass es so nicht weitergehen konnte.

Der Sturm, der vergangene Nacht über die Küste gezogen war, hatte nach einer kurzen Pause in den letzten zwei Stunden wieder an Kraft zugelegt. Der Strand war noch immer zu großen Teilen überspült, überall war Treibgut angeschwemmt worden. Auf der Promenade lagen Abfälle aus umgekippten Mülleimern verstreut. Einige Schilder und Metallverkleidungen von Häusern und Strandbuden waren abgeknickt und herausgebrochen. Am schlimmsten hatte es jedoch die Seebrücke erwischt. Auf einer Strecke von bestimmt fünfzig Metern war der hölzerne Bau zerstört. Viele Holzplanken waren einfach vom Wind und von den Fluten mitgerissen worden. Auch einige Aufbauten schienen schweren Schaden genommen zu haben.

Selbst im Kurpark, der wenige hundert Meter vom Meer entfernt war, sah es schlimm aus. Abgebrochene Äste, wohin das Auge reichte. Eine der großen Eichen auf der Westseite des Parks war sogar entwurzelt worden und zum Glück auf eine freie Rasenfläche gefallen.

Sander kam ein anderer Gedanke. Was, wenn der Sturm die Villa getroffen hatte und Alexander seit Stunden damit beschäftigt war, sich um die Schäden zu kümmern? Ja, das schien ihm eine logische Erklärung zu sein. Ein umgestürzter Baum im Garten, Stromausfall oder herabgestürzte Dachziegel, etwas in der Art. Er würde ihm einfach dabei helfen, die Schäden zu reparieren. Und vielleicht wäre das der beste Weg, ins Gespräch zu kommen, ohne sofort über ihre Pläne, die zweifellos sehr voneinander abwichen, in Streit zu geraten.

Aus der Ferne nahm er unaufhörlich Martinshörner wahr. Die Feuerwehr war seit letzter Nacht im Dauereinsatz. Im Radio hatte er kurz nach dem Aufstehen gehört, dass es durch den Sturm nicht weit von hier auf der A 1 einen schweren Unfall mit mehreren Fahrzeugen gegeben hatte.

Alexanders Mercedes G-Klasse stand in der Einfahrt des Hauses. Davor der Fiat 500 Abarth seiner Frau. Wahrscheinlich war es so, wie er vermutet hatte. Alexander hatte den Termin einfach verschwitzt, auch wenn ihm das nicht ähnlich sah. Vielleicht hatte er sich wegen des Sturms auch nicht vor die Tür getraut. Doch hätte er ihm dann nicht eine Nachricht geschrieben?

Sander ging die wenigen Stufen hinauf und drückte auf den Messingknopf neben der Haustür. Im nächsten Augenblick drang der Klingelton durchs Haus und bis nach draußen. Das war jedoch auch alles, was aus dem Haus zu hören war. Keine Stimmen und auch keine Schritte auf der großen Holztreppe oder dem Zementfliesenboden im Flur. Er klingelte erneut.

Durch die dicke getönte Scheibe der Tür konnte Sander nur schemenhaft den Flur erkennen. Aber es war genug zu sehen, um sicher zu sein, dass drinnen alles ruhig war.

Offenbar war Alexander tatsächlich nicht zu Hause. Vielleicht hatten Maren und er kurzfristig beschlossen, vor dem seit Tagen angekündigten Sturm einfach abzuhauen. Womöglich waren sie weggeflogen, irgendwohin in den Süden. Er wusste, dass die beiden des Öfteren auf den Kanaren urlaubten. Sie hatten sich bestimmt ein Taxi genommen, um zum Flughafen Fuhlsbüttel zu kommen. Nur wieso hatte er nicht Bescheid gegeben? Sie hätten den Termin noch einmal um eine Woche verschieben können, schlimmstenfalls hätten sie die Angelegenheit auch in einem Videocall geklärt.

Sander schüttelte unzufrieden den Kopf. Das alles passte nicht zu Alexander. Er ging die Stufen zur Haustür wieder hinunter und warf einen Blick an der Fassade hoch. Nirgends ein Fenster, hinter dem sich etwas bewegte. Aber wenn er es richtig erkannte, waren im ersten Stockwerk die Vorhänge zugezogen.

Er bewegte sich nach rechts, wo ein kleiner Schotterweg erst parallel zur Front der Villa verlief und dann seitlich am Haus entlang zum großen Garten im hinteren Bereich führte. Er rannte in gebückter Haltung und stemmte sich mit hochgestelltem Kragen gegen den immer stärker werdenden Wind. Die Hoffnung, draußen im Garten auf Alexander zu treffen, zerschlug sich allerdings schnell. Weit und breit war niemand zu sehen.

Dafür lagen auf der Terrasse und im Garten diverse Gegenstände, die der Sturm umhergewirbelt hatte. Ein paar umgefallene und zerbrochene Tontöpfe, abgebrochene Äste und zwei Gartenstühle, die sich selbstständig gemacht hatten. So wie es aussah, war Alexander heute Morgen noch nicht hier draußen gewesen.

Sander drehte sich im Kreis und sah sich um. Plötzlich verstand er, woher das Geräusch kam, das er unterbewusst seit einigen Sekunden wahrgenommen hatte. Die rückwärtige Tür, die in den Keller des Hauses führte. Sie schlug unaufhörlich auf und wieder zu. Rasch ging er die Treppe hinunter und griff nach der Klinke. Das Gefühl, dass es eigentlich nicht richtig war, die Villa zu betreten, schob er mühelos beiseite.

Denn mittlerweile war er sich sicher, dass hier irgendetwas nicht stimmte.

»Alexander?«, rief er, so laut er konnte, nachdem er durch zwei Kellerräume gegangen und die lange Treppe erreicht hatte, die durch das gesamte Haus bis ins Obergeschoss führte. »Ich bin's, Dirk. Bist du zu Hause?«

Keine Antwort.

Mit jeder Stufe, die er hinaufging, wurde er langsamer. Er musste an zwei sich abstoßende Magneten denken. Unter größter Anstrengung versuchte er sich dagegen zu wehren, wozu ihn irgendwelche unvernünftigen Kräfte in seinem Körper trieben.

Erfolglos. Sander bewegte sich weiter im Haus nach oben. Er passierte das Erdgeschoss, in dem sich der Flur und die Haustür, ein großes Zimmer, das die Clasens für repräsentative Zwecke und Besuche nutzten, sowie zwei Arbeitsräume befanden, und ging weiter hoch bis in den ersten Stock.

Die Vorhänge waren tatsächlich zugezogen. Passte das zu Alexander? Er hatte das Bild eines Mannes im Kopf, der im Bademantel mit Drink und Zigarre in den Händen am offenen Fenster stand.

»Alexander, bist du hier?«, fragte er wieder. Die Worte kamen diesmal jedoch so leise über seine Lippen, als glaubte er schon nicht mehr, dass hier überhaupt jemand war, der sie hören könnte. Und eigentlich wusste er längst, dass dies nicht der Fall war.

Trotzdem ging er weiter, noch vorsichtiger als zuvor. Und nun mit der großen Befürchtung, dass ihn in diesem Haus etwas Schreckliches erwartete.

Viel zu wenig Licht, haderte Sander. Er fingerte sein Handy aus der Jackentasche und schaltete die Taschenlampe an. Sofort erstarrte er. Er registrierte die offene Küche, die jetzt direkt vor ihm lag. Ein kalter Schauer lief ihm über den Rücken. Auf Barhockern hinten in der Ecke saßen zwei Menschen, mit den Köpfen an die Wand gelehnt.

Sander spürte, dass seine Hände zitterten. Er kämpfte gegen das Zähneknirschen an, das plötzlich einsetzte. Ein stechender Schmerz fuhr ihm in beide Schläfen. Obwohl er die Gesichter nicht erkennen konnte, war er sich sicher, dass es sich um Alexander und Maren handelte. Und genauso sicher war er sich, dass die beiden tot waren. Denn ihre Arme und Beine hingen schlaff, wie bei Marionetten, an ihren Körpern hinunter.

Er musste wieder an die letzten Tage und Wochen denken. Die Bilder flogen nur so vor seinem inneren Auge vorbei. Irgendetwas musste vollkommen aus dem Ruder gelaufen sein. Und er konnte nicht einmal ausschließen, dass er etwas damit zu tun hatte.

Arrangement

Es mussten gut und gerne fünf Jahre vergangen sein, seitdem Morten Sandt zuletzt in Grömitz war. Früher war er regelmäßig hier gewesen. Ostsee in Flammen hatte er sich nur selten entgehen lassen. Das spektakuläre Höhenfeuerwerk über der Lübecker Bucht war ihm vor allem deswegen in Erinnerung geblieben, weil er unter sternenklarem Himmel und hell leuchtendem Feuerregen zum ersten Mal ein Mädchen geküsst hatte. Das lag sechzehn Jahre zurück. Er war ziemlich genau halb so alt wie heute gewesen. Ein Junge, noch mitten in der Pubertät, bei dem die Hormone verrücktspielten, und mit dem begehrtesten Mädchen der Schule an seiner Seite.

Es war bei dem einen Kuss geblieben. Am nächsten Tag hatte sie ihm gesagt, dass er zwar ein netter Typ sei, aber niemand, mit dem sie sich etwas anderes vorstellen könne.

Etwas anderes? Er hatte sie nicht gefragt, was sie damit meinte. Vielleicht weil er damals noch etwas zu naiv gewesen war, sehr wahrscheinlich sogar. Bis zu seinem zweiten Kuss und der ersten Beziehung war anschließend noch über ein Jahr vergangen. Was das anging, war er wohl ein Spätstarter gewesen.

Der Abend am Strand von Grömitz war ihm jedenfalls noch heute so präsent, als wäre es erst letzte Woche gewesen. Einer dieser Augenblicke, an die man sich sein Leben lang erinnerte. Die nicht verblassten, ob man wollte oder nicht.

»Pass auf, der Baum!«, schrie Elif plötzlich neben ihm.

Morten riss das Steuer seines Peugeot 208 hastig herum und steuerte den Wagen auf die Gegenfahrbahn der Bundesstraße, um der direkt vor ihnen auf die Straße fallenden Buche auszuweichen.

Als er abbremste und zurück auf seine Spur einscherte, spürte er das Adrenalin, das durch seinen Körper pulsierte.

Das war mehr als knapp gewesen. Ohne seine Kollegin hätte er den Baum wohl voll erwischt. »Danke«, sagte er leise.

Der Sturm, der seit gestern Abend über Schleswig-Holstein zog, war der schlimmste, an den er sich erinnern konnte. Auf dem Weg von Lübeck an die Küste waren sie an zahlreichen umgestürzten Bäumen am Straßenrand vorbeigefahren. Schilder waren abgeknickt, Ampeln ausgefallen und zum Teil sogar aus ihren Verankerungen gerissen. Überall flogen Äste und Plastikteile herum. In Lübeck schwappte die Trave längst über ihre Ufer, der Wind drückte das Wasser flussaufwärts in Richtung Stadt.

Im Radio hatten sie davon gesprochen, dass die Pegelstände im Tagesverlauf den höchsten Stand seit mehr als fünfzig Jahren erreichen sollten. Was das für einige Bewohner der Altstadtinsel, insbesondere im Bereich der Obertrave, bedeutete, mochte er sich gar nicht vorstellen.

Unter normalen Umständen wäre er an einem Tag wie diesem im Büro oder am besten gleich im Homeoffice geblieben, was mittlerweile zwar möglich war, aber nur selten von ihm selbst oder den anderen in ihrem Kommissariat genutzt wurde. Die Meldung aus Grömitz, die vor einer knappen Stunde hereingekommen war, stellte allerdings selbst einen schweren Herbststurm in den Schatten. In einer Villa am Kurpark war ein Ehepaar namens Alexander und Maren Clasen tot aufgefunden worden. So wie die Kollegen der Polizeistation Grömitz, die sich gar nicht weit entfernt vom Fundort der Leichen befand, berichtet hatten, musste der Tatort sich ziemlich grauenhaft dargestellt haben. Offenbar waren beide Opfer brutal erdrosselt worden.

Die Position der Toten schien auffällig zu sein, ohne dass die Kollegen näher darauf eingegangen waren. Das sollten sie sich besser mal so schnell wie möglich selbst ansehen, hatte der Grömitzer Polizist gesagt. So etwas Schreckliches hätte es in dem sonst doch eher beschaulichen Badeort noch nie gegeben.

»Mein erster richtiger Einsatz und direkt in Lebensgefahr«,

holte Ole, der auf der Rückbank saß, Morten zurück aus seinen Gedanken. »Aber irgendwie anders als gedacht.«

Er warf einen Blick in den Rückspiegel. Ole schien nicht zu wissen, wohin mit seinen langen Beinen in dem kleinen Auto. Trotzdem hatte er Elif den Vorrang gelassen, vorne zu sitzen. Morten hatte noch kein Gefühl dafür, wie Ole tickte. Er gehörte seit September ihrem Team an, aber bislang hatten sie kaum etwas miteinander zu tun gehabt. Vielleicht lag es daran, dass Ole der Sohn von Kriminalhauptkommissar Birger Andresen war, weshalb Morten ihm mit einer Mischung aus Respekt und Zurückhaltung begegnete.

Die Wahrheit war allerdings auch, dass er kaum Zeit gehabt hatte, ihn besser kennenzulernen. Birger Andresens Rückzug aus dem Tagesgeschehen der Mordkommission hatte eine große Lücke hinterlassen. Obwohl Birger vor nicht allzu langer Zeit wegen eines Sabbatjahrs schon einmal länger abwesend gewesen war, wusste Morten nicht, wie sie ihn und seine Erfahrung dauerhaft ersetzen sollten. Zwar hatte Birger angeboten, falls nötig zu helfen und von außen einen Blick auf festgefahrene Ermittlungen zu werfen, aber Morten bezweifelte, dass es jemals dazu kommen würde. Jedenfalls hatte er ihn seit dem Sommer nicht mehr gesehen, als sie gemeinsam in Scharbeutz einen schwierigen Fall aufgeklärt hatten.

Obwohl die Personallage durch Birgers Weggang angespannt war, hatten sich in den letzten Wochen einige Dinge auch zum Positiven gewendet. Carsten Boy war nicht länger kommissarischer Leiter der Mordkommission – für Morten eine Grundvoraussetzung, überhaupt hier weitermachen zu können. Boy und seine hierarchische Art, das Kommissariat zu leiten, hatten ihn an den Punkt geführt, ernsthaft darüber nachzudenken, Lübeck und vielleicht sogar der Kriminalpolizei den Rücken zu kehren.

Auch wenn es nicht Birger Andresen war, der den Posten von Boy übernommen hatte, war er dennoch froh über die Neubesetzung. Morten kannte Ida-Marie Berg noch aus der

Phase, bevor sie in Elternzeit gegangen war. Sie hatten damals in seiner ersten richtigen Mordermittlung zusammengearbeitete. Auch von den Kollegen, die bereits länger Teil der Kripo waren, hatte er nur Gutes über sie gehört. Er war dennoch überrascht gewesen zu erfahren, dass sie vor fast zehn Jahren schon einmal die Leitung innegehabt hatte. Offenbar war der Posten in der Vergangenheit einige Male neu besetzt worden. Er wusste nicht viel darüber, und wenn er ehrlich war, wollte er das auch gar nicht.

Jedenfalls hatte Morten in den letzten Wochen eine ganz neue Atmosphäre auf dem Flur im vierten Stock des Polizeihochhauses in der Possehlstraße erlebt. Plötzlich spürte man so etwas wie Teamgeist. Und ihnen wurde viel mehr Vertrauen in die eigenen Stärken und die Verantwortung, die jeder Einzelne übernehmen sollte, entgegengebracht. Etwas, das ihm besonders wichtig war.

Bislang hatte er seine neue Chefin als das komplette Gegenteil von Carsten Boy kennengelernt. Morten war guter Dinge, was die Zukunft des Teams anging, in dem er, obwohl selbst noch gewissermaßen ein Anfänger, mittlerweile verrückterweise einer der erfahrensten Ermittler war.

Was ihn allerdings etwas irritierte, war die offenbar besondere Verbindung zwischen Ida-Marie und Ole Andresen. Er wusste nicht, was es damit auf sich hatte, vermutete aber, dass es mit ihrem Verhältnis zu seinem Vater zu tun hatte. Alles, was mit Birger Andresen zusammenhing, schien irgendwie kompliziert zu sein. Meistens begleitet von einem Rattenschwanz voller weiterer Probleme, hatte er manchmal das Gefühl. Und obwohl Birger so wichtig für ihr Team war und er die meisten Mordfälle in Lübeck und Umgebung in den vergangenen zwei Jahrzehnten mehr oder weniger im Alleingang aufgeklärt hatte, gab es bei ihm auch diese andere Seite, mit der viele anscheinend ihre Schwierigkeiten hatten. Auch wenn Morten erst seit zweieinhalb Jahren dabei war, hatte er mehr als eine leise Ahnung, was dahinterstecken könnte.

Er parkte in zweiter Reihe hinter mehreren Streifenwagen und dem BMW von Harald Seelhoff, dem Leiter der Kriminaltechnik. Vor dem Haus, in dem sich offenbar zwei Morde ereignet hatten. Wortlos gingen sie an einigen Kollegen vorbei und betraten die stattliche Villa.

Im Eingangsbereich wurden sie von einer sehr jungen Kollegin empfangen und die Treppe hinauf in ein großes Wohnzimmer geführt. Mortens Blick kreiste durch den Raum, jedes Detail sah edel und teuer aus. Wer auch immer für die Innenausstattung verantwortlich gewesen war, hatte einen ausgesprochen exquisiten Geschmack und einen prall gefüllten Geldbeutel. Elif und Ole hatten das Wohnzimmer bereits verlassen, ehe auch er schließlich dem leisen Stimmengewirr in die offene Küche folgte.

Alexander und Maren Clasen saßen einander zugewandt auf zwei modernen Barhockern. Die ganze Szenerie wirkte wie gestellt, was sie offenkundig auch war. Schließlich waren die beiden tot und hätten sich unter normalen Umständen so nicht auf den Stühlen halten können, aber ihre Körper lehnten seitlich an einer Wand, vor der auch ein kleiner Tisch stand.

Morten wandte seinen Blick rasch wieder von den beiden ab. Eigentlich war er niemand, der ein Problem mit dem Anblick von Mordopfern hatte. Aber dieser Tatort überstieg auch seine Grenzen.

Die Gesichter der Clasens waren dunkelrot bis lila verfärbt und kaum noch als solche zu erkennen. Bei der Frau waren zudem die Augäpfel stark hervorgetreten. Im Halsbereich der beiden erkannte Morten deutliche Anzeichen dafür, dass sie stranguliert worden waren.

Harald Seelhoff stand etwas abseits und war in ein Gespräch mit Siederdissen, einem seiner erfahrensten Mitarbeiter, vertieft. Mit beiden war Morten bislang noch nicht richtig warm geworden. Vielleicht lag es daran, dass sie als alte Hasen einem jungen Kollegen weniger aufgeschlossen gegenübertraten. Aber wenn er ehrlich war, fiel auch ihm selbst der

Umgang mit deutlich älteren Kollegen wesentlich schwerer als mit gleichaltrigen.

Zum Glück hatte sich auch die Kriminaltechnik verjüngt. Seit dem Spätsommer arbeitete Jannik Unger in Seelhoffs Team. Er und Morten kannten sich aus der gemeinsamen Zeit ihrer Polizeiausbildung in Eutin. Jetzt gerade war er damit beschäftigt, mögliche Spuren auf der langen Arbeitsplatte zu sichern. Morten trat auf ihn zu und räusperte sich leise.

»Meinen Eltern hat es letzte Nacht das Dach weggeweht«, sagte Jannik, ohne hochzublicken. »Und anstatt ihnen zu helfen, muss ich mir das hier antun. So ein kranker Scheiß.«

»Augen auf bei der Berufswahl«, sagte Morten trocken. »Wenn ich mich richtig erinnere, wolltest du anfangs doch in den Bereich Cyberkriminalität. Dann wäre dir so etwas erspart geblieben.«

»Dann hätte ich andere Dinge gesehen, auf die ich gut und gerne verzichten kann«, antwortete Jannik genervt. »Willst du dir nicht lieber anschauen, was passiert ist, anstatt mir ungefragt Ratschläge zu geben?«

»Eigentlich hatte ich gehofft, du erzählst es mir.«

»Alles, was ich weiß, ist, dass da drüben zwei Menschen tot auf ihren Küchenstühlen sitzen, weil irgendein Wahnsinniger sie auf brutalste Weise zu Tode gequält hat. Ansonsten gibt es kaum Spuren. Aber ich bin ja leider auch noch nicht fertig.«

Morten verzichtete darauf, Jannik noch weitere Fragen zu stellen. Deutlicher konnte man nicht zum Ausdruck bringen, dass man schlecht gelaunt war und keine Lust auf ein Gespräch hatte. »Tut mir leid, dass du deinen Eltern nicht helfen kannst«, sagte er und wandte sich von ihm ab.

Morten sah, dass Elif und Ole direkt vor den beiden Barhockern standen und die Opfer inspizierten. Er atmete einmal tief durch und stellte sich dann neben sie. »Warum auf diese Weise?«, fragte er leise. »Es sieht fast danach aus, als hätte der Täter das absichtlich so arrangiert.«

»Ich würde sagen, daran besteht gar kein Zweifel«, sagte

Elif entschieden. »An deinem Blick vorhin habe ich schon gesehen, dass du dasselbe denkst wie ich. Spannend finde ich allerdings etwas anderes.«

Morten sah sie interessiert aus den Augenwinkeln an.

»Der Tatort ist gestellt«, fuhr Elif fort. »Aber auf diese Weise kann der Mörder unmöglich beide gleichzeitig getötet haben.«

»Du meinst, einer der beiden musste mitansehen, wie der andere zuerst starb?«

»Könnte zumindest sein. Ich wüsste jedenfalls nicht, wie sonst …«

»Kann ich euch kurz stören?«, unterbrach Ida-Marie die beiden. Sie musste gerade erst eingetroffen sein, zumindest hatte Morten weder sie noch ihr Auto vor dem Haus gesehen.

Ohne dass Morten und Elif überhaupt reagieren konnten, redete ihre Chefin weiter. »Es wäre gut, wenn ihr euch mit dem Mann unterhaltet, der die beiden gefunden hat. Er wartet in einem Café an der Promenade.«

»Also ich lege keinen gesteigerten Wert darauf, mir das hier auch nur eine Sekunde länger anzusehen«, sagte Morten.

»Ist es so entscheidend, dieses Gespräch jetzt sofort zu führen?«, fragte Elif etwas irritiert. »Ich würde das hier gerne noch besser verstehen.«

»Es handelt sich offenbar um einen Geschäftspartner und guten Bekannten von Alexander Clasen. Ich halte es für wichtig, schnellstmöglich mit ihm zu reden, um mehr über die Opfer zu erfahren. Besser, als uns hier gegenseitig auf den Füßen zu stehen.« Ida-Marie blickte die beiden mit unmissverständlicher Miene an.

Morten wunderte sich über den angespannten Tonfall seiner Chefin, so kannte er sie nicht. Aber eines schien klar zu sein: Widerspruch war in diesem Moment zwecklos. Und im Gegensatz zu Elif war er ganz froh darüber.

Luxusresort

Der Sturm tobte auch am späten Vormittag noch immer über Grömitz. Die Promenade war von Menschen leer gefegt, auch weil die Gischt der Wellen meterhoch bis an die Häuserfront spritzte.

Morten und Elif liefen in gebückter Haltung bis zu dem kleinen Café gleich in der Nähe der Seebrücke. Dass es trotz des Wetters geöffnet hatte, wunderte Morten, allerdings war mit Ausnahme von dem Mann, der die Clasens heute Morgen gefunden hatte, auch kein anderer Gast anwesend.

Sein Name war Dirk Sander. Er war Bauunternehmer aus Timmendorfer Strand, und wenn er Ole vorhin richtig verstanden hatte, war sein Geschäft in den letzten Jahren zu einem der führenden Betriebe im Bereich Neubau und Sanierung von Luxusimmobilien in der Region herangewachsen.

Er saß am Tresen des Cafés und trug eine dicke Winterjacke mit Fellkragen. Seine Hände schien er an einem heißen Getränk zu wärmen. Morten räusperte sich und wartete darauf, dass Sander sich zu ihnen umdrehte, aber er reagierte nicht und sah stoisch auf einen imaginären Punkt hinter der Theke.

Er gab Elif ein Zeichen, dann traten sie von beiden Seiten neben den Mann mit dem vollen blonden Haar und stellten sich vor.

»Gibt es hier niemanden, bei dem man bestellen kann?«, sagte Morten schließlich. Sein Blick wanderte durch den Laden und zum Bereich hinter der Theke.

»Nein«, antwortete Sander knapp. »Soll ich Ihnen einen Kaffee machen?«

»Danke, nein.« Morten schüttelte irritiert den Kopf. »Weshalb treffen wir uns ausgerechnet hier?«

»Das Café gehört Alexander. Ich habe einen Schlüssel, weil

er vorhatte, den Laden komplett zu entkernen und neu zu gestalten.«

»Und Ihr Unternehmen sollte die Arbeiten ausführen?«

»Natürlich.«

»Sie waren also Geschäftspartner?«

»Nicht nur das, ich würde durchaus sagen, dass Alexander ein guter Freund von mir war.«

»Seit wann kannten Sie sich?«

»Wir sind uns vor etwa zehn Jahren zum ersten Mal begegnet, aber bis zu unserem ersten Geschäft hat es noch eine Weile gedauert.«

»Weshalb waren Sie heute Morgen bei den Clasens?«

»Wir waren verabredet«, antwortete Sander. »In seinem Büro, hier gleich um die Ecke. Aber er war nicht da.«

Morten warf Elif einen Blick zu. Von einem Büro Clasens hier an der Promenade wusste er bislang noch nichts. Auch seine Kollegin zuckte mit den Schultern.

»Was haben Sie dann gemacht?«, fragte Morten weiter.

»Ich habe versucht, ihn telefonisch zu erreichen, aber leider ohne Erfolg. Schließlich bin ich rüber zu seinem Haus gelaufen. Die Autos der beiden standen zwar vor der Tür, aber niemand öffnete. Ich bin dann um das Haus herumgegangen, und die Kellertür war offen. Den Rest kennen Sie ja.«

»Was haben Sie gemacht, als Sie die beiden entdeckt haben?«

»Ich bin direkt aus dem Haus gelaufen und habe den Notruf gewählt.«

»Waren Sie sich denn sofort sicher, dass es sich um Alexander und Maren Clasen handelt?«

»Natürlich, ich habe sie doch gesehen.«

»Dann wissen Sie ja, wie brutal der Täter vorgegangen ist. Selbst unsere Identifizierung ist noch nicht ganz abgeschlossen.«

»Mir war sofort klar, dass die beiden tot sind«, entgegnete Sander entschieden. »Und ich hatte keinen Zweifel daran, dass es Alexander und Maren waren.«

Morten nickte. Er hatte gar nicht vorgehabt, Sander in eine Ecke zu drängen, aber irgendwie kam es ihm seltsam vor, dass er bei seiner Schilderung so kurz angebunden war.

»Wann haben Sie zum letzten Mal mit Alexander Clasen Kontakt gehabt?«, wechselte Elif das Thema.

»Der Termin heute Morgen stand schon etwas länger fest«, antwortete Sander. »Ich glaube, wir haben vor zwei Wochen miteinander telefoniert und das Treffen vereinbart.«

»Was war der Grund für den Termin? Gab es einen besonderen Anlass, den Sie nicht telefonisch besprechen konnten?«

»Ich sage es mal so, wir hatten Redebedarf.«

»Inwiefern?«, ließ Elif nicht locker.

»Es gab ein paar Dinge zu unserer zukünftigen geschäftlichen Zusammenarbeit, über die wir sprechen mussten.«

»Klingt, als hätte es Probleme zwischen Ihnen gegeben«, warf Morten ein.

»Probleme würde ich es nicht nennen, aber unterschiedliche Vorstellungen. Alexander hat mir sehr dabei geholfen, mein Unternehmen zu dem zu machen, was es heute ist. Aber wir haben bis zuletzt zu den Bedingungen gearbeitet, die wir damals vereinbart hatten.«

»Die Ihnen also nicht mehr passten?«

»Die Kräfteverhältnisse haben sich verschoben«, antwortete Sander unbeeindruckt. »Mein Unternehmen ist mittlerweile um ein Vielfaches größer als Alexanders kleine Firma. Seine Projekte machen längst nur noch einen kleinen Teil meines Geschäfts aus. Und sie lohnen sich auch kaum noch für mich. Ich war nicht länger bereit, zu diesen Konditionen mit ihm zusammenzuarbeiten.«

Wieder kreuzten sich Mortens und Elifs Blicke. Lieferte Sander ihnen hier etwa das Motiv auf dem Silbertablett? Eben noch hatten sie das Gefühl gehabt, der Mann würde mauern. Und jetzt gab er offenkundig zu, dass Alexander Clasen und er finanzielle Streitigkeiten miteinander gehabt hatten.

»Mir ist klar, was Sie darüber denken«, durchbrach Sander

ihre Gedanken, »aber glauben Sie wirklich, ich würde Ihnen das erzählen, wenn ich etwas mit der Sache zu tun hätte?«

»Wir hätten es wahrscheinlich ohnehin herausgefunden«, sagte Elif. »Vielleicht wollten Sie uns einfach zuvorkommen, damit Sie nicht in Verdacht geraten.«

»Alexander ist tot«, erwiderte Sander mit etwas aufgesetzter Entrüstung, wie Morten fand. »Er war nicht nur mein engster Geschäftspartner, sondern auch ein Freund. Entsprechend fühle ich mich gerade. Vollkommen egal, dass wir in letzter Zeit nicht mehr so gut miteinander ausgekommen sind.«

»Haben Sie denn irgendeine Idee, wer es auf ihn und seine Frau abgesehen haben könnte? Sie haben den Tatort selbst gesehen, es scheint so zu sein, als hätte der Täter die beiden sehr planvoll getötet.«

»Wenn ich wüsste oder zumindest ahnen würde, wer das getan hat, hätte ich es Ihnen sofort gesagt.« Sander nahm einen großen Schluck aus seiner Tasse und stellte sie dann auf der Theke ab. Anschließend erhob er sich und sah Morten und Elif abwechselnd mit ernster Miene an.

»Ich will nicht lange um den heißen Brei reden«, sagte er schließlich. »Wenn Sie hier im Ort mit Leuten sprechen, werden sich die meisten nicht gut über Alexander äußern. Wahrscheinlich werden Sie auch kaum jemanden finden, der seinen Tod bedauert. Ich würde nicht so weit gehen zu sagen, dass er Feinde hatte, aber …« Sander brach ab und zuckte mit den Schultern.

»Aber?«

»Er und seine Frau waren sehr unbeliebt in Grömitz.«

»Und weshalb?«, drängte Morten.

»Die beiden stammten nicht aus dem Ort. Die Menschen hier an der Küste betrachten jemanden, der von außerhalb kommt und Dinge verändert, grundsätzlich erst mal kritisch. Und wenn derjenige dann auch noch erfolgreich ist und immer mehr Dinge auf den Kopf stellen will, gibt es irgendwann Gegenwind. Zumal Alexander kein Mensch war, der behutsam vorging und Interesse daran hatte, die Leute mitzunehmen.«

»Was genau meinen Sie damit, dass er Dinge verändern wollte?«, hakte Elif nach. »Ich dachte, er handelte mit Immobilien.«

»Das stimmt, aber es waren nicht nur Wohnimmobilien, sondern auch Geschäftshäuser und Freizeiteinrichtungen, die Alexander aufgekauft und aufwendig saniert oder umgestaltet hat.«

Wieder schien sich Sanders Antwort erschöpft zu haben, doch er setzte noch einmal an. »Er hat dem Ort in den letzten Jahren ein anderes Gesicht gegeben. Wenn Sie mich fragen, wurde Grömitz dadurch massiv aufgewertet. Das sieht aber nicht jeder so. Und zweifellos sind die Preise hier vor allem durch diese Investitionen deutlich gestiegen. Alexander hat auch keinen Hehl daraus gemacht, was er für die Zukunft plante.«

»Was meinen Sie?«

»Sein Ziel war es, Grömitz Stück für Stück in eine Art Luxusresort zu verwandeln. Weg vom familienfreundlichen Urlaubsort hin zu einem Domizil für die Superreichen. Ich glaube, er hat sich in diese Idee ziemlich verrannt. Niemand hier hat seine Pläne unterstützt.«

»Sie denken also, dass das ein mögliches Motiv sein könnte?«, fragte Morten.

»Ich lebe in Timmendorfer Strand und würde mir nicht anmaßen, jemandem von hier zu unterstellen, so kaltblütig zu sein. Ich weiß nur, dass Alexander und Maren in Grömitz alles andere als gern gesehen waren.«

»Gibt es denn jemanden, mit dem er bezüglich seiner Pläne konkret aneinandergeraten ist?«

»Es gab im Frühjahr mal ein paar kleinere Demos im Ort, nachdem durchgesickert war, dass er an mehreren Immobilien an der Promenade interessiert war, um sie abzureißen und dort Luxus-Appartements bauen zu lassen. Wäre noch mal ein schöner Auftrag gewesen, aber der Gegenwind war zu groß.«

»Können Sie uns Namen von diesen Protestlern nennen?«

»Das waren im Wesentlichen die üblichen Personen, die gegen jede Art von Veränderung oder Neuerung sind. Einige von ihnen sitzen in der Gemeindevertretung. Die übrigen sind wahrscheinlich deren Wähler.«

»Aus ökologischen Gründen?«

»Das behaupten sie, aber ich glaube, es ist auch die Angst davor, wie sich Grömitz in Zukunft entwickelt.«

»Wenn ich es richtig verstanden habe, hat Ihr Unternehmen die Pläne von Herrn Clasen nach seinen Vorstellungen umgesetzt.« Morten wechselte das Thema und musterte Sander jetzt ganz genau. Er war gespannt, wie sein Gegenüber auf die nächste Frage reagierte. »Müssten Sie nicht ähnlich unbeliebt bei den Grömitzern sein?«

»Wie meinen Sie das?«

»Na ja, haben Sie denn keine Angst, dass es jemand auch auf Sie abgesehen haben könnte?«

Für einen kurzen Moment erstarrte Sanders Mimik regelrecht. Morten versuchte herauszulesen, ob er verwundert über die Frage war oder tatsächlich darüber nachdachte, ebenfalls in Gefahr zu sein.

»Ich glaube nicht, dass ich Angst haben muss«, sagte er schließlich. »Es wäre mir neu, dass die Menschen mich nicht mögen.«

»Na schön«, sagte Morten. Es gelang ihm nicht, einen kleinen Seufzer zu unterdrücken. »Wir werden bestimmt noch einmal auf Sie zukommen, wenn sich weitere Fragen ergeben. Darum bitte ich Sie, uns Bescheid zu geben, wenn Sie Ihren Wohnort für mehr als eine Nacht verlassen. Haben Sie eine Karte mit Ihren Kontaktdaten?«

»Natürlich.« Sander griff in seine Jackentasche und fingerte eine Visitenkarte hervor. »Sie erreichen mich am besten unter meiner Handynummer. Ich denke, dass ich jetzt nach Hause fahre und mir selbst erst einmal klar darüber werde, was da eigentlich passiert ist und wie es weitergehen soll.«

»Melden Sie sich, falls Ihnen noch etwas einfallen sollte, das wichtig für uns sein könnte.«

»Ich hätte noch eine Frage«, warf Elif plötzlich ein. »Können Sie uns bitte sagen, wo Sie gestern Abend waren und wo Sie die Nacht verbracht haben?«

Sander sah Elif konsterniert an. War er wirklich so unbedarft, dass er nicht mit dieser Frage gerechnet hatte? Oder machte er ihnen die ganze Zeit etwas vor?

»Spielt das irgendeine Rolle?«

»Eine routinemäßige Frage«, sagte Elif ruhig. »Wir tragen so viele Informationen wie möglich zusammen und überprüfen natürlich auch jede Menge Alibis. Also, haben Sie zu Hause geschlafen?«

»Nein, das habe ich nicht«, sagte Sander und wandte sich etwas zur Seite.

»Sondern wo?«

»Nicht weit von hier entfernt bei einer Freundin.«

»Freundin?«, fragte Elif mit hochgezogener Augenbraue.

»Muss ich jetzt etwa mein Privatleben offenlegen?«, reagierte Sander gereizt.

»Sagen Sie uns wenigstens den Namen dieser Frau, damit wir das notfalls überprüfen können.«

»Hören Sie, das ist wirklich nichts, was nach außen dringen darf. Es würde nicht nur mich in Schwierigkeiten bringen, sondern vor allem …« Sander stockte, der Name dieser Frau wollte ihm nicht über die Lippen kommen.

»Nun spucken Sie ihn schon aus, so schlimm wird es doch wohl nicht sein.«

»Schlimmer«, entgegnete Sander. »Ich gehe davon aus, Sie kennen Barbara Wendt?«

Morten nickte. Ja, er wusste, wer sie war. Und sofort wurde ihm klar, weshalb Dirk Sander nicht darüber sprechen wollte. Denn Barbara Wendt war niemand Geringeres als die Bürgermeisterin von Grömitz.

Eigentlich hatte sie ihm im Sommer positive Signale gesendet. Sie mochte ihn, hatte Elif gesagt, und sogar mehr als nur das. Am liebsten wäre Morten ihr damals um den Hals gefallen, aber sie hatte ihm zuvor auch von dem schrecklichen Tod ihres Ehemanns bei einem Verkehrsunfall erzählt. Auf eine seltsame Weise stand jetzt, wo er die Wahrheit über Elifs Vergangenheit kannte, mehr zwischen ihnen als zuvor, als er immer wieder gerätselt hatte, weshalb sie manchmal etwas distanziert wirkte.

Momentan fiel es ihm daher schwer, unbeschwert auf sie zuzugehen. Er wollte sie nicht überrumpeln, ihr die nötige Zeit geben, aber gleichzeitig spürte er, dass es eben nicht diese vorsichtige Art war, die Elif ganz gern mochte. Das hatte dazu geführt, dass sie in den letzten Wochen kaum ein privates Wort miteinander gewechselt hatten. Vergeblich hatte er auf ein Zeichen von ihr gewartet. Dass sie sich einander annäherten, etwas gemeinsam unternahmen oder sie ihm wenigstens mal ein Lächeln schenkte. Aber wahrscheinlich war sie doch längst noch nicht so weit, wie sie im Sommer gesagt hatte.

Auch jetzt liefen sie schweigend nebeneinanderher. Das lag allerdings weniger an der Situation zwischen ihnen, sondern vielmehr an dem Sturm über der Lübecker Bucht, der keinerlei Anstalten machte abzuflauen und ohnehin jedes Wort, das sie redeten, davongeweht hätte.

Nach einem zehnminütigen Fußmarsch, der sich im Kampf gegen die Böen wie ein schwerer Langstreckenlauf anfühlte, erreichten sie das lang gezogene weiße Gebäude mit dem Spitzgiebel. Sie hatten vergeblich versucht, im Rathaus jemanden telefonisch zu erreichen, um anzukündigen, dass sie dringend mit Barbara Wendt sprechen wollten.

Morten war nicht überrascht gewesen, dass niemand ans Telefon gegangen war. Es gab wohl keine Gemeinde entlang der Küste, in der heute Morgen kein Chaos herrschte. Alle Kräfte waren gebunden, um die Schäden in Augenschein zu nehmen, Notfallpläne umzusetzen und die Versorgung der Bevölkerung sicherzustellen. Trotzdem wollten sie es nach dem Gespräch mit Dirk Sander erst einmal direkt im Rathaus versuchen.

Dass die Bürgermeisterin und der Geschäftspartner eines der Opfer offenbar eine Affäre hatten, war Grund genug, ihr ein wenig auf den Zahn zu fühlen. Auch wenn die Sache wahrscheinlich nichts zu bedeuten hatte und sie Sander zudem versprochen hatten, nicht zu erwähnen, dass sie von ihrer Liebschaft wussten.

Hinzu kam, dass der Mord an den Clasens und vor allem auch die Art und Weise, wie sie getötet worden waren, in einem Ort wie Grömitz für einigen Aufruhr sorgen würde, sodass es sinnvoll war, sich mit der Bürgermeisterin abzustimmen. Vielleicht würden sie auch mit dem ein oder anderen Gemeindemitarbeiter sprechen können, um mehr über die Clasens in Erfahrung zu bringen.

Ein paar Sekunden später wussten sie, dass daraus fürs Erste wohl nichts werden würde. Die Türen des Rathauses waren verschlossen.

Ein Mann um die vierzig oder etwas älter, der rauchend vor dem Eingang stand, stellte sich ihnen als Mitglied der Freiwilligen Feuerwehr vor. »Wetterbedingt ist das Gemeindehaus heute nicht besetzt«, sagte er. »Am besten, Sie kommen morgen oder noch besser übermorgen wieder.«

»Wir sind von der Kripo Lübeck«, sagte Morten. »Vielleicht haben Sie gehört, was hier letzte Nacht passiert ist. Und ich meine nicht den Sturm.«

»Natürlich«, sagte der Feuerwehrmann. »Ein paar meiner Kollegen sind zu dem Haus am Kurpark gerufen worden. Ich weiß, dass die Clasens tot sind.«

»Wir würden gerne mit der Bürgermeisterin sprechen. Wissen Sie, wie wir sie erreichen können?«

»Nein, tut mir leid. Ich gehe aber davon aus, dass sie hier irgendwo im Ort im Einsatz ist. Oder zumindest ihr Gesicht in irgendeine Kamera hält. Angeblich sind schon mehrere Fernsehteams hier, die die Sturmschäden filmen. Oder sie versuchen es mal über die sozialen Medien, da ist die Frau Wendt auch sehr aktiv.«

Morten musterte den Mann. Er trug eine Wollmütze und eine dicke lange Jacke, die vielleicht zum Outfit der Feuerwehr gehörte. Es wirkte, als hätte er wenig geschlafen, zumindest hingen seine Augenringe tief ins Gesicht. Und er machte keinen Hehl daraus, was er von Barbara Wendt hielt. In seinen Worten schwang etwas sehr Abschätziges mit.

»Welcher Bürgermeister ist das heutzutage nicht«, entgegnete Elif trocken. »In solchen Ausnahmesituationen ein ganz probates Mittel mit hoher Reichweite.«

»Muss jeder für sich selbst entscheiden, mein Ding ist das nicht. Wäre ich Bürgermeister, würde ich mich persönlich um die Menschen kümmern, anstatt mich die ganze Zeit selbst zu profilieren.«

»Kannten Sie die Clasens?«, wechselte Morten das Thema.

»Nicht persönlich, zum Glück.«

»Wie meinen Sie das?«

»Ihr Ernst?«, blaffte der Mann Morten barsch an. »Alexander Clasen musste man nicht persönlich kennen, um ihm die Pest an den Hals zu wünschen. Wenn er nicht schon tot wäre, würde ich –«

»Ich glaube, es wäre besser, wenn Sie jetzt nicht weiterreden«, unterbrach Morten ihn. »Andernfalls sind wir gezwungen, Sie für eine offizielle Zeugenaussage mit aufs Polizeipräsidium zu nehmen.«

»Ich sage Ihnen ganz ehrlich, egal, mit wem Sie hier sprechen werden, jeder wird so über Clasen und seine furchtbare Frau reden. Hoffentlich hat dieser Wahnsinn jetzt ein Ende.«

Morten und Elif tauschten einen raschen Blick. Sander hatte sie bereits vorgewarnt, dass die Clasens im Ort alles andere als beliebt gewesen waren. Aber dieser Feuerwehrmann, dazu abgestellt, hier vor dem geschlossenen Rathaus zu wachen, schien Alexander Clasen und dessen Frau regelrecht gehasst zu haben.

»Können Sie bitte etwas konkreter werden?«, ergriff Elif das Wort. »Was genau hat die Grömitzer an den Clasens gestört? Ging es dabei um deren Geschäfte? Soweit wir wissen, hat sich der Ort durch seine Investitionen touristisch durchaus weiterentwickelt und kann jetzt –«

»Investitionen?«, platzte der Mann heraus. »Ihm ging es doch nicht darum, Grömitz zu einem schöneren Ort zu machen. Für ihn war nur die Kohle entscheidend. Und davon hatte er genug.«

»Aber erst nachdem er das Risiko eingegangen war, Immobilien zu kaufen und nach aufwendiger Sanierung wieder zu veräußern, oder?«

»Verteidigen Sie diesen gierigen Aasgeier etwa noch?«

»Uns interessiert einfach, was genau Sie so wütend macht«, entgegnete Elif. Sie ließ sich von dem aufgebrachten Mann nicht aus der Ruhe bringen. »Wie kam es dazu, dass jemand, der so viel Geld in die Sanierung alter Villen und Gebäude steckt, derart unbeliebt bei den Bürgern ist?«

»Er und seine Frau haben sich genommen, was sie wollten. Und was sie nicht wollten, haben sie einfach weggeschmissen wie ein Stück Dreck.« Der Mann presste seine Worte jetzt heraus. Es schien so, als bisse er sich auf die Lippen, um gewissermaßen seine Zunge zu hüten und die Wut hinunterzuschlucken.

Nach einigen Sekunden hatte er sich wieder gefangen und redete weiter. »Wäre es nur bei ein paar alten Villen geblieben, wäre das kein Problem gewesen. Aber ihm gehörte mittlerweile die halbe Promenade. Er wollte auch Geschäfte und Hotels nach seinen Wünschen umgestalten. Alles nur noch hochpreisig und luxuriös. Und vor drei Jahren ist er dann auch in den Wohnungsmarkt eingestiegen. Jeder, der hier lebt, leidet unter den explodierenden Preisen. Wir wollen hier nicht den Weg anderer Badeorte gehen. Aber das alles hat Clasen nicht interessiert. Auch, weil er eine wichtige Fürsprecherin hatte. Seine einzige.«

Morten wartete auf den Namen, dabei konnte er ihn sich bereits denken.

»Wenn man vom Teufel spricht«, sagte der Mann mit leisem Stöhnen und wies mit dem Kopf über Morten und Elif hinweg. Noch ehe sie sich umdrehen konnten, erklang eine klare, sehr bestimmte Frauenstimme. Sie gab Anweisungen und sparte nicht mit deutlicher Kritik hinsichtlich der Verfügbarkeit von Rettungskräften. Dann verabschiedete sie sich unfreundlich von ihrem Gesprächspartner und beendete das Telefonat.

Im nächsten Moment stand sie neben ihnen, Barbara Wendt, die Bürgermeisterin von Grömitz. Sie trug einen langen schwarzen Mantel, darunter einen roten, eng anliegenden Rollkragenpullover und einen kurzen dunklen Rock über einer schwarzen Strumpfhose. Die Länge ihrer Beine wurde zudem durch hohe Stiefel mit Absatz betont. Mehrmals fuhr sie sich mit ihrer rechten Hand durch die brünetten Haare, die sich lang gewellt über den Kragen des Mantels legten.

Morten war bei ihrem Anblick für einen kurzen Augenblick derart irritiert, dass er mit offenem Mund dastand, unfähig, etwas zu sagen. Er kannte zwar ihren Namen, hatte aber keine Vorstellung von ihr gehabt. So genau hatte er die Lokalpolitik von Grömitz dann doch nicht verfolgt. Eine Bürgermeisterin, die aussah wie ein kaum gealtertes Topmodel, hatte er jedenfalls nicht erwartet.

»Frau Bürgermeisterin«, sagte er etwas unbeholfen, nachdem er sich wieder gefangen hatte. »Morten Sandt, Kripo Lübeck, und meine Kollegin Elif Duman.«

»Nicht so förmlich, bitte. Ich heiße Barbara Wendt, die meisten hier nennen mich aber Babs. Ich hatte schließlich auch schon ein Leben vor diesem Amt.« Sie lächelte die beiden mit ihren strahlend weißen Zähnen an.

Etwas verlegen blickte Morten zur Seite, wo in einiger Entfernung der Feuerwehrmann, dessen Namen sie gar nicht abgefragt hatten, stand und ihr Gespräch zu belauschen schien.

»Gut, dass Sie trotz allem noch Humor haben«, ergriff Elif das Wort, verzichtete jedoch darauf, die Frau zu duzen. Sie wollte gar nicht erst zulassen, dass die Bürgermeisterin dachte, sie könne Morten und sie mit einem flapsigen Spruch und einem Lächeln aus dem Konzept bringen, nur weil sie keine ergrauten Kriminalkommissare waren.

»Hier kommt heute ja wirklich alles zusammen«, fuhr Elif fort. »Auch wenn Sie gerade wahrscheinlich ausschließlich damit beschäftigt sind, sich um die Schäden und die Versorgung der Menschen zu kümmern, würden wir Ihnen gerne ein paar Fragen zu dem stellen, was vergangene Nacht hier abseits des Sturms noch passiert ist. Sie sind darüber informiert, dass Alexander Clasen und seine Frau Maren tot in ihrem Haus aufgefunden wurden?«

»Selbstverständlich«, antwortete Barbara Wendt nun deutlich reservierter.

»Sie wissen auch, dass wir davon ausgehen, es mit einem Doppelmord zu tun zu haben?«

»Ja, ich hörte davon. Bislang hatte ich aber kaum Zeit, mich damit zu beschäftigen, wie Sie sicher verstehen können. Ehrlich gesagt bin ich sogar ganz froh darüber.«

»Wie meinen Sie das?«, fragte Elif.

»Ich kannte Alexander sehr gut und würde behaupten, dass wir Freunde waren. Dass Maren und er tot sind, habe ich noch gar nicht wirklich realisiert. Aber neben meiner persönlichen Trauer erschüttert dieses Verbrechen natürlich den ganzen Ort. Ich möchte mir gar nicht vorstellen, was es noch nach sich ziehen wird. Wahrscheinlich wird das schlimmer als die Folgen dieses Sturms.«

»Ich würde Ihnen diese Sorge gerne nehmen, aber einiges deutet darauf hin, dass die Ermittlungen tatsächlich schwierig werden. Aktuell gehen wir jedenfalls nicht davon aus, dass es sich um einen Raubmord handelt, sondern um eine gezielte Tat.«

»Weshalb sollte das jemand tun?«, fragte Barbara Wendt so überrascht, dass Morten sofort Zweifel daran bekam, ob sie es ernst meinte.

»Das wissen wir nicht, aber vielleicht können Sie uns helfen herauszufinden, was passiert ist.«

»Ich befürchte, dass Ihnen das, was ich dazu sagen kann, nicht wirklich weiterhelfen wird. Aber stellen Sie doch gerne Ihre Fragen.«

»Sie waren mit den Clasens also befreundet?«, fragte Elif unbeeindruckt. »Würden Sie das bitte etwas genauer beschreiben?«

»Was soll denn diese Frage?«, reagierte Barbara Wendt nun deutlich misstrauischer.

»Wir möchten so viel wie möglich über die Clasens in Erfahrung bringen. Dazu gehört auch zu wissen, zu wem die beiden engeren Kontakt hatten.«

»Was bringt es Ihnen denn bitte schön, Details über mein Verhältnis zu Alexander und Maren zu kennen? Ich glaube, Sie sollten besser mal –«

»Beantworten Sie doch bitte einfach unsere Fragen«, unterbrach Elif die Bürgermeisterin. »Umso schneller ist dieses Gespräch vorbei.«

Barbara Wendt wollte gerade erneut ansetzen, um sich zu beschweren, hielt sich aber im letzten Moment zurück und schluckte ihre Worte hinunter.

»Viele Menschen hier sind meine Freunde«, sagte sie schließlich. Ihre kurz aufgeflammte Unbeherrschtheit war wieder verschwunden, das strahlende Lächeln kam zurück. »Alexander und ich sind uns vor etlichen Jahren begegnet, als er gerade sein erstes Projekt umsetzen wollte. Damals war ich noch nicht im Amt.«

»Was haben Sie denn zuvor gemacht?«, fragte Morten interessiert.

»Alles Mögliche für den Ort«, fasste Barbara Wendt sich kurz. »Alexander fiel mir sofort auf. Jemanden wie ihn gab es nicht in Grömitz. Normalerweise investieren Leute wie er nur in Timmendorfer Strand oder Scharbeutz. Ich fand das spannend, so haben wir uns kennengelernt.«

»Also war das mehr eine Freundschaft, die auf dem Geschäftlichen beruhte?«, hakte Morten nach.

»Nein, so kann man das nicht sagen. Wir haben uns natürlich das ein oder andere Mal über seine Pläne ausgetauscht, weil ihm meine Meinung wichtig war, aber das war nicht der Grund dafür, dass wir uns regelmäßig getroffen haben. Wir lagen einfach auf einer Wellenlänge. Das galt auch für Maren.«

»Hat sich Ihr Verhältnis verändert, als Sie Bürgermeisterin wurden?«

»Ich verstehe, worauf Sie hinauswollen, aber Sie können sich sicher sein, dass meine politischen Entscheidungen in keiner Weise beeinflusst wurden.«

»So etwas würden wir Ihnen natürlich auch niemals unterstellen.« Morten hob entschuldigend die Hände. Auf ein Zwinkern verzichtete er, die Ironie sollte sie wohl auch so verstanden haben.

»Wie würden Sie Alexander Clasen beschreiben?«, wechselte Elif das Thema. »Was für ein Mensch war er?«

»Ich verstehe nicht, was diese Fragerei soll«, sagte Barbara Wendt erneut verständnislos. »Denken Sie wirklich, dass Sie auf diese Weise den Mörder der beiden finden?«

»Wir stehen ganz am Anfang unserer Ermittlungen«, erklärte Elif geduldig. »Da kann jedes kleine Detail hilfreich sein.«

»Dann sage ich es Ihnen, wie es ist. Alexander war ein sehr angenehmer Mensch, ein toller Gesprächspartner, zielstrebig, zuverlässig, voller Ideen, mit einem trockenen Humor und einem großen Herzen.«

Wieder suchte Morten den Blickkontakt zu Elif. Ihr kurzes

Nicken bedeutete ihm, dass sie dasselbe dachte wie er. Sie mussten in die Offensive gehen.

»Wir haben anderes gehört«, sagte er ohne Umschweife. Aus den Augenwinkeln sah er den Feuerwehrmann an, der noch immer mit verschränkten Armen ein paar Meter entfernt stand. Er hatte das Gefühl, dass Barbara Wendt dem Mann bereits mehrfach einen missbilligenden Blick zugeworfen hatte.

»Uns wurde zugetragen, dass Alexander Clasen, aber auch seine Frau in Grömitz äußerst unbeliebt war«, fuhr er fort. Mit seinen Investitionen, die die Menschen hier nicht gerne sehen, und vor allem mit der Art, wie er dabei vorgegangen ist.«

»Ja, es war klar, dass so etwas kommt«, entgegnete Barbara Wendt und rümpfte ihre Nase. »Manchmal frage ich mich wirklich, ob ich das hier noch länger machen will. Diese Leute verdienen es doch gar nicht, dass ich tagtäglich vom Aufstehen bis zum Schlafengehen für sie im Einsatz bin. Alles, was neu ist, lehnen sie ab. Jede Veränderung wird verteufelt. Dabei merken sie gar nicht, dass genau diese Denkweise der Grund dafür ist, weshalb die großen Investoren sich lieber andere Seebäder suchen.«

»Uns interessieren weniger die Politik und die Tourismusziele Ihres Ortes als vielmehr die Tatsache, dass es möglicherweise Menschen gibt, die ein Motiv für den Mord an den Clasens haben.«

»Weil Alexander Immobilien aufgekauft und saniert hat? Das ist doch lächerlich.«

»Nennen Sie uns ein anderes Motiv.«

»Also mir reicht es jetzt. Wir befinden uns hier aus nachvollziehbaren Gründen in einer absoluten Ausnahmesituation. Und ich soll Ihnen sagen, wer Alex und Maren umgebracht hat? Ist das Ihr Ernst?«

»Ihre Aussagen stehen nun mal komplett im Widerspruch zu dem, was wir von anderer Seite gehört haben. Wobei Sie ja im Grunde eben bestätigt haben, dass die Leute hier von den Plänen der Clasens nichts halten. Da frage ich mich ehrlich gesagt, wie es um Ihre Beliebtheitswerte steht, aber das soll nicht unser Problem sein.«

»Nein, das muss es nicht. Sie brauchen sich um mich keine Sorgen zu machen. Ich habe hier trotz allem noch viel vor. War's das jetzt?«

»Für den Moment habe ich keine weiteren Fragen«, sagte Morten nachdenklich. »Nur noch zwei organisatorische Dinge. Wir benötigen so schnell wie möglich eine Liste aller Gemeindevertreter. Können Sie uns die besorgen?«

»Darf ich fragen, wofür Sie die benötigen?«

»Wir werden mit dem ein oder anderen sprechen müssen«, antwortete Morten. »Offenbar gab es ja auch aus gewissen Fraktionen Proteste gegen Clasens Pläne.«

»Sie wissen ja bereits eine ganze Menge«, sagte Barbara Wendt. Auf einmal schien es, als wäre sie auf der Hut.

»Wir gehen akribisch unserer Arbeit nach.«

»Das will ich doch hoffen. Meine Sekretärin wird Ihnen die Liste zukommen lassen.«

»Danke. Wäre es zudem möglich, dass Sie der Kripo im Rathaus einen Raum zur Verfügung stellen, wo wir uns in Ruhe besprechen können?«

»Sollte möglich sein«, antwortete Barbara Wendt knapp und drehte sich zu dem Mann von der Freiwilligen Feuerwehr um. »Fragen Sie doch den da, er schließt Ihnen auf.«

Morten nickte und wollte sich gerade schon von der Bürgermeisterin abwenden, als Elif sich räusperte.

»Ich habe noch eine letzte Frage«, warf sie ein. »Ich würde gerne wissen, ob Ihnen der Name Dirk Sander etwas sagt.«

Morten zuckte zusammen. Sie hatten Sander versprochen, nicht zu erwähnen, dass er die vergangene Nacht bei der Bürgermeisterin von Grömitz verbracht hatte. Andererseits waren sie diesem Mann auch nichts schuldig, schon gar nicht, wenn es darum ging, einen Doppelmörder zu finden.

Trotz seiner Verwunderung über Elif war ihm nicht entgangen, dass Barbara Wendt für einige Sekunden wie versteinert gewirkt hatte. Als sie sich wieder fing, kam ihr künstliches Lächeln zurück. Sie kämpfte mit allen Mitteln dagegen an, die Contenance zu verlieren.

»Natürlich kenne ich Herrn Sander«, sagte sie schließlich. »Ohne sein Unternehmen sähe es hier vielleicht noch immer so aus wie vor zwanzig Jahren.«

»Clasen und Sander waren ein eingespieltes Team, richtig?«

»Ein Glücksfall für Grömitz.«

»Wussten Sie, dass die beiden zuletzt Differenzen hatten?«

»Alexander und Dirk?«, fragte Barbara Wendt so prompt, dass Morten das Gefühl hatte, sie wollte nur Zeit gewinnen, um nach unverfänglichen Worten zu suchen.

»Dirk Sander hat es uns selbst gesagt«, half Elif der Bürgermeisterin auf die Sprünge.

»Das wusste ich nicht«, sagte sie schließlich.

Eine bessere Antwort war ihr also nicht eingefallen. Morten spürte allerdings, dass Elif sich damit nicht zufriedengeben wollte.

»Sander sah sich finanziell benachteiligt, er wollte die Konditionen der Zusammenarbeit ändern«, fuhr sie fort. »Könnte das nicht ein Motiv sein? Vielleicht sind die beiden darüber in Streit geraten.«

»Halte ich für ausgeschlossen«, antwortete Barbara Wendt knapp.

»Und weshalb?«

»Weil ich weiß, dass …« Sie stockte und schüttelte den Kopf. »Nein, Sie haben recht. Ich kann es nicht mit Sicherheit ausschließen.«

In alle Richtungen

Ida-Marie Berg blickte etwas hilfesuchend durch den Versammlungsraum im Rathaus, den sie kurzfristig zu einem kleinen Lagezentrum umfunktioniert hatten. Morten wurde das Gefühl nicht los, die Leiterin der Mordkommission sehnte sich von allen im Team am meisten nach Birger Andresen zurück. Nach jemandem, der ihr vertraut war. Und der die Erfahrung mitbrachte, um mit solch einer Situation umzugehen.

Erst als Harald Seelhoff den Raum betrat, schien sie etwas ruhiger zu werden. Die beiden begrüßten sich freundschaftlich und redeten eine Weile miteinander, ehe sie sich an den großen ovalen Tisch setzten.

»Okay, fangen wir an«, sagte Ida-Marie mit ernster Stimme. »In einer Stunde werden Harald und ich eine kurze Pressekonferenz geben. Es bietet sich an, da wegen des Sturms gerade ohnehin mehrere Medien vor Ort sind. Nutzen wir die Zeit bis dahin, um uns gegenseitig auf den aktuellen Stand der Dinge zu bringen. Ole, fass doch bitte zusammen, was wir derzeit wissen.«

An seinem irritierten Blick erkannte Morten, dass dieser Vorstoß nicht mit Ole abgesprochen war. Auch er selbst fragte sich, weshalb Ida-Marie den Unerfahrensten aus dem Team vorschickte, anstatt selbst den Stand der Ermittlungen vorzutragen.

»Ich versuche mir gerade vorzustellen, wie mein Vater in solchen Momenten vorgegangen ist«, begann Ole zögerlich. »Wahrscheinlich ist er im Raum auf und ab gelaufen. Oder er hat –«

»Komm bitte zur Sache«, unterbrach Ida-Marie ihn. »Jeder hier weiß, wie Birger tickt.«

»Natürlich«, sagte Ole und hob entschuldigend die Hände. »Also gut, heute Morgen wurden die Leichen von Alexander

Clasen, achtundvierzig Jahre alt, und seiner gleichaltrigen Frau Maren in ihrem Haus in Grömitz vorgefunden. Das Ehepaar war kinderlos und wohnte seit etwas mehr als zehn Jahren in der Villa am Kurpark. Sie betrieben eine Immobilienfirma, die sich darauf spezialisiert hatte, ältere Villen und andere Objekte aufzukaufen und zu sanieren.«

Er blickte auf ein paar Zettel, die vor ihm lagen. »So wie sich die Situation darstellt, kamen die beiden gewaltsam zu Tode. Und zwar mittels Strangulation und Ersticken durch Tüten über ihren Köpfen, an denen eine Art Strick befestigt war.«

»Können wir hierzu schon Genaueres sagen?«, hakte Ida-Marie ein und blickte Seelhoff an. »Zu Beschaffenheit und Herkunft der Tüten vielleicht?«

»Auf den ersten Blick würde ich sagen, dass es keine Tüten sind, die im normalen Handel erhältlich sind. Es handelt sich mehr um Plastikbeutel aus recht dickem Kunststoff mit einer Kordel zum Zuziehen«, berichtete der Kriminaltechniker. »Ich habe keine Ahnung, welchen genauen Zweck die normalerweise erfüllen sollen.«

»Versucht herauszufinden, wo die verkauft werden«, wies Ida-Marie ihn an. »Wenn sie so speziell sind, dass sie nur in besonderen Geschäften angeboten werden, könnte sich auf diese Weise vielleicht eine Spur ergeben. Apropos Spuren, habt ihr schon erste Ergebnisse aus dem Haus?«

»Wir werden heute wahrscheinlich noch fertig werden«, antwortete Seelhoff, während er an seinem ergrauten Schnurrbart zwirbelte. Mit den wenigen kurz rasierten Haaren und dem drahtigen Körper erinnerte er Morten manchmal ein wenig an den späten Sean Connery.

»Was ich aber schon sagen kann, ist, dass der Täter wahrscheinlich Handschuhe getragen hat«, fuhr Seelhoff fort. »Frische Fingerabdrücke außer denen der beiden Opfer haben wir nicht gefunden. Dagegen gab es überall im Treppenhaus und auch im Wohnzimmerbereich und in der Küche Schuhabdrücke. Das miese Wetter hat an der Stelle auch etwas Gutes, genau wie das recht grobe Profil der Schuhe. Aber andererseits helfen uns diese Spuren nicht zwangsläufig, wenn wir keinerlei Ahnung haben, wem sie gehören.«

»Welche Größe?«

»Nicht ganz leicht zu sagen, im Moment würde ich zwischen einundvierzig und vierundvierzig schätzen.«

»Ziemlich große Spanne«, raunte Ida-Marie.

»Wir werden das noch genauer bestimmen können«, antwortete Seelhoff unbeeindruckt.

»Fehlt denn irgendetwas aus dem Haus?«, hakte Morten nach.

»Bislang deutet nichts darauf hin. Es wurde nichts aufgebrochen oder durchwühlt. Es gibt auch keine Hinweise darauf, dass der Täter in den oberen Stockwerken gewesen ist. Also würde ich einen Raubmord im Augenblick ausschließen.«

»Was ist mit DNA-Spuren?«

»Wir haben jede Menge Haare und Hautschuppen gefunden, aber es steht zu befürchten, dass sie von den Opfern stammen. Die Rückmeldung aus dem Labor sollte hoffentlich morgen da sein. Auch der Bericht aus der Rechtsmedizin dürfte interessant sein, aber ich lehne mich nicht zu weit aus dem Fenster, wenn ich sage, dass die beiden sich sehr zur Wehr gesetzt haben. Ein Todeskampf, der mit Sicherheit einige Minuten gedauert hat. Ihr habt die Strangulationswunden ja selbst gesehen.«

»Also nicht wirklich etwas, das uns im Moment weiterbringt«, fasste Ida-Marie etwas ernüchtert zusammen.

Morten beobachtete seine neue Chefin. Er wunderte sich, wie angespannt sie war, sodass sie nicht unbedingt motivierend zum Team sprach. So hatte er sie bislang nicht kennengelernt.

»Wenn du gehofft hast, dass wir den Täter auf dem Silbertablett präsentieren, dann muss ich dich enttäuschen«, gab Seelhoff zurück. »Aber es gibt noch ein paar Dinge, die vielleicht wichtig sein könnten. Zum Beispiel sind wir uns anhand der Schuhabdrücke sicher, dass der Täter das Haus durch die Kellertür auf der Hinterseite betreten hat. Die Tür war allerdings nicht abgesperrt. Er muss also entweder gewusst haben, dass sie nicht verschlossen ist, oder aber beobachtet haben, wie Alexander Clasen draußen seinen Garten sturmsicher machte. Denn genau solche Spuren haben wir gefunden. Clasen war am Abend draußen an seinem Gartenschuppen.«

»Könnt ihr etwas zum Todeszeitpunkt sagen?«, fragte Elif.

»Eher abends oder nachts als am frühen Morgen, aber dazu soll sich besser auch Danuta äußern.«

Mortens Gedanken schweiften kurz ab. Er kannte Professorin Danuta Kapustka, die Leiterin der Lübecker Rechtsmedizin, ganz gut. Sie waren sogar ein paarmal ausgegangen, allerdings rein freundschaftlich. Sie war nur unwesentlich älter als er, aber Morten wusste, dass sie auf ältere Männer stand.

»In Ordnung, dann kommen wir zu den Gesprächen, die ihr bereits geführt habt.« Ida-Marie nickte Ole zu, der sich gerade Kaffee aus der riesigen Kanne, die mitten auf dem Tisch stand, nachschenkte. Die Sekretärin der Bürgermeisterin, die ihnen die Liste der Gemeindevertreter gebracht hatte, war aufmerksam gewesen und hatte sie mit Getränken und ein paar belegten Brötchen versorgt.

»Ich habe mich vor allem in der Nachbarschaft umgehört«, übernahm Ole wieder das Wort. »Um es gleich vorwegzunehmen, die Clasens schienen sehr beliebt zu sein. Alle Gespräche liefen in dieselbe Richtung: Sie waren nette, unauffällige, aber zuvorkommende Nachbarn. Aber vor allem wurden ihre besonderen Leistungen für Grömitz hervorgehoben.«

Morten bemerkte, dass Elif unruhig auf ihrem Stuhl hin und her rückte. Er versuchte, ihren Blick zu fangen, um ihr ein Zeichen zu geben, sich zurückzuhalten, aber dafür war es bereits zu spät.

»Besondere Leistungen?«, fragte sie, und es klang beinahe höhnisch.

»So wie ich es verstanden habe, hat Alexander Clasen mit seinen Investitionen dem Ort ein neues Gesicht gegeben und gleichzeitig dafür gesorgt, dass der alte Charme nicht verschwindet«, sagte Ole.

»Ja, genug von dieser Lobhudelei auf die Clasens«, ging Ida-Marie ungeduldig dazwischen. »Irgendjemand scheint ja ein Problem mit ihnen gehabt zu haben. Das würde mich mehr interessieren.«

»Ich befürchte, dass ich dazu nicht viel sagen kann«, meinte Ole achselzuckend. »Jeder, mit dem ich gesprochen habe, war zutiefst schockiert. Niemand kann sich auch nur ansatzweise vorstellen, wer die beiden getötet hat.«

»Na schön«, seufzte Ida-Marie. »Morten und Elif, ich hoffe, ihr habt irgendetwas in Erfahrung bringen können, das uns weiterhilft.« Sie fuhr sich mit der linken Hand durchs Gesicht, als würde sie am liebsten die Augen vor der ganzen Situation verschließen.

»Vor allem haben wir ein ganz anderes Bild der Clasens gewonnen«, kam Elif direkt zur Sache. Sie berichtete ausführlich von ihren Gesprächen und betonte am Ende, auf jeden Fall Dirk Sander noch einmal auf den Zahn fühlen zu müssen.

»Und dann ist da noch eine Sache, die interessant sein könnte«, sagte sie. »Wir vermuten, dass Sander ein Verhältnis mit der Bürgermeisterin hat.«

»Und was genau soll das bedeuten?«

»Das müssen wir herausfinden, aber eventuell liegen die Differenzen zwischen Sander und Clasen tiefer, als wir denken. Vielleicht hat Barbara Wendt auch ein bestimmtes Interesse in dieser Angelegenheit verfolgt.«

»Weshalb sollte ein erfolgreicher Unternehmer wegen finanzieller Meinungsverschiedenheiten alles aufs Spiel setzen und seinen Geschäftspartner und dessen Frau umbringen?«, warf Ole plötzlich ein. »Das erscheint mir schwer vorstellbar.«

»Wäre nicht das erste Mal, dass Geld die Menschen zu solch einer Tat treibt«, sprang Morten Elif zur Seite.

»Aber doch nicht auf diese Weise.« Ole schüttelte den Kopf. »Das waren keine Morde aus dem Affekt heraus. Der Mörder hat einen Plan.«

»Was meinst du damit?«

»Als ich die beiden gesehen habe, kamen mir sofort zwei Dinge in den Sinn. Zum einen kann der Täter nicht beide Opfer zur selben Zeit getötet haben. Zum anderen, und das folgt aus der ersten Sache, denke ich, dass das zweite Opfer dabei zusehen sollte, wie das erste zu Tode gewürgt wurde.«

Morten biss sich auf die Zunge. Elif und er hatten sich in der Villa der Clasens auch darüber unterhalten, dass der Tatort arrangiert wirkte. Das sprach zweifellos gegen Dirk Sander, aber konnten sie ihn deshalb einfach als Täter ausschließen? Nicht einmal Barbara Wendt hatte ihre Hand für ihn ins Feuer legen wollen.

»Wissen wir, wer von den beiden zuerst sterben musste?«, fragte Ida-Marie und blickte erneut in Richtung Seelhoff.

»Nein, aber ich werde Danuta bitten, ein Auge darauf zu werfen. Obwohl ich mir nicht vorstellen kann, dass sie sich zu einer Aussage hinreißen lässt. Beide Morde sind mit Sicherheit innerhalb weniger Minuten geschehen.«

»Mir erscheint diese Theorie jedenfalls schlüssig, Ole«, sagte Ida-Marie. »Was gleichzeitig bedeuten würde, dass wir es mit hoher Wahrscheinlichkeit mit einem Täter aus dem näheren persönlichen Umfeld der Clasens zu tun haben. Jemand, der sich an ihnen auf besonders perfide Art rächen wollte. Auf dieses Täterprofil passt meines Erachtens kein Geschäftspartner, der über Finanzielles verhandeln will und, so wie ich es verstanden habe, längst selbst am längeren Hebel sitzt.«

»Trotzdem stimmt mit diesem Sander irgendetwas nicht«, sagte Elif in einer Mischung aus Beharrlichkeit und Trotz. »Und die Rolle der Bürgermeisterin in dieser ganzen Sache ist mir auch suspekt.«

»Knöpft ihn euch meinetwegen noch einmal vor und holt so viele Informationen über die Clasens wie möglich aus ihm heraus, aber lasst bitte die Bürgermeisterin fürs Erste aus der Sache raus. Ich will nicht, dass wir sie mit unseren Ermittlungen gegen uns aufbringen. Was ich bislang über sie gehört habe, klingt, als wäre es besser, sie auf unserer Seite zu haben.«

»Soll das etwa heißen, dass wir uns aus politischen Gründen bei unseren Ermittlungen zurückhalten sollen?«, fragte Elif konsterniert.

»Ich möchte, dass wir uns auf das Wesentliche konzentrieren und keine Nebenkriegsschauplätze aufmachen. Wenn Barbara Wendt Dreck am Stecken hat, können wir das immer noch später regeln. Jetzt gilt es, dass wir alles dafür tun, den Mörder der Clasens zu finden.«

»Wir haben hier eine Liste mit allen Gemeindevertretern«, sagte Morten. »Laut Sander waren einige von ihnen auf Demos, die sich gegen die Investitionen und Sanierungen von Alexander Clasen gerichtet haben. Wir sollten überprüfen, wer diese Leute sind. Ob jemand dabei ist, der –«

»Halte ich für ausgeschlossen«, wurde Morten von Ole unterbrochen.

»Ach ja? Und warum?«

»Wie ich eben sagte, sieht es für mich so aus, als wäre die Person, die wir suchen, nach einem klaren Plan vorgegangen. Jemand, der gegen Clasens Aktivitäten auf die Straße geht, wird nicht auf diese Weise Morde begehen. Schon gar nicht jemand, der sich hier in der Politik engagiert.«

»Wahrscheinlich würdest du anders denken, wenn du unsere Gespräche geführt hättest«, entgegnete Morten und merkte sofort, wie dünnhäutig er reagierte. »Wir wissen bislang verdammt wenig, darum sollten wir einfach nichts vorschnell ausschließen«, schob er hinterher.

»Ihr habt beide recht«, sagte Ida-Marie. »Nach dem, was ich gehört habe, glaube ich auch nicht unbedingt, dass das Motiv mit Clasens geschäftlichen Aktivitäten zu tun hat. Andererseits ist das aktuell unser einziger richtiger Ansatz. Wir werden auf jeden Fall weiter in alle Richtungen ermitteln. Vielleicht bringt der Bericht aus der Rechtsmedizin noch Erhellendes. Ansonsten macht ihr so weiter wie bislang. Findet so viel wie möglich über die Clasens heraus. Wir brauchen alles über sie, Freundeskreis, sonstige Familie und natürlich auch noch mehr Informationen über das Unternehmen und seine Pläne.«

Sie erhob sich von ihrem Stuhl. »Harald, wir kümmern uns jetzt um die Presse. Angesichts des Wetters schlage ich vor, dass wir hier anschließend die Zelte für heute abbrechen. Wir sehen uns später im Präsidium.«

Während Ida-Marie und Seelhoff verschwanden, um den Medienvertretern im Foyer des Rathauses Rede und Antwort zu stehen, blieben die anderen zurück und saßen eine Weile schweigend auf den schweren, aber gemütlichen Lederdrehsesseln. Es war Ole, der als Erster etwas sagte.

»Wisst ihr, wir haben etwas gemeinsam. Ihr kennt meinen Vater genauso wenig wie ich.«

»Ich habe in den letzten Jahren viel von Birger gelernt«, sagte Morten und stand nun ebenfalls auf. »Im Sommer bei dem Fall in Scharbeutz haben wir so eng wie nie zuvor zusammengearbeitet. Ich würde schon sagen, dass ich deinen Vater kenne.«

»Dann hast du mir tatsächlich einiges voraus. Wie ist er denn so?«

»Ich habe viele Geschichten von früher gehört«, antwortete Morten. »Es muss nicht immer leicht mit ihm gewesen sein. Und mit Sicherheit kann er anstrengend sein. Ich will nicht sagen, dass er als Kriminalkommissar mein Vorbild ist, denn wir sind grundverschieden. Trotzdem glaube ich, dass er der beste Ermittler mindestens in Schleswig-Holstein ist. Er fehlt dem Team, aber so ist es nun mal. Es hat eine neue Zeit nach Birger Andresen begonnen.«

Ole nickte bedächtig. Es schien, als müsste er seine Worte

noch richtig einordnen. In Wahrheit wusste auch Morten selbst noch längst nicht, wie diese neue Zeit aussehen sollte.

»Komm, gehen wir.« Er blickte Elif an. »Nehmen wir uns die Liste mit den Gemeindevertretern vor.«

Unmenschlich

Wenn er zurück an die Zeit dachte, in der sein Leben zerstört worden war, wurde ihm auch heute noch schwarz vor Augen. Nur für den Bruchteil einer Sekunde. Ein ganz kurzes Flackern. Als würde der Gedankenfilm reißen. Oder eine Sequenz ankündigen, die noch düsterer war als der Rest. Vielleicht eine unterbewusste Warnung, an dieser Stelle der Reise in die Vergangenheit besser anzuhalten.

Es gelang ihm nur selten. Meistens kamen die Bilder mit derart geballter Wucht zurück, dass die Wut ungehemmt die Gewalt über seinen Verstand einnahm.

Jahrelang hatte er sich regelrecht gewünscht, Wut zu fühlen. Doch jetzt, wo sie regelmäßig hochkam, empfand er diese Momente, in denen sein Kopf explodierte und er keine Kontrolle mehr über seinen Körper hatte, einfach nur als schrecklich und qualvoll.

Er hatte gehofft, nach den ersten beiden Morden ein Gefühl der Genugtuung zu empfinden. Dass der Hass langsam verschwand. Aber das Gegenteil war der Fall. Es hatte ihn derart getriggert, dass er es wieder tun musste. Diejenigen töten, die Meilensteine in seinem verkorksten Leben waren.

Die ursprüngliche Liste war lang gewesen. Er hatte schnell gemerkt, dass er sie nicht ganz abarbeiten konnte. Stattdessen hatte er sich frühzeitig auf diejenigen konzentriert, die auf jeden Fall dran glauben mussten. Die es nicht verdient hatten, weiterzuleben. Andere waren nur Mitläufer gewesen. Wenn ihm die Zeit bliebe, würde er sich auch um sie kümmern. Doch wichtiger waren erst mal die Hauptschuldigen.

Fast zwei Jahre waren inzwischen vergangen, seit das Unvorstellbare passiert war. Dass er ihm begegnet war, diesem Jungen von damals, von dem er am Ende selbst nicht mehr gewusst hatte, ob es ihn gegeben hatte oder er ihn sich nur einbildete. Mitten in Lübeck war er ihm über den Weg gelaufen. Für einen kurzen Moment war er so perplex gewesen, dass er ihn um ein Haar wieder aus den Augen verloren hätte. Aber dann war er ihm gefolgt. An diesem Tag. Und auch am nächsten und übernächsten. So lange, bis er sich sicher gewesen war. Bis er alles über ihn wusste.

Da war kein Hass, wenn er ihn sah. Noch immer war er etwas ganz Besonderes in seinem Leben. Und dennoch ertrug er es nicht, dass diese Person offenbar ein ganz normales Leben führte, während er selbst am Abgrund stand.

Er wusste noch immer nicht, was er mit ihm machen sollte, obwohl ihm die Zeit davonlief. Ihn zu töten konnte er sich nicht vorstellen. Doch stand er auf seiner Liste fast ganz oben. Aber seit Wochen verdrängte er den Gedanken an die Konfrontation mit ihm.

Über ihm gab es nur eine weitere Person, die noch bedeutsamer für ihn war. Ganz am Ende würde er sich um den Menschen kümmern, der für all sein Leid verantwortlich war. Die Person, die er bis heute nicht kannte und auf eine gewisse Weise doch schon immer.

Vielleicht hätte er nur sie zur Rechenschaft ziehen sollen. Darüber hatte er so oft nachgedacht, dass er Zweifel bekam, ob es richtig war, was er tat. Aber zum Glück hatte seine Vernunft bislang immer gesiegt. Sie war zwar die Person, die ihn vom ersten Tag seines Lebens an im Stich gelassen hatte, allerdings gab es da draußen weitere bösartige Menschen, die ihn schlecht behandelt hatten.

Schlecht behandelt. Er musste schmunzeln bei dieser Wortwahl. Ein Schmunzeln, das so bitter war, dass sich sofort Tränen in seinen Augen bildeten. Sie hatten ihn nicht nur schlecht behandelt. Es gab gar keine Worte für das, was sie ihm angetan hatten. Es war schlichtweg unmenschlich gewesen.

Jetzt ging es um die nächste dieser Personen. Vielleicht konnte sie sich gar nicht mehr an ihn erinnern, weil er nur einer von vielen gewesen war, dessen Leben sie zerstört hatte.

Aber er würde ihr auf die Sprünge helfen, und dann sollte sie verstehen, dass nach so vielen Jahren der Zeitpunkt der Rache gekommen war. Für all die grauenhaften Momente, die sie ihm zugefügt hatte. Oder wenn sie einfach nur weggesehen und geschwiegen hatte.

Sie war definitiv jemand, der sterben musste. Und spüren sollte, wie sich der Schmerz und die Qualen anfühlten. Wenn von einer Sekunde auf die andere die Welt um einen herum zusammenbrach. Es würde natürlich nicht ansatzweise der gleiche Schmerz sein, der ihn jahrelang zerstört hatte, aber die Hoffnung auf ein wenig Genugtuung war immer noch da. Denn niemals würde er das, was er damals erlebt hatte, vergessen können. Dieser Gedanke stand über allem.

Aus seiner Jackentasche zog er ein kleines Stemmeisen. Er hatte das Haus in Travemünde wochenlang beobachtet. Tatsächlich war es hier schwieriger, unbehelligt einzusteigen, als in die Villa in Grömitz. Aber er war sich sicher, mit dem Seitenfenster links am Haus die Schwachstelle gefunden zu haben. Und es war mitten in der Nacht, sodass ihn hoffentlich niemand sah.

Er atmete tief durch und blickte dabei an sich herunter. Die dicke Winterjacke, die schwarze Jeans und die schweren Schuhe. All das trug er schon seit Jahren, viel mehr an Kleidung besaß er gar nicht.

Das war sein Leben. Es fühlte sich heruntergekommen und nutzlos an. Den Anblick im Spiegel vermied er schon seit Langem. Er konnte es kaum ertragen, dieses Elend mit eigenen Augen zu sehen.

Wenn das alles vorbei und er noch am Leben wäre, würde er sich vielleicht auch wieder um sein Äußeres bemühen. Aber zuerst musste er sich um seine inneren Wunden kümmern.

Marzipan Gin

Er erkannte Elif schon von Weitem. Sie hatte sich umgezogen und trug jetzt einen dunkelgrünen Parka mit einer dicken Kapuze, um sich gegen die mittlerweile wieder stark auffrischenden Sturmböen zu schützen.

Gegen kurz vor fünf waren sie aus Grömitz zurückgekehrt. Während Ole gleich nach der Pressekonferenz mit Ida-Marie nach Lübeck gefahren war, hatten sich Morten und Elif mit ihren mitgebrachten Notebooks in einen kleinen Raum im Rathaus zurückgezogen. Sie hatten durch mehrere Zeitungsartikel relativ schnell herausfinden können, welche Gemeindevertreter gegen die Pläne von Alexander Clasen auf die Straße gegangen waren. Die meisten von ihnen waren Frauen, aber auch zwei Männer, die den Fotos nach zu urteilen bereits jenseits der sechzig sein mussten. Es war niemand dabei gewesen, der ihnen auf den ersten Blick so vorgekommen wäre, als wäre er zu einem solch grausamen Doppelmord fähig.

Auf der Rückfahrt hatten die beiden vor allem über Ole und das offenbar schwierige Verhältnis zu seinem Vater gesprochen. Beide waren sich einig, dass die neue Situation komplizierter als anfangs gedacht werden würde. Ole war unerfahren, aber sehr von sich und seinen kriminalistischen Fähigkeiten überzeugt. Und er würde versuchen, sich von Birger Andresens Ermittlungsweise deutlich abzugrenzen und seinen eigenen Stil zu finden. Umso wichtiger war es, dass Ida-Marie das Team gut leitete, auch wenn sie heute etwas zerfahren und verloren gewirkt hatte.

Als Morten Elif in Lübeck schließlich vor ihrer Haustür in der Großen Burgstraße abgesetzt hatte, hatte er die Chance ergriffen, sie zu fragen, ob sie Lust habe, heute Abend mit ihm auszugehen. Irgendwo gemütlich etwas trinken und ein bisschen reden. Zu seiner ehrlichen Überraschung hatte sie seinem Vorschlag erfreut zugestimmt.

Auf dem Weg von seiner Wohnung in der Engelsgrube bis hierher in die Cocktailbar an der Untertrave musste Morten jeder Menge herabgefallener Dachziegel ausweichen. Doch das war das weitaus geringere Problem im Vergleich zu dem Hochwasser der Trave, die bereits in seichten Wellen über die Kaikante floss und an manchen Stellen sogar schon die Straße erreichte. Wenn das Wasser noch weiter stieg, würde die Bar wohl nicht mehr lange geöffnet haben und stattdessen mit Sandsäcken und Brettern gesichert werden müssen, fuhr es ihm durch den Kopf. Er konnte sich nicht erinnern, dass das Wasser an der Untertrave jemals über das Ufer getreten war, und wollte sich gar nicht vorstellen, wie es nur ein paar Meter weiter an der Obertrave aussah, wo der Fluss immer als Erstes an Land schwappte, wenn in Lübeck Hochwasser herrschte.

»Wird vielleicht ein kurzer Abend«, sagte Morten zur Begrüßung und nickte in Richtung des Flusses.

»Dann gehen wir einfach zu mir, wenn die hier wirklich schließen.«

Morten sah Elif einen Moment lang verdutzt an. Erst als er sah, dass sie lächelte, entspannten sich seine Gesichtszüge wieder. So gern er von ihr zu sich nach Hause auf einen Absacker oder Kaffee eingeladen worden wäre, so sehr verunsicherte ihn der Gedanke, tatsächlich ganz allein mit ihr zu sein. So wie er sie bislang kennengelernt hatte, passte es auch nicht zu ihr, derart in die Offensive zu gehen.

Sie bestellten besondere Gin-Kreationen mit Marzipan- und Johannisbeergeschmack, und Morten fühlte sich so wohl wie seit Langem nicht mehr. Sie redeten über Musik und Essen, über Yoga und Drinks, aber kein einziges Wort über das, was sie an diesem Tag in Grömitz erlebt hatten. In manchen Momenten hatte Morten das Bedürfnis, ihr Gespräch etwas persönlicher werden zu lassen, aber vielleicht war das nur seiner Ungeduld und Erwartungshaltung geschuldet, die er in Elifs Gegenwart einfach nicht in den Griff bekam.

Um kurz nach neun bezahlten sie. Natürlich jeder für sich, auch wenn Morten Elif gern eingeladen hätte. Aber er wusste, dass sie es in den falschen Hals bekommen hätte.

Das Wasser der Trave schwappte noch immer über die Kaikante. Es war ein schöner Abend gewesen, der sich dennoch unvollkommen anfühlte, wenn sie jetzt beide nach Hause gingen. Einzeln, jeder für sich.

»Zu mir ist es noch ein bisschen näher als zu dir«, sagte Morten und bereute seine Worte sofort. »Also, falls du noch Lust auf ein Getränk hast«, schob er hinterher.

»Auf einen Mokka?«

»Ich weiß nicht, ob –«

»Schon gut, ich nehme auch einen normalen Kaffee. Und bevor ich zu Hause Löcher in die Decke starre, kann ich auch mit zu dir kommen.«

»Wenn du nur deswegen mitkommst, gehst du vielleicht doch besser nach Hause. Ich bin nämlich kein Ersatz für deine Schlaflosigkeit.«

»So meinte ich das doch gar nicht.«

Morten merkte, dass er gerade völlig grundlos viel zu schnippisch reagiert hatte, anstatt die Zeichen zu erkennen, die Elif ihm gegeben hatte. »Ich natürlich auch nicht«, wiegelte er schnell ab. »Also gehen wir zu mir. Irgendetwas werde ich aus meinem Vollautomaten schon herausbekommen.«

»Mach dich einfach locker«, sagte Elif. »Am Kaffee wird's nicht scheitern.«

»Was?«, fragte Morten, ohne nachzudenken.

Die Stille, die folgte, war derart unangenehm, dass er sich in Grund und Boden schämte. Elif hatte einfach nur flapsig etwas daher gesagt, aber seine unbedachte Nachfrage hatte sie in eine Situation gebracht, aus der es keinen vernünftigen Ausweg zu geben schien. Normalerweise hätte er selbst mit einem lockeren Spruch reagiert, aber bei Elif war das anders.

Schweigend gingen sie los, bis sie das Mehrfamilienhaus in der Engelsgrube, in dem Morten seit etwas mehr als fünf Jahren in einer Dachgeschosswohnung lebte, erreichten. Ein altes Lübecker Altstadthaus mit Treppengiebel. Allerdings auch eines der wenigen, das in den letzten Jahren nicht aufwendig saniert worden war. Er wohnte gern hier, aber der Zustand des Hauses ließ ihn immer öfter darüber nachdenken, sich etwas anderes zu suchen. Vor allem Küche und Badezimmer bedurften dringend einer Frischzellenkur, aber seinen Vermieter schien das nicht weiter zu interessieren.

Auch das Treppenhaus war in einem Zustand, dass er sich bemüßigt fühlte, sich bei Elif dafür zu entschuldigen.

»Ich will hier ja nicht einziehen«, reagierte sie trocken.

Morten erahnte ein Grinsen hinter ihrer ernsten Miene und musste lächeln. Er mochte ihren Humor. Sie schaffte es, mit wenigen Worten Situationen aufzulockern, ohne dabei zu bemüht zu klingen.

Während Elif sich im Badezimmer frisch machte, zog Morten sein Handy aus der Hosentasche. Nach wenigen Sekunden hatte er gefunden, was er suchte. Zum Glück hatte er nicht nur Bohnen für seine Maschine, sondern auch noch eine ältere Packung gemahlenen Kaffee im Schrank stehen. Er befüllte seinen Wasserkocher, und als Elif zurück aus dem Badezimmer kam, standen zwei dampfende Tassen Mokka auf der kleinen Theke, die Küche und Esszimmer voneinander trennte.

»Der schlechteste Mokka, den du je getrunken hast.«

»Dann würde ich lieber einen Espresso aus deiner Maschine haben.«

»Kein Problem.«

»War ein Spaß«, sagte Elif streng. »Machst du eigentlich immer, was man dir sagt?«

»Ich möchte –«

»Das mag ich an Männern überhaupt nicht, wenn sie meinen, es einem immer recht machen zu müssen, und keine eigene Meinung haben«, unterbrach sie ihn. »Wenn du keinen guten Mokka hast, brauchst du auch keinen zu machen. Du bist der Gastgeber, ich richte mich nach dir.«

»Ich wollte nur aufmerksam sein.« Morten zuckte mit den Achseln. »Irgendwie weiß ich bei dir nie so richtig, woran ich bin.«

»Dann finde es doch einfach heraus. Zum ersten Mal seitdem Caner tot ist, bin ich wieder mit einem Mann ausgegangen. Und jetzt bin ich hier bei dir.«

»In den letzten Wochen herrschte ziemliche Funkstille zwischen uns. Ich hatte ehrlich gesagt nicht mehr erwartet, dass …« Er stockte.

»Dass?«

»Sag du es mir.«

»Das habe ich im Sommer bereits getan, falls du dich erinnerst. Zeit ist das entscheidende Wort. Du musst Geduld mit mir haben. Vielleicht bin ich jetzt einen Schritt weiter.«

»Eben hast du gesagt, ich soll nicht versuchen, dir alles recht zu machen. Gleichzeitig muss ich aber Rücksicht darauf nehmen, wann du dich bereit fühlst zuzulassen, dass …« Wieder sprach Morten seinen Satz nicht zu Ende. Er brachte die entscheidenden Worte einfach nicht über die Lippen. In jedem romantischen Film wäre jetzt der Moment gewesen, in dem der Mann alle Hemmungen fallen lässt und die Frau küsst. Doch das hier war kein Film, sondern die manchmal ernüchternde Realität.

»Wir haben den ganzen Abend nicht über den Fall gesprochen«, sagte Elif plötzlich und nippte an ihrem Kaffee. »Das war auch gut so, aber bevor ich gehe, würde ich gerne doch noch einmal über den heutigen Tag reden. Vor allem darüber, wie unsere Besprechung verlaufen ist.«

Auch das war Elif. Sie konnte auch im Negativen überraschen, indem sie wie aus dem Nichts eine sehr persönliche Situation zerstörte und stattdessen lieber über ihre Ermittlungen sprechen wollte.

»Tut mir leid, heute Abend nicht mehr«, sagte er nach einigen Sekunden der Stille.

»Ich bin doch auch müde, aber mich beschäftigen einige Dinge, die heute –«

»Ich bin der Gastgeber«, unterbrach Morten Elif.

Sie wollte noch einmal ansetzen, merkte dann aber offenbar, dass er sie mit ihren eigenen Argumenten geschlagen hatte. Diese Runde ging an ihn.

Aber was für eine Denkweise war das bloß, wenn ihm in diesem Augenblick das Bild eines Boxkampfes in den Sinn kam. Irgendetwas zwischen ihnen stimmte nicht. Obwohl sie beide sich offenbar mehr vorstellen konnten, war da diese unsichtbare Mauer, die keiner von ihnen überwinden wollte.

Er versuchte ihre Reaktion zu deuten, hoffte, dass sie vielleicht lächeln würde, weil sie seinen Seitenhieb verstanden hatte, was sicherlich der Fall war, aber sie blickte ihn beinahe empört an. Es war verrückt. Elif wollte, dass er freiheraus redete, aber wenn er es tat, kam sie damit gar nicht zurecht.

»Mein Negroni ist besser als mein Mokka«, sagte er nach einer Weile des Schweigens.

»Deinen scharfen Verstand würde ich jetzt attraktiver finden. Ich glaube, es ist besser, wenn ich jetzt gehe.«

Morten seufzte. Alles, was er sagte, kam falsch bei ihr an. Vielleicht war das auch ein Zeichen dafür, dass es zwischen ihnen nicht passte. Missverständnisse in jedem zweiten Satz waren jedenfalls nicht die Basis für eine glückliche Beziehung. Oder mussten sie einfach endlich nur diesen Knoten lösen?

»Ich würde mich freuen, wenn du noch bleibst«, sagte er und setzte ein versöhnliches Lächeln auf. »Ich werde weiterhin geduldig sein. Auch wenn ich nicht versprechen kann, dass es mir immer gelingen wird. Aber ich möchte, dass du weißt, dass ich mich –«

»Nein, sag es nicht.«

»Wieso denn nicht?«

»Weil …« Jetzt war es Elif, die nicht weiterreden konnte.

Sie schluckte schwer. Morten erkannte, dass sich ihre Augen röteten.

»Ich glaube, dass ich Angst habe«, sagte sie leise. Ihre Stimme zitterte. »Ich würde es nicht verkraften, noch einmal jemanden zu verlieren. Andererseits weiß ich, dass ich mein Trauma nur verarbeiten kann, wenn ich wieder lebe. Und liebe.«

Morten bemerkte plötzlich, dass er unbewusst immer weiter auf Elif zugegangen war. Sie beide trennte nur noch eine halbe Armlänge voneinander. Ohne dass er sich dagegen wehren konnte, hob er seine rechte Hand in Richtung ihres Gesichts. Vorsichtig strich er über ihre Wange und wischte eine Träne weg.

Dann beugte er sich noch ein Stück weiter vor, bis sich ihre Lippen schließlich berührten.

Aquavit und Pizza Tonno

Den ganzen Tag über hatte Birger Andresen auf den Anruf gewartet. Das hätte er natürlich niemals zugegeben. Nicht gegenüber Agnes, seiner Partnerin. Und schon gar nicht gegenüber Ole. Aber nachdem er die Meldungen aus Grömitz im Radio gehört hatte, war der bekannte Mechanismus in seinem Kopf sofort wieder angesprungen. Er hatte sogar schon selbst zum Hörer gegriffen, um im Präsidium anzurufen, sich aber im letzten Moment noch zurückgehalten.

Die erste größere Ermittlung ohne ihn.

Während seiner einjährigen Weltreise mit Agnes hatte er die Arbeit komplett ausblenden können. Keinen Gedanken daran verschwendet, ob es vielleicht einen Fall gab, der die Mordkommission an ihre Grenzen brachte. Die ganze Zeit in dem Bewusstsein, dass er zurückkommen würde und alles wieder so wie immer wäre.

Aber so war es nicht gekommen. Mit Solveig Schröder gab es eine neue Polizeipräsidentin, die zwar nicht unsympathisch war, aber mit der er nicht unbedingt auf einer Wellenlänge lag, und auch innerhalb der Mordkommission selbst fand ein Generationswechsel statt.

Da war zum einen Morten. Er mochte ihn, nicht ohne Grund hatte er ihn in den letzten Jahren unter seine Fittiche genommen. Zum anderen war Elif Duman vor einigen Monaten zum Team gestoßen. Sie war eine junge Kollegin, von der er viel hielt. Birger war überzeugt davon, dass die beiden sehr clever waren und mit wachsender Erfahrung hervorragende Ermittler sein würden.

Mit der Tatsache, dass sein Sohn nun mit über dreißig und nach einigen anderen beruflichen Stationen ebenfalls Kriminalkommissar und Teil des Teams geworden war, musste er sich dagegen noch anfreunden. Nicht dass er es ihm nicht zutraute, in seine Fußstapfen zu treten, aber eine unterschwellige Sorge ließ ihn nicht los.

Niemals wäre Birger auf die Idee gekommen, Ole diesen Job ans Herz zu legen. Schließlich verlangte er alles von einem ab. Und zweifellos litt das Privatleben darunter, wie er selbst leidlich hatte erfahren müssen. Tatortbilder und die menschlichen Tragödien hinter den Verbrechen nahmen Kriminalbeamte nun mal mit nach Hause, egal wie sehr sie sich das Gegenteil einredeten. Und dann war da natürlich auch noch die Gefahr, in die sie sich in manchen Einsätzen begaben. Wenn er zurückdachte, hätte es das ein oder andere Mal richtig schiefgehen können – schlimmer als der Bauchschuss, den er erlitten hatte, um damals das Leben des amerikanischen Außenministers zu retten.

Ihm war nicht wohl bei dem Gedanken, dass all das nun auch seinem Sohn bevorstand. Und trotzdem hatte er in der letzten Zeit darauf verzichtet, seine Bedenken zu äußern. Nicht zuletzt, weil ihre Beziehung über viele Jahre so schrecklich kompliziert gewesen war und er nun einfach hoffte, dass sie noch einmal von vorn beginnen konnten. Und dafür war es vor allem notwendig, dass er endlich ein besserer Vater war.

Agnes hatte sich ein paar Tage freigenommen, um eine alte Schulfreundin, die in Kopenhagen lebte, zu besuchen. Und seine Tochter Marlene und ihre Halbschwester Emilie waren bereits zum zweiten Mal in den letzten zwei Monaten für einige Tage bei Wiebke, ihrer Mutter und Birgers ehemaliger Lebensgefährtin, untergekommen. Schon bald sollten die beiden Mädchen wieder dauerhaft bei ihr leben. Birger war froh, dass es Wiebke nach vielen schwierigen Jahren mit schweren psychischen Problemen wieder besser ging.

Sturmfreie Bude, hatte er lächelnd gedacht, während er am Fenster stand und nach draußen blickte, wo die Welt gerade unterzugehen schien. Im Hintergrund hatte die Nachrichtensprecherin im Radio von den schweren Sturmschäden in Schleswig-Holstein berichtet, ehe sie ihre Stimme noch weiter gesenkt hatte und auf ein Tötungsdelikt in Grömitz zu sprechen gekommen war. Offenbar war dort ein Ehepaar in seinem Haus ermordet worden. Die Hintergründe seien bislang noch vollkommen unklar.

Aber dann hatte sie etwas erwähnt, das ihn stutzig gemacht hatte. Aufgrund der besonderen Tatumstände würde die Polizei am frühen Nachmittag eine Pressekonferenz geben. Nicht die Tatsache, dass man sich den Fragen der Medien stellen wollte, hatte ihn irritiert, sondern die besonderen Tatumstände. Eine Formulierung, die sie bei der Kripo immer dann wählten, wenn entweder die Opfer öffentlich bekannt waren und deshalb nicht zu viel nach außen dringen sollte. Oder aber, wenn die Tat besonders grausam war.

Immer und immer wieder hatte er im Laufe des Tages Nachrichten gehört oder im Internet nach Neuigkeiten gesucht, doch es drang wenig durch. Gespannt hatte er schließlich den Livestream der Pressekonferenz verfolgt. Es war ein seltsames Gefühl gewesen, Ida-Marie zu sehen, wie sie versuchte, möglichst wenig preiszugeben und gleichzeitig über ein Verbrechen zu berichten, das aufsehenerregend genug war, um weit mehr als ein Dutzend Medienvertreter anzulocken, die der neuen Leiterin der Mordkommission ihre Mikros unter die Nase hielten.

Birger versuchte, sich zu erinnern. Es mussten sechs oder sieben Jahre vergangen sein, seitdem Ida-Marie diesen Posten zum ersten Mal innegehabt hatte. Damals war die Situation zwischen ihnen viel schwieriger gewesen als heute. Er war einerseits enttäuscht gewesen, nicht selbst zum Kommissariatsleiter ernannt worden zu sein. Gleichzeitig hatte die kurze Affäre mit ihr vieles kompliziert gemacht. Es war vor allem der Anfang vom Ende seiner Beziehung mit Wiebke gewesen. Er erinnerte sich nur ungern an diese Phase seines Lebens. In dieser Zeit war viel kaputtgegangen, auch was das Verhältnis zu seinen Kindern betraf.

Es war schon dunkel, und der Sturm hatte kurzzeitig etwas nachgelassen, als sein Handy schließlich klingelte. Ole meldete sich und fragte, ob er später auf ein Glas Wein vorbeikommen könne. Er würde auf dem Weg auch zwei Pizzen holen, wenn bei dem Wetter denn überhaupt ein Restaurant geöffnet hatte.

Klar könne er kommen, sagte Birger. Er sei gespannt, was er zu berichten habe. Ole ging darauf allerdings gar nicht ein, tat vielmehr so, als wollte er einfach nur seinen alten Herrn besuchen.

Aber selbstverständlich durchschaute Birger ihn. Sein Sohn kam nur selten vorbei, er hatte keinen Zweifel daran, dass er seinen Rat suchte, wenn er ausgerechnet an dem Tag, an dem er in seinem ersten großen Fall ermittelte, auf ein Glas Wein vorbeikommen wollte.

Birger recherchierte so viel wie möglich über die Opfer, ein Ehepaar namens Clasen aus Grömitz. Nicht in den Quellen, über die die Kripo verfügte, dazu fehlten ihm hier zu Hause die technischen Voraussetzungen. Er bemühte ganz einfach das Internet, was bereitwillig einiges über die beiden ausspuckte. Allerdings würde er sein Wissen nicht offenbaren, schließlich sollte Ole nicht glauben, dass er den ganzen Tag an nichts anderes als an diesen Doppelmord hatte denken können.

Als es klingelte, erfasste Birger direkt wieder diese unterschwellige Nervosität, die er immer empfand, wenn er seinen Sohn traf, seitdem dieser mit achtzehn von zu Hause ausgezogen war. Es schwang immerzu ein schlechtes Gewissen mit. Aus vielerlei Gründen, angefangen damit, dass die Ehe mit Oles Mutter Rita nicht gehalten hatte. Sie waren keine guten Eltern gewesen. Später dann war er nicht da gewesen, als sein Sohn auf eigenen Füßen stand und gelegentlich Hilfe benötigt hätte.

Ole sah erschöpft aus. Birger versuchte immer wieder, sich selbst in dessen Gesicht zu erkennen, aber optisch gab es kaum Ähnlichkeiten zwischen ihnen. Ole war einen halben Kopf größer als er, und seine Nasen- und Mundpartie war viel kantiger als seine. Und dennoch strahlte sein Sohn etwas Offenes und Sympathisches aus. Attribute, die auf Birger nicht immer zutrafen, dessen war er sich bewusst.

Die Erschöpfung, die Ole nicht kaschieren konnte, kannte er jedoch. Von sich selbst genauso wie von Kollegen, die bei einem schweren Verbrechen einen langen und oftmals frustrierenden Tag am Tatort verbracht hatten.

»Könntest du mir die Pizzen abnehmen?«, durchbrach Ole seine Gedanken.

»Natürlich, tut mir leid. Ich musste gerade daran denken, wie es mir ging, wenn ich beruflich einen anstrengenden Tag hatte. Du siehst aus, als könntest du nicht nur ein Glas Wein vertragen.«

»Wenn du einen eisgekühlten Aquavit hast, bin ich dabei.«

»Zufälligerweise ja.« Birger ging rüber in die offene Küche, legte die Pizzen auf dem Tisch ab und holte eine Flasche aus dem Eisfach im Kühlschrank. Dann schenkte er zwei Schnapsgläser großzügig ein, und sie tranken, noch bevor sie irgendein sinnvolles Wort miteinander gewechselt hatten.

»Wie war dein Tag?«, fragte Birger schließlich.

»Willst du eine ehrliche Antwort?«

»Ja.«

»Scheiße.«

»Ich habe nichts anderes erwartet.« Birger klopfte seinem Sohn väterlich auf die Schultern. »Setzen wir uns und essen. Dann erzählst du mir in Ruhe, was passiert ist.«

»Du weißt es also bereits?«, fragte Ole mit vollem Mund, als sie an dem Teakholztisch, den Birger und Agnes vor ein paar Wochen gekauft hatten, saßen, um die vorgeschnittenen Pizzastücke zu essen.

»Ich hatte das Gefühl, dass es im Radio heute nur zwei Themen gab. Den Sturm und euren Einsatz in Grömitz. Ich habe Ida-Marie im Video gesehen.«

»Ja, das hat sie gut gemacht. Es ging vor allem darum, nicht zu viel zu verraten und gleichzeitig zu informieren. Auch in der Hoffnung, Hinweise aus der Bevölkerung zu erhalten.«

»Und, gab es schon welche?«

»Nichts Konkretes.«

»Dann war die PK vielleicht doch nicht so gut.«

»Weißt du, ich bin nicht gerade in Jubel ausgebrochen, als ich gehört habe, dass Ida-Marie die Leitung der Mordkommission übernimmt«, sagte Ole, ohne auf Birgers Kommentar einzugehen. »Ihr Name löst bei mir noch immer ungute Erinnerungen aus, aber ich habe mich mit ihr arrangiert. Vor allem, weil ich sie wirklich nett finde. Und ich bin mir sicher, dass sie eine gute Chefin ist.«

»Ich glaube, du hast das falsch verstanden«, winkte Birger ab. »Ich habe gar kein Problem mit Ida-Marie. Wir haben in den letzten Jahren sehr gut zusammengearbeitet, bevor sie in Elternzeit gegangen ist. Aber mein Eindruck war, dass sie vor der Presse etwas unsicher wirkte. Mir scheint, dieser Fall setzt euch ziemlich zu. Was ist denn geschehen?«

»Wenn du die PK gesehen hast, weißt du ja, wer die Opfer sind. Alexander und Maren Clasen, ein nicht gerade unbekanntes Ehepaar an der Küste.«

»Ich habe von den beiden vorher nie gehört, aber jetzt weiß ich, wer sie sind.«

»Du hast dich informiert?«

Birger sagte nichts. Es hatte keinen Sinn, Ole vorzumachen, dass die Sache ihn nicht bereits beschäftigte. Es juckte ihn längst in den Fingern. Und jeder, der ihn besser kannte, würde das sofort erkennen. Selbstverständlich auch Ole.

»Wie läuft das eigentlich, wenn man Berater der Mordkommission auf Abruf ist?«, fragte Ole. »Musst du offiziell angefordert werden? Und wenn ja, von wem?«

»Keine Ahnung«, antwortete Birger lächelnd. »Wir haben das noch gar nicht so genau festgelegt. Vielleicht sollte ich mal mit Solveig sprechen.«

»Wir sind wirklich ein gutes Team im Kommissariat«, sagte

Ole und wandte den Blick von seinem Vater ab, während er von einem weiteren Stück Pizza Tonno abbiss. »Aber die Zusammensetzung ist nicht optimal. Ich erinnere mich an einen Moment in meiner Ausbildung. Wir waren zu viert und hatten in einer praktischen Übung die Aufgabe, in einer ausweglosen Situation –«

»Ich kenne die Übung«, unterbrach Birger seinen Sohn. »Erstaunlich, dass sie immer noch zur Anwendung kommt.«

»Dann weißt du auch, was im Ergebnis dabei herauskommt. Ziel soll es sein, dass erfahrene Kriminalpolizisten Seite an Seite mit jungen Kollegen arbeiten, mit einer klaren Hierarchie, aber dennoch der Möglichkeit für jeden, sich einbringen zu können.«

»Funktioniert nicht«, entgegnete Birger. »Reines Wunschdenken, so ticken Menschen nicht.«

»Das befürchte ich auch, uns fehlen einfach grundsätzlich die Leute, die dieses System umsetzen können. Ida-Marie als einzige erfahrene Person, das ist einfach zu wenig.«

»Morten hat viel dazugelernt in den letzten Jahren, aber ich verstehe, was du meinst. Ich bin ja auch noch da. Mir ging es nie darum, mich komplett zurückzuziehen, auch wenn ich die letzten Wochen vielleicht diesen Eindruck vermittelt habe.«

»Ich hätte nicht gedacht, dass ich so schnell an diesen Punkt komme, und ich kann auch nicht gerade behaupten, dass es mir leichtfällt, dich zu fragen, aber ich denke, es wäre wirklich gut, wenn … du weißt schon, was ich meine.«

»Kein Problem, ich stehe bereit.« Birger spürte sofort wieder das Kribbeln von früher, wenn die Ermittlungen in einem Fall begannen und er die Person im Raum war, auf die alle schauten. Ich muss mich bremsen, ermahnte er sich.

»Das weiß ich«, sagte Ole. »Aber dir sollte klar sein, dass es für dich anders sein wird als früher. Du wirst nicht den Ton angeben können.«

»Damit muss ich wohl klarkommen. Im Gegenzug mache ich allerdings auch nur das, was mir sinnvoll erscheint.«

»Hast du das nicht schon immer getan?«

Birger blickte seinen Sohn an. Natürlich hatte er recht. Wenn er Ermittlungen geleitet hatte, war es fast immer so gelaufen, wie er es für richtig hielt. Aber immer mit dem Ziel, einen Fall aufzuklären und dafür bis an seine körperlichen und mentalen Grenzen zu gehen. Ein Hauptgrund, weshalb er nun vor einigen Monaten kürzergetreten war.

»Ich bin jederzeit bereit zu helfen, wenn ihr mich braucht«, sagte er. »Zumindest das war mit Ida-Marie und Solveig abgesprochen.«

»Bevor du morgen früh einfach im Präsidium auftauchst, solltest du vielleicht kurz mit Ida-Marie telefonieren und ihr deine Hilfe anbieten.«

»Wäre es nicht besser, wenn du sie bittest? Ich möchte mich nicht aufdrängen.«

»Es ist meine erste Ermittlung.« Ole klang unschlüssig, als zierte er sich, Klartext zu reden.

»Du willst dir nicht die Blöße geben, Ida-Marie um Hilfe durch deinen Vater zu bitten?«

»Würde nicht den besten Eindruck machen, oder?«

»Ich hätte gedacht, dass es dich noch mehr Überwindung kosten würde, hier aufzutauchen und mich direkt zu fragen.«

»Kannst mir glauben, dass ich gerne darauf verzichtet hätte, aber dieser Fall könnte wirklich kompliziert werden, und unser Team –«

»Worum genau geht's hier eigentlich?«, unterbrach Birger seinen Sohn. »Kann es sein, dass es noch einen anderen Grund gibt, weshalb du mich um Hilfe bittest?«

»Was für einen anderen Grund denn?«

»Zum Beispiel, dass du mit den anderen im Team noch nicht so gut klarkommst und dir erhoffst, dass ich deine Position stärke?«

Oles Blick wanderte hin und her zwischen seinem Schnapsglas und Birgers Augen. Aber ihm schien keine passende Antwort einzufallen. Offenbar hatte Birger richtiggelegen.

»Was genau ist das Problem?«, bohrte er nach. »Ich habe in den letzten dreißig Jahren genug erlebt, um Verständnis für alle möglichen Konflikte zu haben, egal wie unnötig sie sind.«

»Es gibt keinen Konflikt«, sagte Ole mit Vehemenz. »Es ist nur so, dass …« Er suchte wieder nach den richtigen Worten. »Morten und Elif arbeiten sehr eng zusammen. Es ist schwierig für mich, wenn ich das Gefühl habe, wir sollten unsere Ermittlungen besser in eine andere Richtung lenken.«

»Du bist also der Meinung, die anderen sind auf dem Holzweg. Was sagt denn Ida-Marie dazu?«

»Sie schlägt sich auf keine Seite«, antwortete Ole. »Wir sollen vorerst nichts ausschließen und jeder Spur nachgehen.«

»Das ist das Einmaleins der Ermittlungsarbeit«, sagte Birger und blickte seinen Sohn fragend an. »Stellst du das in Frage?«

»Weißt du, was mir heute Nachmittag zum ersten Mal so richtig bewusst geworden ist?«, fragte Ole mit einem merkwürdigen Lächeln auf den Lippen.

Birger zog die Augenbrauen hoch und sah ihn argwöhnisch an.

»Dass ich dein Sohn bin.« Ole gab selbst die Antwort. Und Birger verstand sofort, worauf er hinauswollte. Sie waren sich viel ähnlicher, als sie beide all die Jahre gedacht hatten. Vielleicht hatte Ole erst Kriminalpolizist werden müssen, um das festzustellen. Wobei Birger es auch schon früher hätte bemerken können, wenn er genauer hingesehen hätte.

Ole war klug und zielstrebig, wenn er für eine Sache brannte. Und soweit Birger es beurteilen konnte, war sein Sohn bei seinen Mitmenschen sehr beliebt. Das unterschied sie wohl am meisten voneinander. In der Familie hatte Birger ihn immer als Teamplayer und Verbindungsglied wahrgenommen, aber natürlich hatte Ole auch seinen ganz eigenen Kopf. Und offenbar machte sich der bereits nach wenigen Wochen im Team der Mordkommission deutlich bemerkbar.

»Ich rate dir, keine Alleingänge zu machen«, sagte er schließlich. »Du wirst immer Leute im Team haben, die anders denken als du. Aber du musst mit ihnen zurechtkommen. Und du wirst sehen, dass manchmal auch die anderen im Recht sind.«

»Was glaubst du, mit was für einem Täter haben wir es zu tun?«, fragte Ole plötzlich, ohne auf die gut gemeinten Ratschläge einzugehen.

»Ich habe mir noch keine Gedanken darüber gemacht«, antwortete Birger ehrlich. »Was meinst du denn?«

»Weshalb macht sich jemand die Mühe, seine Opfer qualvoll zu ersticken und zu erwürgen, indem er ihnen transparente Plastiktüten über den Kopf zieht? Und dem Tatort nach zu urteilen, musste das zweite Opfer den ersten Mord mitansehen.«

»Das klingt nicht gut«, sagte Birger.

»Eben.«

»Etwas Persönliches. Jemand, der sich rächen wollte.«

»Ganz genau«, sagte Ole. »Ich wusste, dass wir beide ähnlich denken. Und das ist auch der Grund, weshalb ich möchte, dass du mir hilfst.«

Am Frühstückstisch

Gestern war alles genauso verlaufen wie vorgestern. Und wie vorvorgestern. Und wie vor einer Woche. Vor einem Monat. Und vor einem Jahr. Jeder verdammte Tag war gleich. Gleich langweilig. Gleich frustrierend. Gleich nutzlos im Vergleich zu dem, was früher gewesen war.

Damals, als Anke Steffens frühmorgens aus dem Haus gegangen war, die wenigen hundert Meter bis zu ihrem Laden in der Kurgartenstraße gut gelaunt zurückgelegt und sich hinter die Theke gestellt hatte, da war sie glücklich gewesen. Wenn die Kunden ihr Geschäft betraten und sie ein wenig Klönschnack hielten, bevor sie einen ihrer selbst gemachten Heringssalate oder geräucherten Fisch gekauft hatten.

Sie war einfach froh gewesen, das Wagnis eingegangen zu sein, den alteingesessenen Fischladen in Travemünde zu übernehmen, und doch überwog manchmal auch die Wut auf sich selbst, erst mit fünfzig ihr Leben in die eigenen Hände genommen zu haben. Keine sechs Monate nachdem Hannes gestorben war.

Er war einfach am Frühstückstisch umgekippt. Mit der Zeitung in der Hand war sein Kopf auf dem alten Eichentisch aufgeschlagen. Sie hatte minutenlang gar nicht reagiert, stattdessen in Ruhe ihr Knäckebrot aufgegessen und die Tasse Filterkaffee ausgetrunken. Dann war sie langsam aufgestanden, ohne nach ihm zu sehen, und in den schmalen Flur gegangen, um den Notruf zu wählen. Sie hatte versucht, aufgelöst und panisch zu klingen, aber sie hatte gespürt, dass sie vollkommen gleichgültig klang. Vielleicht nicht unbedingt erleichtert, obwohl das ihren damaligen Gemütszustand am besten beschrieben hätte, aber doch so, dass jemand, der sie besser kannte, ihr die gespielte Trauer nicht abgenommen hätte. Aber im Grunde gab es ja auch niemanden, der sie besser kannte. Das war damals durchaus von Vorteil gewesen.

Es war der Moment, in dem sich ihr Leben verändert hatte. Sie hatte begriffen, dass sie die Chance bekam, es noch einmal ganz neu zu gestalten. Ihren alten Job, den sie tief im Innern schon lange verabscheute, hinzuschmeißen und das zu tun, wozu sie wirklich Lust hatte.

Es war die wohl schönste Phase ihres Lebens gewesen. In den folgenden fünfzehn Jahren bis zu dem Tag, an dem sie in Rente gegangen war, war alles perfekt gewesen. Zumindest wenn sie Onno ausklammerte. Die Gedanken daran, dass ihr Sohn ihre Erwartungen leider nicht erfüllte, um es freundlich zu formulieren, hatte sie immer von sich wegzuschieben versucht, aber sie setzten ihr dennoch zu.

Onno war eine einzige Enttäuschung. Er hatte mit Mühe und Not den Hauptschulabschluss geschafft, zu einer abgeschlossenen Ausbildung hatte es dann jedoch schon nicht mehr gereicht. Einer regelmäßigen Arbeit war er anschließend nie länger als für ein paar Wochen nachgegangen. Später hatte er gelegentlich in ihrem Laden ausgeholfen oder war bei einem befreundeten Fischer mit raus auf die Ostsee gefahren.

Wenn sie ehrlich zu sich selbst war, musste sie sich eingestehen, dass es um Onno nicht gut stand. Er war letztes Jahr vierzig geworden und wohnte noch immer hier in ihrem Haus. Für eine eigene Wohnung fehlte schlichtweg das Geld. Überhaupt leistete Onno nichts, worauf Anke stolz sein konnte. Sie hatte verstanden, dass er zu ihrem Leben gehörte, aber für sich auch akzeptiert, dass aus ihm nichts Vernünftiges mehr werden würde. Er war einfach das schwarze Schaf der Familie.

Die Vorstellung, dass Onno auch heute Morgen wieder am Frühstückstisch saß und Bier trank, wobei es keinen Unterschied machte, ob es das erste dieses Tages oder das letzte des vergangenen war, frustrierte Anke und machte sie zugleich wütend.

Langsam ging sie die Treppe hinunter. Nicht nur, weil es

erst halb sechs und sie selbst noch ziemlich verschlafen war. Ihre rechte Hüfte und die beiden Kniegelenke machten längst nicht mehr so mit, wie sie eigentlich sollten. Gerade letzte Woche hatten ihre Beine nachgegeben, und erst in letzter Sekunde hatte sie sich gefangen, bevor sie beinahe die schmale Wendeltreppe hinuntergestürzt wäre.

Als sie nun die letzte Stufe genommen hatte, erkannte sie bereits, dass in der Küche kein Licht brannte. Vielleicht hatte es Onno endlich mal in sein Bett geschafft, hoffte sie.

Ein Luftzug ließ Anke plötzlich frösteln. Sie trug nur ein dünnes Nachthemd, das bis zu den Knien reichte, und die alten Filzpantoffeln, die ihr Hannes damals gekauft hatte.

Hatte ihr Sohn etwa das Küchenfenster gekippt, bevor er ins Bett gegangen war? Um durchzulüften, weil er etwas gegen den abgestandenen Geruch von Alkohol und Zigaretten, der eigentlich immer wie ein dichter Nebel im ganzen Haus hing, unternehmen wollte? Nein, das passte nicht zu Onno. Er war niemand, der sich um so etwas kümmerte. Niemand, der sich überhaupt um irgendetwas kümmerte.

Langsam bewegte sich Anke jetzt über den Flur. Die kalte Luft kam nicht aus der Küche, sondern aus dem kleinen Raum auf der gegenüberliegenden Seite, der ursprünglich mal als Gästezimmer vorgesehen war, aber im Grunde schon immer mehr als Abstellkammer gedient hatte. Die Tür stand offen, was sie eigentlich nie tat. Und offenbar hatte Onno hier das Fenster geöffnet. Aber weshalb?

»Onno?«, fragte sie leise. »Bist du hier unten?«

Keine Antwort.

Der Eingang zur Küche war jetzt nur noch einen knappen Meter entfernt. Irgendetwas stimmte hier nicht, war sie sich mit einem Mal sicher. Sie spürte, dass sie sich innerlich verkrampfte. Magensäure stieg ihre Speiseröhre hinauf. Dass tat sie immer, wenn sie nervös war.

»Onno?«

Nichts. Alles war still.

Bildete sie sich bloß ein, dass etwas nicht in Ordnung war? Nur weil ein Fenster offen stand. Aber weshalb zögerte sie dann, weiterzugehen? Einen letzten Schritt zu machen, um in die Küche und die Abstellkammer blicken zu können.

War das gerade ein Atemgeräusch? Sie fuhr plötzlich zusammen. Ein gurgelnder Laut, fast wie das Gurren einer Taube.

Sie wich zurück. Jemand Fremdes war in ihrem Haus. Der Gedanke daran ließ sie auf einmal erstarren. Ihr rasendes Herz schien das Einzige in ihrem Körper zu sein, was noch funktionierte. Auch wenn es völlig außer Kontrolle war.

Erneut hörte sie dieses Geräusch. Anke ahnte allmählich den Ursprung, weigerte sich aber dennoch, ihn zu akzeptieren.

Sie konnte jetzt weder einen Schritt vor- noch zurückgehen. Es war, als befände sie sich in kompletter Schockstarre. Verzweifelt versuchte sie sich an die Wand zu klammern, ohne jedoch Halt zu finden.

Was für grauenhafte Geräusche, fuhr es ihr durch den Kopf. Alles, was sie in diesem Augenblick noch hoffte, war, dass sie nicht von Onno stammten. Aber groß war diese Hoffnung nicht. Und wenn er es nicht war, verängstigte sie der Gedanke, dass jemand anderes diese Laute in ihrem Haus von sich gab, nur noch mehr.

Ein Schritt, und sie würde es wissen. Wieder flammte die Hoffnung auf, dass sie sich das alles nur einbildete. Dass sie noch schlaftrunken war oder sich in etwas hineinsteigerte. Sie versuchte sich zu erinnern, was sie letzte Nacht geträumt hatte. Ob es womöglich nur eine Fortsetzung dessen war.

Nein, sie war klar im Kopf. Das wurde ihr in diesem Moment endgültig bewusst. Vor allem, weil das Geräusch immer lauter wurde. Und obwohl es weiterhin nur ein Gurgeln war, hatte sie jetzt keinerlei Zweifel mehr, dass es zu Onno gehörte. Er befand sich nur wenige Meter entfernt in der Küche. Etwas war nicht in Ordnung mit ihm. Und zwar ganz und gar nicht.

Ihr Körper bewegte sich nun wieder. Sie tat den letzten Schritt nach vorn, obwohl sie wusste, dass es vielleicht nicht die richtige Entscheidung war. Aber sie musste wenigstens versuchen, ihrem Sohn zu helfen.

Onno saß auf dem Küchenstuhl hinten rechts. Hier saß er immer. Aber das war auch das Einzige, das so war wie an jedem anderen Morgen. Anke schluckte schwer und schloss kurz die Augen, als würden die Bilder, die sie sah, einfach verschwinden.

Als sie sie wieder öffnete, hatte sich die Situation allerdings nicht verändert. Onnos Blick war noch panischer, als sie es sich ausgemalt hatte. Die Augen waren weit aufgerissen, immer wieder stieß er Wortfetzen aus, die jedoch nicht zu ihr durchdrangen. Der Grund dafür war eine transparente Plastiktüte, die tief und eng über seinen Kopf gezogen war. Und wenn sie es richtig erkannte, war Onnos Gesicht darunter bereits bläulich verfärbt.

Es gelang Anke allerdings nicht, ihn länger als nur einen kurzen Augenblick anzusehen, denn ihr Blick war gefangen von der Gestalt, die direkt hinter ihm in der Ecke des Raumes stand. Ein mit Sturmhaube maskierter und schwarzer Jacke und Hose bekleideter Mann, der eine Art Kordel in der Hand hielt, die offenbar mit der Kunststofftüte verbunden war. Sie stand bereits unter Spannung, und Anke hatte keinerlei Zweifel daran, dass er sie so fest zu sich heranziehen würde, bis ihr Sohn binnen Sekunden erstickte.

Hatte sie eine andere Wahl, als den Raum zu betreten? Vielleicht würde es ihr gelingen, diesen Wahnsinnigen davon abzubringen, Onno zu töten. Oder zumindest in Erfahrung zu bringen, weshalb das alles überhaupt passierte. Aber auch der schlechteste Fall war noch immer besser, als einfach wegzulaufen, wenn sie dazu überhaupt in der Lage wäre. So trat sie im Bewusstsein, gemeinsam mit ihrem Sohn in wenigen Augenblicken sterben zu müssen, mit zittrigen Beinen in ihre Küche.

Onnos stumme Schreie wurden immer schwächer, seine Augäpfel traten noch weiter hervor. Flehentlich sah Anke die dunkle Gestalt an. Aber deren hellblaue Augen verrieten nichts. Sie strahlten nur etwas Kühles und Entschlossenes aus. War diese Person hier, weil sie sich kannten?, fuhr es ihr plötzlich durch den Kopf.

»Setz dich!«, sagte der Mann unvermittelt. »Und zwar gegenüber von ihm. Dann kannst du besser dabei zusehen, wie er stirbt.«

Unmittelbar zuckte Anke zusammen. Allerdings nicht, weil sie geschockt darüber war, was er gesagt hatte. Es war seine Stimme, die bei ihr augenblicklich das Gedankenkarussell in Fahrt brachte. Sie kannte diese leicht brüchige, hohe Stimme, war sie sich ziemlich sicher. Und wenn er sie noch ein paar Minuten am Leben ließe, würde ihr vielleicht einfallen, woher.

Zwinkersmiley

Morten blinzelte vorsichtig und versuchte, seine Augen zu fokussieren. Sein Handy auf dem Nachttisch vibrierte. Er erkannte, dass das Display aufleuchtete.

Mühsam richtete er sich auf und stieß einen leisen Fluch aus, als er sah, dass es gerade erst kurz nach sechs war. Normalerweise schaltete er nachts den Flugmodus ein, aber gestern Abend hatte er das wohl vergessen.

Eine Nachricht von einer Nummer, die er nicht kannte. Er öffnete die Nachrichtenapp und überflog den kurzen Text. Erst als er bis ganz zum Ende gelesen hatte, verstand er, wer ihm da geschrieben hatte. Es war der Feuerwehrmann aus Grömitz, sein Name war Frank Westphal. Morten hatte ihm gestern seine Nummer gegeben, für den Fall, dass ihm noch etwas Wichtiges einfiele. Offenbar war dem so, denn er bat dringend um Rückruf.

Mortens Blick fiel nach links. Für einen kurzen Moment stellte er sich vor, wie es wäre, wenn Elif dort liegen würde. Ein warmes und zufriedenes Gefühl machte sich in ihm breit. Der Moment, als sich gestern ihre Lippen berührt hatten, war das Schönste und Aufregendste gewesen, an das er sich erinnern konnte. Mindestens seit dem Kuss am Strand von Grömitz vor sechzehn Jahren.

Er grinste innerlich und schloss die Augen. Der Kuss mit Elif war so intensiv gewesen. So leidenschaftlich. Er hatte sich wie eine Ewigkeit angefühlt, und Morten hätte am liebsten die Zeit angehalten. Aber irgendwann hatten sich ihre Lippen wieder voneinander gelöst. Er hatte ihren Blick nicht deuten können. Wollte sie mehr? Bereute sie es? Hatte er nicht gut geküsst?

Sie hatte es ihm nicht verraten. Aber das Lächeln, das nur Augenblicke später auf ihrem Gesicht erschien und den Rest des Abends nicht mehr wich, war wohl Zeichen genug, dass es ihr gefallen hatte.

Trotzdem war es nicht zu einem zweiten Kuss gekommen. Aber sie hatten Händchen gehalten wie zwei verliebte Teenager. Elif hatte sich auf seinen Schoß gesetzt und einfach ihre Arme um ihn gelegt. Sie hatten nicht mehr geredet. Nicht über sie beide und schon gar nicht über die Ermittlungen. Um kurz vor zehn war sie dann aufgestanden, nicht ohne ihm noch ein »Danke« ins Ohr zu hauchen und einen Kuss auf die Stirn zu geben. Sie hatte ihre Jacke genommen, ihm ein letztes Mal zugelächelt und war schließlich nach Hause gegangen.

Danke?

Er hatte noch bis Mitternacht wach gelegen und gegrübelt, was Elif damit eigentlich zum Ausdruck bringen wollte. Hatte sie sich bedankt, weil er ihr geholfen hatte, ihre Phase der Trauer um den Tod ihres Mannes endgültig zu überwinden? Bedeutete ihr der Kuss im Grunde etwa gar nichts?

Nein, das passte nicht zu ihr und dem, was sie über sie beide gesagt hatte. Er musste einfach geduldig sein. Wenn mehr aus ihnen werden sollte, dann musste er sich nach ihr richten. Aber vielleicht würde er sich auch einfach etwas mehr trauen müssen. Selbst die Initiative ergreifen. Seit gestern Abend war der erste Schritt jedenfalls getan. Und das fühlte sich verdammt gut an.

Was wollte bloß dieser Westphal?, fuhr es ihm wieder durch den Kopf. Der Mann hatte seine Meinung über Alexander Clasen und Barbara Wendt kundgetan und dabei kein Blatt vor den Mund genommen. Aber was konnte so wichtig sein, dass er sich so früh am Morgen bei ihm meldete?

Morten schwang sich müde aus dem Bett und wählte seine Nummer.

Westphal meldete sich bereits nach dem ersten Klingeln. »Dass Sie so schnell zurückrufen, hätte ich nicht gedacht. Aber es beruhigt mich, dass nicht nur Feuerwehrleute wissen, worauf es ankommt.«

»Freut mich, dass ich Ihr Bild der Polizei verbessern konnte, aber kommen Sie bitte direkt zur Sache. Was ist Ihnen denn eingefallen, das so wichtig für unsere Ermittlungen ist?«

»Ob es wirklich wichtig ist, müssen Sie herausfinden, aber die Information, die ich für Sie habe, könnte durchaus ein Hinweis sein, dem Sie nachgehen müssen. Sie tappen ja ohnehin noch im Dunkeln.«

»Aha, tun wir das?«, fragte Morten genervt.

»So hörte es sich gestern an.«

»Sagen Sie doch einfach, was Sie loswerden wollen.«

»Also«, sagte Westphal und holte noch einmal Luft. »Es könnte sein, dass ich weiß, wer die Clasens umgebracht hat.«

»Wie bitte?« Morten war bislang im Schlafzimmer auf und ab gelaufen, nun blieb er abrupt stehen. Spätestens jetzt war er hellwach.

»Ich gehe jeden Abend mit Albert durch den Park«, redete Westphal weiter. »Wir kennen da jeden Baum und jeden anderen Hundebesitzer.«

»Albert ist also …?«

»Eine französische Bulldogge«, ergänzte Westphal mit Stolz den Satz. »Ein wahnsinnig toller Hund. Der beste, den ich mir vorstellen kann.«

»Sie waren also auch vorgestern Abend im Park und haben etwas beobachtet, verstehe ich das richtig?«, fragte Morten ungeduldig.

»Nein, ich bin doch nicht lebensmüde und gehe bei diesem Sturm in der Dunkelheit freiwillig durch den Kurpark. Aber in den Tagen zuvor haben wir tagtäglich unsere Abendrunde gedreht, und da ist mir tatsächlich etwas aufgefallen, woran ich denken musste, als ich heute Nacht wach wurde, um mich zu erleichtern. Da war dieser Mann, der einfach auf dem Weg herumstand, als wartete er auf jemanden. Zwei Mal war das der Fall. Aber ich hatte ihn zuvor noch nie gesehen.«

»Wo genau war das?«

»Am südlichen Ende des Kurparks. Schräg gegenüber von dem Haus der Clasens.«

»Denken Sie, der Mann hat das Haus ausgespäht?«

»Wäre doch durchaus denkbar.«

»Wie sah er aus?«

»Das kann ich leider nicht sagen. Er stand mit dem Rücken zu mir.«

»Und das ist jetzt alles?«, fragte Morten überrascht. »Eine Person, die Sie nicht näher beschreiben können und der Sie zufälligerweise an zwei Abenden über den Weg gelaufen sind?«

»Ich bin ihr nicht einfach so über den Weg gelaufen, der Mann stand zweimal exakt an derselben Stelle. Von dort hat man einen sehr guten Blick auf die Villa der Clasens. Ich habe mich bei Ihnen gemeldet, weil ich Ihnen das sagen wollte. Nicht dass es am Ende heißt, ich hätte Ihnen Informationen vorenthalten.«

»Weshalb sollte das jemand tun?«, murmelte Morten leise vor sich hin, ohne dass er eine Antwort erwartete. Er versuchte zu verstehen, was Westphal ihm gerade gesagt hatte. Natürlich war es richtig, dass er ihn wegen seiner Beobachtung angerufen hatte, aber genauso gut konnte es einfach ein Zufall gewesen sein, dass er diesen Mann zweimal dort gesehen hatte.

»Gab es denn irgendetwas Auffälliges an seinem Äußeren, das Ihnen aufgefallen ist?«

»In der Tat, sogar gleich mehrere Dinge«, antwortete Westphal prompt. »Dieser Mann war verhältnismäßig klein. Ich schätze, nicht viel größer als eins siebzig. Und er sah etwas, wie soll ich sagen …« Er stockte kurz. »Also ich formuliere es mal so: Er passte nicht in diese Gegend. Die Kleidung machte einen ziemlich heruntergekommenen Eindruck.«

»Könnten Sie das näher beschreiben?«

»Er trug Turnschuhe, die wahrscheinlich mal weiß gewesen sind. Aber kein Markenmodell, glaube ich. Eine blaue

Jeans, die viel zu tief hing, und eine gesteppte dicke Jacke, die teilweise aufgescheuert war. Über seinen Kopf hatte er eine dunkle Wollmütze gezogen. Und einen Rucksack trug er, wenn ich mich richtig erinnere.«

»Sie haben ihn ja ziemlich genau beobachtet«, sagte Morten argwöhnisch.

»Na ja, beim zweiten Mal schlug Albert ziemlich heftig an. Ich schätze, dieser Typ hatte Drogen dabei, die mein Kleiner erschnüffelt hat. Ich musste Albert von dem Mann wegziehen, und dabei habe ich ihn mir wohl oder übel angesehen.«

»Von hinten?«

»Ja.«

»Weshalb hat er sich nicht umgedreht, als Ihr Hund auf ihn losgegangen ist?«

»Ich hatte das Gefühl, dass er unter keinen Umständen sein Gesicht zeigen wollte. In dem Moment habe ich natürlich gedacht, es läge an den Drogen. Dass er eventuell der Mörder der Clasens sein könnte, kam mir wie gesagt erst heute Nacht in den Sinn.«

»Wie alt schätzen Sie ihn?«

»Schwierig, ich habe ja nicht einmal seine Haare gesehen. Eigentlich kann ich das nur anhand der Kleidung beurteilen. Daher würde ich ihn vielleicht auf fünfundzwanzig schätzen. Er kann aber auch gut und gerne zehn Jahre älter sein.«

»Gibt es noch mehr, das Ihnen aufgefallen ist?«

»Nein, ich bin das Ganze mehrfach durchgegangen. An weitere Einzelheiten kann ich mich nicht erinnern.«

»Na schön«, sagte Morten. »Danke, dass Sie sich gemeldet haben. Vielleicht ist dieser Hinweis tatsächlich wichtig. Es kann sein, dass wir Sie deswegen aufs Präsidium rufen müssen, um eine Beschreibung des Mannes abzugeben, auch wenn Sie ihn nur von hinten gesehen haben.«

»Wenn es sein muss«, sagte Westphal.

Morten verabschiedete sich von ihm und legte auf. Je länger das Telefonat gedauert hatte, desto stärker hatte sich bei ihm der Gedanke verfestigt, dass Westphal die Person gesehen hatte, die der Mörder der beiden Clasens war.

Im Umkehrschluss bedeutete das allerdings auch, dass Dirk Sander aus dem Kreis der Verdächtigen ausschied. Er war deutlich größer als einen Meter siebzig und wäre wohl kaum in der beschriebenen Kleidung auf die Straße gegangen. Morten hatte ihn ohnehin schon als Täter ausgeschlossen. Nur Elif krallte sich offenbar daran fest, ihn weiter sehr genau zu beäugen.

Sie hatten sich gestern keinen Plan mehr für heute Morgen gemacht. Von Ole wussten sie aber, dass er sich vorgenommen hatte, mit Danuta zu sprechen. Eigentlich wäre es für Morten ein guter, wenn auch nicht gerade schöner Anlass gewesen, die Leiterin der Rechtsmedizin mal wieder zu treffen, aber wenn er ehrlich war, war es ihm lieber, dass Ole heute nicht in Grömitz ermittelte. Er hatte kein Problem mit ihm, aber nachdem der eine Andresen sie gerade verlassen hatte, war er auch nicht traurig darüber, mit dem anderen vorerst nicht allzu eng zusammenzuarbeiten. Zumal er gestern ein Gesicht gezeigt hatte, das er noch nicht kannte, als er sehr deutlich gemacht hatte, dass er ihren Ermittlungsansatz für falsch hielt.

Noch immer hatte Morten sein Telefon in der Hand. Am liebsten hätte er sofort Elif angerufen. Um ihre Stimme zu hören. Aber auch, um zu berichten, was Westphal ihm eben gesagt hatte. Doch es war noch nicht einmal halb sieben, und er wollte nicht, dass sie das Klingeln ihres Handys um diese Uhrzeit aufschreckte.

Stattdessen tippte er schnell ein paar Worte, setzte einen Zwinkersmiley dahinter und schickte die Nachricht ab: *Guten Morgen, ich hoffe, du hast gut geschlafen. Ich ehrlich gesagt nicht, musste immer an gestern Abend denken.*

Eine Minute später vibrierte sein Handy erneut. Elif hatte zurückgeschrieben, sie war bereits wach. Ihre Antwort musste Morten allerdings mehrfach lesen. Es war, als wenn ihre Worte keinen Zugang zu seinem Gehirn fänden.

Quereinsteiger

Dass etwas anders war als sonst, erkannte Finn Wolters sofort. Nur ein kleines Detail, aber wenn nicht ihm, wem sonst konnte diese Veränderung auffallen! Schließlich war er nicht nur Briefzusteller, sondern jemand, der jede Haustür und die Menschen dahinter kannte. Und deren Geschichten.

Mehr noch, wenn ein Licht in einem Zimmer zur Straße hin brannte oder eben auch nicht, wusste er im Zweifelsfall, ob etwas anders war als sonst. Und dass das wahrscheinlich nichts Gutes verhieß. Das galt natürlich nicht für jede Veränderung, aber er hatte im Laufe der Jahre ein Gespür für die Dinge entwickelt, auf die er achten musste. Er wusste auch, wann es besser war, die Veränderungen nicht zu ignorieren.

In diesem Moment war er sich absolut sicher, dass das immer wieder leicht zuschlagende seitliche Fenster des Hauses, an dem er gerade vorbeikam, ein untrügliches Zeichen war. Etwas war hier nicht in Ordnung.

Das Haus gehörte den Steffens, einer Familie, die sehr zurückgezogen lebte und ohnehin jede Menge Probleme mit sich herumschleppte. Vor allem der erwachsene Sohn war ein ziemlicher Taugenichts, der zudem an der Flasche hing und auch schon ein paarmal wegen kleinerer Delikte Ärger mit der Polizei gehabt hatte. Anke Steffens, seine Mutter, war die einzige Person im alten Kern von Travemünde, mit der er nicht regelmäßig sprach. Er hatte das Gefühl, dass sie ihm auswich, wenn sie sich auf der Straße trafen. Und wenn er einen Umschlag für sie hatte, der nicht in den Briefkasten passte, öffnete sie die Tür auf sein Klingeln nur einen Spaltbreit und nahm die Post stillschweigend entgegen.

Finn wusste, dass Anke Steffens bis vor ein paar Jahren einen Fischladen nur wenige hundert Meter entfernt geführt hatte. Sie war es also eigentlich gewohnt, mit Menschen zu reden. Schon oft hatte er sich gefragt, weshalb sie sich wohl so zurückgezogen hatte. Manchmal dachte er, es läge einfach an ihm. Weil sie ihn durchschaut und längst begriffen hatte, dass es vielleicht besser für sie war, nicht mit ihm zu reden. Zumindest wenn sie nicht wollte, dass Dinge, die sich in ihrem Haus abspielten, nach außen drangen. So hatte er sich anderweitig informieren müssen, was gar nicht mal so leicht gewesen war. Viel wussten die Travemünder nämlich nicht über Anke und Onno Steffens. Selbst zu der Zeit, als Anke den Fischladen betrieben hatte, war sie für viele Einheimische eine unnahbare und irgendwie fremde Person geblieben.

Finn speicherte allerdings nicht nur Gespräche, sondern auch Beobachtungen genaustens ab. Und zwar täglich, seit vielen Jahren. Genau deshalb war er alarmiert, als er das offene Fenster sah. Er konnte sich nicht erinnern, dass irgendein Fenster bei den Steffens jemals offen gestanden hatte.

Alle Situationen, in denen er ein ähnliches Gefühl gehabt hatte, hatten sich schnell aufgeklärt. Auch wenn er sich sicher war, dass nicht immer alles so harmlos war, wie es die Menschen hinter ihren Haustüren der Polizei weismachten.

Vielleicht war das der Grund, dass er nicht zu seinem Handy griff und den Notruf wählte, sondern sein Fahrrad abstellte und links den schmalen Weg, der als einziger in der Straße nicht durch ein Tor gesichert war, am Haus entlangging, bis er das offene Fenster erreichte. Sofort erkannte er, dass jemand von außen den Rahmen aufgebrochen hatte.

Plötzlich spürte er einen Adrenalinkick, den er so noch nie erlebt hatte. Er würde es einfach selbst in die Hand nehmen. Ohne die Polizei, die sich ja schließlich keine Mühe gab und Hinweise und Sorgen meistens lapidar abschmetterte. Wenn er diese Sache, was auch immer dahintersteckte, aufklärte, würden ihm endlich andere Chancen offenstehen.

Er träumte davon, selbst bei der Kripo zu arbeiten. Aber dafür war natürlich eine Ausbildung an der Polizeischule notwendig. Oder sogar ein Studium? Er wusste es nicht. Er würde sich einfach als Quereinsteiger bewerben, dachte er lächelnd. Mit der Referenz, dank seines Spürsinns einem Verbrechen auf die Schliche gekommen zu sein, würde er bestimmt einen kleinen Bonus haben, wenn er seine Bewerbungsunterlagen einreichte. Er musste sie einfach von seinen Fähigkeiten überzeugen, sodass ihnen gar keine andere Wahl blieb, als ihn einzustellen. Außerdem herrschte Fachkräftemangel, und das würde bei der Polizei doch wohl nicht anders sein.

Er schob das Fenster auf, griff an den Rahmen und zog sich hoch auf die Fensterbank. Mit einem beherzten Sprung landete er im nächsten Augenblick in einem Raum, von dem er geglaubt hatte, es handele sich um ein Arbeitszimmer. Tatsächlich herrschte dort ein unvorstellbares Chaos. Überall lagen kleine und größere Kartons herum, Unmengen an Klamotten und alles Mögliche andere, was dort nicht hingehörte.

Froh darüber, sich bei dem Sprung nicht verletzt zu haben, richtete er sich auf und ging in Richtung der geöffneten Zimmertür. Plötzlich kamen die Zweifel. Was er tat, war nicht in Ordnung. Er sollte gar nicht hier sein. Aber er schob die Gedanken beiseite und verließ das Zimmer. Im nächsten Moment stand er im Flur des Hauses und blickte sich vorsichtig um.

Schräg gegenüber lag ein weiterer Raum, und wenn Finn es richtig in Erinnerung hatte, musste das die Küche sein. Er hatte vor ein paar Monaten mal einen Blick durch die ausnahmsweise offen stehende Haustür geworfen und beobachtet, wie Onno Steffens mit einem Toast in der Hand aus dem Raum gekommen war.

Hier im Flur schien es nichts zu geben, was seinen Verdacht erhärtete, dass womöglich jemand in das Haus eingebrochen war, um die Steffens auszurauben. Oder sich weshalb auch immer unerlaubterweise Zutritt zum Haus verschafft hatte.

In der nächsten Sekunde schrak Finn zusammen. Ein lautes Poltern hallte durch das Haus. Als wäre etwas Schweres umgefallen. Es klang dumpf und musste direkt aus der Nähe kommen, wahrscheinlich aus der Küche.

Das Adrenalin, das ihn eben noch in Euphorie versetzt hatte, sorgte von einer Sekunde auf die andere dafür, dass er von einem Angstgefühl heimgesucht wurde, wie er es bislang nicht gekannt hatte. Mehrere Schauer fuhren ihm in schneller Abfolge vom Nacken den Rücken hinab. Sein Herz raste. Und er spürte, dass seine Hände zitterten.

War der Einbrecher etwa noch hier? So laut das Geräusch auch gewesen war, so schnell war es verstummt. Alles war wieder still in diesem Haus. Keine Schritte, kein Atmen. Nichts.

Was zum Teufel war der Grund für diesen Krach gewesen? Sollte er es herausfinden? Musste er ihn wirklich kennen? Er war Briefzusteller und würde niemals bei der Kriminalpolizei arbeiten. Und wenn er diesem Job noch ein paar Jahrzehnte nachgehen wollte, wäre es wohl besser, sich nicht unnötigerweise in Gefahr zu bringen oder traumatisiert zu sein.

Finn zögerte, aber er merkte, dass sich sein Körper unbewusst längst nach vorn beugte. Seine Neugier siegte über die Angst. Es war nicht das, was er wollte, aber er konnte sich nicht wehren. Ohne nachzudenken, huschte er quer über den Flur und presste sich mit dem Rücken an die Wand. Im nächsten Moment trat er einen Schritt nach links, wandte seinen Kopf und warf einen Blick in die Küche.

Es waren nur wenige Augenblicke, und doch ahnte er sofort, dass diese Bilder der beiden toten Menschen nie wieder aus seinem Kopf verschwinden würden. Sie waren jetzt eingebrannt auf einem mikroskopisch winzigen Teil seines Gehirns, und nichts und niemand auf dieser Welt wäre jemals in der Lage, sie zu entfernen.

Und noch etwas anderes wurde Finn schlagartig bewusst. Er würde nicht nur kein Kriminalpolizist werden, auch dem Job als Briefzusteller wollte er nicht länger nachgehen. Er würde ihn noch heute an den Nagel hängen, gleich nachdem er den Notruf gewählt hatte.

Zurück im Spiel

Auch heute Morgen zwang sich Birger Andresen dazu, einen Spaziergang um die Wakenitz zu machen. Viereinhalb Kilometer – an manchen Tagen einfach wunderschön mit dem sich spiegelnden sanften Gewässer, den Enten und Schwänen vor der Kulisse der sieben Kirchtürme und den beiden Naturbädern an den Ufern. Aber heute, bei diesem diesigen und leicht regnerischen Wetter, wirkte es auch hier trist und wenig einladend. Doch wollte Birger in Form bleiben und seine tägliche Runde gehen – über die Moltkebrücke entlang dem Ufer im Drägerpark und schließlich zurück über die Roeckstraße.

Der Fall wollte ihm einfach nicht aus dem Kopf gehen, aber er durfte den anderen nicht dazwischenfunken. Ole hatte gestern Abend ziemlich deutlich geäußert, dass er ihnen nur am Rande bei den Ermittlungen helfen sollte. Um Ole in seiner Position und Meinung zu unterstützen, aber auch um Spielball zu sein und natürlich gern, um wichtige Hinweise zu liefern.

Aber im Hintergrund zu agieren und keine eigenen Theorien und Ideen einzubringen und vor allem keine Verantwortung zu übernehmen, bedeutete auch, sich wirklich zurückzuhalten. Nur das zu machen, was man ihm sagte. Beziehungsweise im Sinne seines Sohns zu arbeiten.

Ole hatte tatsächlich versucht, ihn für seine Zwecke einzubinden. Das hatte er erst so richtig begriffen, als er wieder allein gewesen war. Und sein Sohn hatte es äußerst geschickt angestellt. Hätte er ihm zu viel Honig um den Mund geschmiert, wäre Birger sofort stutzig geworden, aber so waren sie sich am Ende beide einig gewesen, dass er heute Morgen bei Ida-Marie anrufen würde.

Aber wollte er das wirklich? Zwanzig Jahre war er für alle größeren Mordermittlungen in Lübeck und Umgebung mehr oder weniger hauptverantwortlich gewesen. Er hatte kein Problem damit gehabt, sich zurückzuziehen, schließlich war die Idee bereits während seiner einjährigen Auszeit, in der er mit Agnes um die Welt gereist war, in ihm gereift. Aber wenn er zukünftig in Ermittlungen eingebunden werden würde, dann müsste er auch mitreden können.

Er hatte Lust darauf, mit Ole zusammenzuarbeiten, aber genauso auch mit Morten. Sie kannten sich, und die Fronten waren geklärt. Irgendwann würde Morten wahrscheinlich die Kommissariatsleitung übernehmen, schätzte er. Wohin es mit Ole ging, konnte er momentan noch nicht sagen. Gut möglich, dass auch er eines Tages in diese Rolle schlüpfte. Noch fiel es ihm schwer, sich das vorzustellen. Ole war anders als er, und das war auch gut so. Aber dass er geschickt war und mit seiner Meinung nicht hinter dem Berg hielt, hatte er gestern Abend bewiesen.

Das Vibrieren des Handys in seiner Jackentasche unterbrach seine Gedanken. Es war Ole. Wahrscheinlich wollte er nachfragen, ob er sich bereits bei Ida-Marie gemeldet hatte.

»Guten Morgen, rufst du an, weil –«

»Morgen, bist du zu Hause?«, unterbrach Ole ihn. Er klang für seine Verhältnisse aufgebracht.

»Nein, ich drehe gerade meine Runde um die Wakenitz, aber ich wollte dich auch anrufen«, antwortete Birger. »Ich habe noch einmal darüber nachgedacht, was du gestern –«

»Ja, schon gut«, ging Ole erneut dazwischen. »Du brauchst dich nicht mehr bei Ida-Marie zu melden. Komm einfach so schnell wie möglich in die Torstraße nach Travemünde, direkt bei der Kirche. Du wirst uns nicht übersehen können, wir sind mit dem vollen Aufgebot hier.«

Birger sagte nichts. Oles Worte klangen noch in seinen Ohren nach. Es war, als hörte er seine eigene Stimme. Wie oft war er früher selbst als einer der Ersten an einem Tatort gewesen und hatte voller Adrenalin bei den Kollegen angerufen und um Verstärkung gebeten.

»Hast du mich verstanden?«, rief Ole. Durch die Leitung waren jetzt Martinshörner zu hören.

»Was ist passiert?«, fragte Birger.

»Er hat es erneut getan. Zwei Tote, offenbar Mutter und Sohn. Das gleiche Vorgehen, beide wurden mit Plastiktüten erstickt.«

»Wie heißen die Opfer?«

»Laut dem Briefzusteller, der die Leichen gefunden hat, handelt es sich um Anke und Onno Steffens.«

»Hast du sie gesehen?«

»Ja, kurz.«

»Auf den ersten Blick irgendeine Verbindung zu den beiden Toten aus Grömitz?«

»Noch keine Zeit gehabt, irgendetwas zu überprüfen. Wir sind auch erst eben hier angekommen. Aber auf den ersten Blick könnten die Umstände nicht unterschiedlicher sein.«

»Wie meinst du das?«

»Die Steffens lebten in sehr einfachen Verhältnissen«, antwortete Ole. »Im Haus sieht es wohl teilweise ziemlich heruntergekommen aus, wie ich eben von Jannik erfahren habe.«

»Von wem?«

»Jannik Unger, er ist neu in Seelhoffs Team. Er meinte, dass es in einigen Räumen schlimm aussieht. Das komplette Gegenteil zu der Villa der Clasens.«

»Und du willst jetzt also, dass ich dazukomme und euch bei den Ermittlungen helfe?«

»Ich habe eben mit Ida-Marie gesprochen, sie würde es sehr begrüßen.«

Für einen kurzen Moment wollte Birger protestieren, aber dann schluckte er seine Worte hinunter. Im Grunde war er ja froh, dass Ole selbst Ida-Marie gefragt hatte, denn wenn er schon unbedingt wollte, dass er ihm half, dann sollte er das mit seiner Chefin auch selbst klären.

Er war also zurück im Spiel. Zumindest für diesen einen

Fall. Und es fühlte sich tatsächlich besser an, als er geglaubt hatte.

»In Ordnung, ich bin gleich da«, sagte er. »Eine Frage noch.«

»Was denn?« Ole klang bereits abgelenkt, weil hinter ihm immer wieder laute Stimmen zu hören waren.

»Dein erster Eindruck«, sagte Birger. »Sag mir, was du gedacht hast.«

»Willst du das wirklich wissen?«

»Natürlich.«

»Das Erste, was mir durch den Kopf ging, war, dass ich mit meinem Bauchgefühl richtiglag. Wir haben es mit jemandem zu tun, der sich auf einem persönlichen Rachefeldzug befindet. Und dieser Mensch ist noch längst nicht am Ende. Er wird wieder töten.«

Windstärke 11

Dirk Sander sah anders aus als gestern. Er machte einen selbstbewussten Eindruck, von Trauer über den Tod von Alexander Clasen war nichts mehr zu erkennen.

Er stand vor dem bodentiefen Fenster seines Hauses in Timmendorfer Strand und blickte auf die noch immer aufgewühlte Ostsee. Eine eindrucksvolle Aussicht, zu jeder Jahreszeit.

In seiner rechten Hand schwenkte Sander einen Drink. Möglicherweise nicht sein erster heute, so locker wie er Morten eben begrüßt hatte. Andererseits war es gerade mal halb elf. Welchen Anlass sollte er haben, bereits jetzt angetrunken zu sein? Vielleicht nahm ihn der Tod seines Geschäftspartners doch stärker mit, sodass er Trost im Alkohol suchte. Oder musste er sich etwa mit Hochprozentigem beruhigen, weil er erst jetzt realisierte, was er mit den Clasens gemacht hatte?

Morten fixierte Sander und schüttelte den Kopf. Es war unmöglich, dass er der Mann war, den Westphal im Kurpark beobachtet hatte. Er war mindestens eins fünfundachtzig groß, und seine Kleidung passte überhaupt nicht zu der Beschreibung. Außerdem war er gepflegt und geschätzt doppelt so alt wie der Unbekannte, der das Haus der Clasens observiert hatte.

Es fiel Morten schwer, sich zu konzentrieren. Dass er überhaupt hier war, war eine Kurzschlussentscheidung gewesen, nachdem er es in seinem Büro im Präsidium nicht mehr ausgehalten hatte. Er glaubte ohnehin nicht mehr so richtig an die Theorie, dass der Mord mit Clasens Geschäften zu tun hatte, aber er hatte keinen anderen Anhaltspunkt, dem er nachgehen konnte. Außerdem musste er seinen Kopf freikriegen, weshalb er sich nach seiner Ankunft erst einmal eine Weile am Strand gegen den Wind gestemmt hatte.

Er hatte mit allem gerechnet, was Elifs Reaktion auf den gestrigen Abend anging. Vom besten Fall, dass es der Anfang von viel mehr zwischen ihnen sein könnte, bis zu völliger Ablehnung, weil sie sich bewusst geworden war, dass das alles ein riesiger Fehler gewesen war, weil sie noch immer nicht bereit war, jemand anderen in ihr Leben zu lassen.

Aber es war ganz anders gekommen. Die Worte, die sie ihm geschrieben hatte, hatten ihn vollkommen unvorbereitet getroffen. Eine Ohrfeige, so heftig, dass sie ihm auf gewisse Weise körperliche Schmerzen zugefügt hatte:

Guten Morgen, Morten. Ich bereue nicht, was gestern Abend passiert ist, aber wir müssen es vergessen. Es war nicht richtig. Ich bin seit einem Monat in einer festen Beziehung. Es wäre gut, wenn wir uns in nächster Zeit aus dem Weg gehen. Tut mir leid.

Was zum Teufel? Sie hatte ihm gesagt, wie schwer es ihr falle, sich wieder neu zu verlieben. Obwohl der Tod ihres Mannes schon vier Jahre zurücklag, meinte sie, sie brauche noch Zeit. Er hatte es ihr abgenommen, dass sie noch nicht so weit war, aber gleichzeitig auch gehofft, dass eine realistische Chance für sie beide bestand. Und dann war es gestern Abend, nach einigen Monaten, endlich so weit gewesen, dass sie sich nähergekommen waren. Sie hatten sich geküsst. Innig.

Und sie hatte es genauso genossen wie er, war Morten sich sicher. Obwohl sie ein wenig geheimnisvoll geblieben war und nach dem Kuss kein zweiter folgte, waren sie zärtlich zueinander gewesen. Er war sich nicht sicher gewesen, ob sie dazu bereit war, aber es hatte auch rein gar nichts darauf hingedeutet, dass es jemand anderen gab.

Wie konnte es sein, dass Elif so mit seinen Gefühlen spielte? Jemand, der selbst einen tragischen Verlust hatte hinnehmen müssen. Der so viel Schmerz erfahren hatte. Von dem er niemals erwartet hätte, auf diese Weise ausgenutzt zu werden. Oder wie man es auch bezeichnen wollte.

Morten war so wütend gewesen, dass er wie in einem kitschigen Film ein leeres Weinglas, das noch auf dem Tisch stand, an die Wand geworfen hatte. Gefolgt von einigen Flüchen und einem Faustschlag auf den Sitzsack, den er sich gekauft, aber bislang kaum genutzt hatte, weil er ungemütlich und viel zu weich war.

Gerade als er sich etwas beruhigt hatte, hatte sein Handy erneut vibriert. Elif hatte noch einmal geschrieben.

Mir geht es nicht gut. Ich werde mich krankschreiben lassen. Irgendwann werde ich dir das alles erklären.

Kein Bedarf, war es ihm sofort durch den Kopf gefahren. Vollkommen egal, welche Erklärung sie liefern würde, er wollte sie nicht hören. Er ließ sich doch nicht von ihr am Nasenring durch die Manege ziehen.

Das Problem war nur, dass er emotional einfach viel zu aufgewühlt war. Auch jetzt noch, vier Stunden nach ihrer ersten Textnachricht. Morten konnte an nichts anderes denken als an diese Worte auf seinem Handy. Und er brauchte sich auch gar nichts vorzumachen, es hatte ihn nämlich schon vor einigen Monaten erwischt. Im Grunde schon kurz nachdem sie zu ihnen ins Team gestoßen war und sie sich näher kennengelernt hatten. Morten war ihr gegenüber anfangs ziemlich schüchtern gewesen, und erst als Elif vorsichtige Zeichen gegeben hatte, dass sie sich auch mehr vorstellen könnte, war in ihm die Hoffnung gewachsen, die heute Morgen dann mit voller Wucht geplatzt war.

Der Strandspaziergang bei Windstärke 11 war keine allzu gute Idee gewesen. Mit Sand in den Augen hatte er sein Unterfangen nach schon wenigen Minuten abgebrochen und war die paar Meter rüber zu Dirk Sanders imposanter Villa an der Strandallee gestapft. Sie sah sehr modern aus und erinnerte ihn an Bauhaus-Architektur. Ganz anders als das Haus der Clasens in Grömitz, aber nicht weniger eindrucksvoll.

Nun stand er hier in der oberen Etage, die wie eine Penthouse-Wohnung anmutete, und versuchte sich darauf zu konzentrieren, das Gespräch mit dem engsten Geschäftspartner von Alexander Clasen ins Laufen zu bringen. In seiner Verfassung eine fast unlösbare Aufgabe.

»Lassen Sie uns ganz offen reden«, sagte er schließlich. »Sie kannten Alexander Clasen sehr gut. Was denken Sie, warum wurden er und seine Frau ermordet?«

»Ich habe noch immer keine Ahnung«, antwortete Sander. »Aber ich habe noch einmal über unser Gespräch gestern nachgedacht. Ich kann mir beim besten Willen nicht vorstellen, dass sie wegen Alexanders Plänen für weitere Investitionen in Grömitz sterben mussten. Wenn er vorher bedroht worden wäre, hätte er mir das gesagt.«

»Ich wiederhole noch einmal meine Frage von gestern, auf die ich keine Antwort bekommen habe«, entgegnete Morten. »Sie haben den Tatort selbst gesehen. Was ging Ihnen beim Anblick der beiden durch den Kopf?«

»Ich weiß nicht.« Sander zuckte mit den Schultern. »Ich musste im ersten Moment an irgendwelche Thriller-Serien denken. Irgendein kranker Spinner, der durchgedreht ist und Menschen auf grausame Weise umbringt. Später kam mir der lose Gedanke, es könne sich um eine Art Abrechnung gehandelt haben.«

»Eine Abrechnung?«, fragte Morten interessiert.

»Vielleicht jemand, der sich an den beiden rächen wollte. Keine Ahnung, ich kannte Alexander zwar ganz gut, aber er hatte natürlich auch ein Leben, bevor ich ihn kennengelernt habe.«

»Wie darf ich denn das verstehen?«

»Ich weiß nicht viel darüber, aber er war früher wohl kein unbeschriebenes Blatt. Das liegt aber alles lange zurück.«

»Wovon reden wir hier? War er als junger Mann ein wilder Draufgänger? Das dürfte doch wohl kein Grund dafür sein, dass sich Jahre später jemand auf diese Weise rächt.«

»Draufgänger ist das falsche Wort«, sagte Sander. »Wie gesagt, ich kenne keine Details, mich hat das nie interessiert, aber er hat ein paarmal erzählt, dass er einige Jahre auf die schiefe Bahn geraten ist. Da muss einiges in seinem Leben ziemlich aus dem Ruder gelaufen sein.«

»War er kriminell? Hat er Drogen genommen? Oder –«

»Ich habe ihn nie danach gefragt«, ging Sander dazwischen. »Jeder hat seine eigene Lebensgeschichte, auch bei mir lief nicht immer alles glatt. Ich akzeptiere die Menschen so, wie sie sind. Und Alexander hat sich mir gegenüber immer korrekt verhalten.«

»Nur was das Geld anging, nicht unbedingt«, warf Morten ein.

»Wir hatten eine geschäftliche Meinungsverschiedenheit, das sagte ich bereits mehrfach. Ich kann kein schlechtes Wort über ihn sagen.«

»Wissen Sie irgendetwas über seine Familie?«, wechselte Morten das Thema. »Soweit wir wissen, sind seine Eltern tot, Geschwister hat er keine.«

»Dass er keine Geschwister hat, kann ich bestätigen«, antwortete Sander. »Über seine Eltern weiß ich allerdings nichts. Er hat nie von ihnen erzählt. Ich vermute, er hatte nicht das beste Verhältnis zu ihnen.«

»Wie kommen Sie darauf?«

»Wenn man in jungen Jahren kriminell wird, hat das oft auch damit zu tun, dass im Elternhaus etwas nicht stimmt.«

Morten nickte. Er wollte nicht weiter nachfragen, vermutete aber, dass es bei Sander ähnlich gewesen war.

Tatsächlich hatte das Gespräch bislang mehr gebracht als erhofft. Die Hinweise auf Clasens Vergangenheit waren definitiv ein Ansatzpunkt, dem sie nachgehen mussten. Morten brannte aber noch etwas anderes unter den Nägeln. Als er das Haus betreten hatte, war ihm sofort aufgefallen, dass Sander sich anders verhielt als gestern.

»Trinken Sie oft schon zu so früher Tageszeit?«

»Spielt das irgendeine Rolle für Ihre Ermittlungen?«

»Nein, es wundert mich nur. Gestern wirkten Sie noch sehr betroffen, davon ist heute nicht mehr viel zu spüren.«

»Glauben Sie mir, Alexanders Tod setzt mir mehr zu, als Sie sich vorstellen können. Ohne seine Ideen und den Mut, den er hatte, manche Dinge einfach gegen jeden Widerstand durchzuziehen, wird sich auch für mich einiges ändern. Meine Firma wird weiterhin wachsen und gutes Geld verdienen, aber für die Highlights, diese ganz besonderen Immobilien, werde ich mir entweder einen neuen Partner suchen oder zukünftig darauf verzichten müssen.«

Morten musterte den Mann. So richtig schlau wurde er aus ihm auch heute nicht. Zeit, mehr in die Offensive zu gehen. Ein Alibi hatte er ihnen zwar geliefert, nur hatten sie es noch nicht bestätigt bekommen.

»Ich würde gerne noch einmal über die Tatnacht sprechen«, sagte er. »Sie waren also bei Barbara Wendt, der Bürgermeisterin von Grömitz?«

»Sie haben ihr doch wohl nicht gesagt, dass Sie das wissen?«

»Nein, das haben wir nicht. Von sich aus hat sie auch nichts davon erwähnt.«

»Würde sie auch niemals tun.«

»Weshalb nicht? Soweit ich weiß, ist sie nicht verheiratet.«

»Das nicht, aber sie lebt offiziell in einer festen Beziehung.«

»Und inoffiziell?«, fragte Morten argwöhnisch.

»Jedenfalls nicht mit mir, falls Sie das vermuten«, antwortete Sander. »Wir sind nur gut miteinander befreundet. Aber mehr möchte ich jetzt wirklich nicht dazu sagen. Das Ganze ist nicht meine Angelegenheit und hat auch nichts mit dem zu tun, weshalb Sie hier sind.«

Morten runzelte die Stirn und versuchte, die Informationen in seinem Kopf zu ordnen. Gerade als er noch einmal nachhaken wollte, klingelte sein Handy. Reflexartig griff er in die Jackentasche und zog es hervor. Es war Ida-Marie.

»Bist du etwa auch krank, oder wo steckst du?«, rief sie in den Hörer, nachdem er sich gemeldet hatte.

»Nein, ich bin in Timmendorfer Strand und spreche gerade mit –«

»Dann kannst du ja in zehn Minuten in Travemünde sein«, unterbrach sie ihn unmissverständlich. »Ole ist schon da, und ich bin auf dem Weg.«

»Und verrätst du mir noch, was passiert ist?«

»Zwei weitere Tote. Beeil dich also.«

Ida-Marie legte auf, ohne sich zu verabschieden. Morten stand einige Sekunden reglos da, dann ließ er sein Handy zurück in die Tasche gleiten. Langsam trat er vor und blieb dann neben Sander stehen.

Er versuchte, seinen Blick irgendwo am Horizont auf etwas zu fixieren. Aber da war nichts. Keine Fähre, kein Segelboot und schon gar keine Sonne. Denn draußen herrschte einfach einer der schlimmsten Stürme seit Jahren. Aber spätestens seit dem Anruf von Ida-Marie war ihm klar, dass der andere Sturm, mit dem sie es zu tun hatten, noch viel schlimmer war.

Prinzipien

Birger Andresen hatte seinen Wagen auf dem großen Parkplatz an der Travemünder Landstraße abgestellt und war noch einmal kurz vor bis zum Fischereihafen gelaufen, an den er aus beruflicher Sicht so manche Erinnerung hatte. Mit einem mulmigen Gefühl dachte er an das heruntergekommene Restaurantboot zurück, von dem er gerade noch rechtzeitig heruntergesprungen war, bevor es explodierte. Das musste mindestens zehn Jahre zurückliegen.

Seitdem hatte sich hier viel getan. Überall wurde gebaut. Alles wurde schick gemacht, einiges erkannte er gar nicht mehr wieder. Das ursprüngliche Flair verschwand zunehmend. Aber der Blick an den Fischkuttern vorbei auf die Trave und den Skandinavienkai mit den großen Fährschiffen war immer noch der alte.

Dieser Ort löste bei ihm so viele Gefühle aus, dass er für einen kurzen Augenblick sentimental wurde. Bilder aus Zeiten als junger Erwachsener und spektakuläre Einsätze in Travemünde und gegenüber auf dem Priwall liefen abwechselnd vor seinem inneren Auge ab. Es gab kaum einen anderen Fleck Erde, mit dem er so intensive Momente verband wie mit Travemünde.

Auch das sich wieder leicht zurückziehende Hochwasser und der heftige Sturm, der mittlerweile seit mehr als zwei Tagen über die Lübecker Bucht zog und ihm gerade alles abverlangte, um nicht das Gleichgewicht zu verlieren und im Hafenbecken zu landen, hinderten ihn nicht daran, sich diesen kurzen Moment zu nehmen, bevor er sich einen Tatort ansehen musste, von dem er jetzt schon wusste, dass er lieber darauf verzichtet hätte.

Ihm gingen viele Dinge durch den Kopf, während er die letzten Meter vom Fischereihafen am Fährvorplatz vorbeilief und die Straße überquerte, um in Richtung des alten Ortskerns zu laufen.

Vier Tote in vierundzwanzig Stunden. So etwas hatte er in mehr als fünfundzwanzig Jahren bei der Kripo nicht erlebt. Sie hatten es zweifellos mit einem Serientäter zu tun, und nichts konnte sie hoffen lassen, dass er aufhören würde. Sie mussten alles daransetzen, den Zusammenhang zwischen den Morden in Grömitz und dem, was hier in einem dieser kleinen, hübschen, denkmalgeschützten Fischer- und Handwerkerhäuser vorgefallen war, herzustellen. Eine Verbindung finden, die sie zum Täter führte. Auch wenn, wie Ole es vorhin am Telefon gesagt hatte, auf den ersten Blick keinerlei Parallelen zu erkennen waren, mit Ausnahme natürlich der Todesumstände, die wohl keinen Zweifel zuließen.

Schon kurz bevor Birger links um die Ecke bog, sah er die Blaulichter, die sich in den Fensterscheiben und auf dem feuchten Kopfsteinpflaster spiegelten. Trotzdem war er überrascht, wie viele Einsatzwagen rund um die St.-Lorenz-Kirche geparkt waren. Der ganze Bereich war weiträumig abgesperrt. Einem Streifenpolizisten, an dessen Gesicht er sich erinnern konnte, nickte er zu und schlüpfte unter dem Flatterband hindurch. Das Haus, bei dem die Kollegen ein und aus gingen, lag ein Stück rechts von ihm, genau dort, wo Jahrmarkt- und Torstraße zusammenliefen.

Als er sich näherte, sah Birger bekannte Gesichter. Harald Seelhoff, sein alter Mitstreiter, war gerade in ein Gespräch mit Ida-Marie vertieft. Auch Morten stand vor dem Haus. Er sah nachdenklich aus. Ob er wusste, dass Ole ihn hinzugerufen hatte?

Seinen Sohn konnte er nirgends erkennen. Vielleicht war er im Haus und inspizierte den Tatort. Er hatte ihm mal gesagt, dass ihm die Bilder toter Menschen nichts ausmachten, egal wie grausam sie waren. Birger wusste, dass die Realität anders aussah. Jedes Mordopfer brannte sich in die Erinnerung ein und machte etwas mit einem. Es gab tatsächlich Kriminalpolizisten, die abstumpften. Andere suchten häufiger den Polizeipsychologen auf, als ihnen lieb war. Und bei wiederum anderen machten sich die psychischen Folgen erst später bemerkbar, wenn ihre Familien kaputtgingen und Alkohol oder Tabletten zu den einzigen Freunden wurden.

Ihm war klar, dass er Ole nicht davor schützen konnte, selbst diese Erfahrungen zu machen. Er war schließlich ein erwachsener Mann. Trotzdem würde er ihm noch einige Tipps mit auf den Weg geben müssen und dabei so subtil wie möglich vorgehen, um nicht sofort auf taube Ohren zu stoßen.

»Schön, dich zu sehen.«

Morten fuhr herum und sah Birger konsterniert an.

»Ole hat mich gebeten, euch zu unterstützen«, sagte Birger. »Aber eigentlich bin ich mir sicher, ihr schafft das auch ohne mich.«

»Das heißt, du bist wieder zurück?«

»Ich habe noch nicht einmal mit Ida-Marie gesprochen, geschweige denn mit Solveig. Mit Sicherheit werde ich euch hier nicht reinreden. Aber ich versuche mir ein Bild zu machen, und wenn mir etwas Besonderes auffällt, teile ich das natürlich mit. Dann könnt ihr entscheiden, wir ihr damit umgeht.«

»Ach komm, Birger, ich bitte dich«, sagte Morten launisch. »Wir beide wissen, dass du dich nicht zurückhalten wirst, wenn du erst mal in diese Ermittlungen eingestiegen bist.«

»Ob du es glaubst oder nicht, ich komme tatsächlich ganz gut ohne Mord und Totschlag aus. Aber lassen wir das, es gibt jetzt wirklich Wichtigeres als meine Rolle hier. Ich weiß bislang nicht viel darüber, was hier passiert ist. Können wir uns sicher sein, dass es sich um denselben Täter wie in Grömitz handelt?«

»Kein Zweifel.« Morten seufzte. »Das Drumherum ist komplett anders, aber der Tathergang fast genauso wie bei den Clasens. So wie ich Seelhoff verstanden habe, wurden auch dieselben Plastiktüten verwendet, um …« Er stockte kurz. »Am besten siehst du es dir selbst an.«

»Ja, ist wahrscheinlich sinnvoll«, sagte Birger. »Weißt du, wo Ole ist?«

Morten machte eine Kopfbewegung in Richtung Haustür. »So genau wie er die Leichen inspiziert, hätte er vielleicht eher zu den Technikern gehen sollen.«

Birger hielt einen Moment inne und blickte Morten konsterniert an. Es stand also tatsächlich nicht gut zwischen den beiden. Nicht nur, dass sie kein Team waren, sie schossen hintenrum bereits aufeinander, obwohl sie erst seit ein paar Wochen zusammenarbeiteten.

Er verzichtete auf weitere Bemerkungen und betrat das kleine Haus, das im Gegensatz zu den meisten anderen in dieser Straße nicht historisch mit einem besonderen Giebel oder Fachwerk daherkam, sondern ein sehr einfacher Nachkriegsbau war, der äußerlich keinen allzu gepflegten Eindruck machte. Er zog ein paar blaue Überzieher über seine Schuhe, die er immer in der Jackentasche dabeihatte.

Im Inneren sah es nicht besser aus. Das Treppenhaus wirkte, als wäre hier niemals auch nur irgendetwas renoviert worden. Überall blätterte Farbe ab, Tapete hing von der Wand herunter, und das Holz der Treppe schien so morsch zu sein, dass er sich kaum vorstellen konnte, auch nur einen Fuß daraufzusetzen.

Musste er auch nicht. Die beiden Opfer waren in der Küche gefunden worden, die am Ende des Flurs auf der rechten Seite lag. Als er sich dem Raum näherte, kam dieses Gefühl zurück, das ihm so wohlvertraut war. Diese Mischung aus Anspannung und Nervenkitzel, die dafür sorgte, dass sein Körper Adrenalin ausstieß. Normalerweise passierte das immer dann, wenn es bei einer Ermittlung zum Durchbruch kam. Wenn sich der Knoten endlich löste und sie den Täter überführten. Auf die Aussicht, in wenigen Sekunden auf zwei brutal ermordete Menschen zu treffen, reagierte sein Körper ganz ähnlich. Mit dem Unterschied, dass es ganz und gar kein positives Kribbeln war, das ihn erfasste.

Ole stand vor einem kleinen Küchentisch und redete mit einem jungen Mann, der einen weißen Ganzkörperoverall trug. Er kannte den Kriminaltechniker nicht, war sich aber ziemlich sicher, dass es sich um diesen Jannik handeln musste, von dem Ole am Telefon gesprochen hatte.

Eine der beiden Leichen lag neben ihnen auf dem Boden, offensichtlich ein Mann. Die andere saß am Tisch. Auf einem einfachen Holzstuhl, leicht an die Wand gelehnt, sodass sie nicht nach vorn oder zur Seite kippen konnte. Über ihren Köpfen steckten transparente Kunststofftüten, die im Halsbereich mit einer dünnen Kordel zusammengezogen waren.

Mehr Details wollte er gar nicht sehen. Er blieb in der Tür stehen und räusperte sich. Als Ole sich umdrehte, zeichnete sich ein Lächeln auf seinen Lippen ab. Birger konnte sich nicht erinnern, dass sein Sohn sich jemals gefreut hatte, ihn zu sehen.

»Gut, dass du da bist. Jannik ist gerade fertig geworden. Die Leichen werden gleich abgeholt.«

»Aha.« Birger wandte sich direkt dem Kriminaltechniker zu. »Du bist also der Neue in Haralds Team?«

»Ich bin schon seit einem halben Jahr dabei«, antwortete Jannik.

»Harald scheint dir offenbar einiges zuzutrauen, wenn du hier allein die Spuren sichern darfst.«

»Die anderen sind schon draußen, ich will nur sichergehen, dass wir nichts übersehen haben.«

»So gehört sich das. Warum liegt die männliche Leiche auf dem Boden? Das ist ein Unterschied zu dem Tatort in Grömitz.«

»Es ist sehr wahrscheinlich, dass der Tote seitlich vom Stuhl gefallen ist. Eigentlich war er gegenüber der anderen Leiche am Tisch platziert.«

»Würde Sinn ergeben«, sagte Birger nachdenklich. »Konntet ihr denn bislang irgendetwas finden, das uns direkt weiterhilft?«

»Wir können jedenfalls mit großer Sicherheit davon ausgehen, dass es sich um denselben Täter handelt«, antwortete Jannik. »Nicht nur wegen der Art und Weise, wie die beiden sterben mussten. Wie du siehst, haben wir auch Schuhabdrücke gefunden, deren Profil dem aus der Villa der Clasens sehr ähnelt.« Er zeigte auf den Fußboden und die zahlreichen eingekreideten Stellen, denen Birger vorhin ausgewichen war.

»Das heißt, der Täter hat das Haus durch den Raum da drüben betreten?« Birger blickte sich um. Ihm war beim Reinkommen direkt aufgefallen, dass die Spuren nicht Richtung Haustür führten, sondern sich offenbar hinter einer halb offenen Tür gegenüber der Küche fortsetzten.

»Eine Art Abstellkammer«, ergriff Ole das Wort, als Janniks Handy klingelte und er entschuldigend den Raum verließ. »Freundlich ausgedrückt. Es sieht dort drin wirklich schlimm aus, in einigen Räumen kommt einem unweigerlich das Gefühl, dass die Steffens Messis waren.«

»Ist er durchs Fenster eingestiegen?«

»Ja, er hat es aufgestemmt. Was angesichts des Zustands des Fensterrahmens aber wohl keine große Hürde darstellte.«

»Weißt du schon etwas über die Opfer?«, wechselte Birger das Thema. »Ist es bestätigt, dass es sich um Mutter und Sohn handelt?«

»Daran besteht kein Zweifel. Anke Steffens und ihr Sohn Onno haben hier zusammen gewohnt. Ihr Mann ist schon lange tot. Das hat uns der Briefträger erzählt, der die beiden gefunden hat.«

»Der Briefträger«, sagte Birger nachdenklich. »Was hatte er in diesem Haus zu suchen?«

»Er hatte das Gefühl, es stimmt etwas nicht, und dann hat er das aufgebrochene Fenster entdeckt und ist reingeklettert.«

»Überprüft ihn bitte, und wenn es nur fürs Protokoll ist. Habt ihr bei diesem Sander auch gemacht.«

»Ich glaube nicht, dass –«

»Vollkommen egal, sichert euch ab. Für den Fall der Fälle.«

Ole wollte noch etwas erwidern, aber Birger hob seine Hand und redete weiter. »Das hier ist vielleicht die schlimmste Mordserie in der Geschichte der Lübecker Kriminalpolizei. Ich habe nicht viel erlebt, was dem gleichkommt. Das größte Problem ist das, was uns noch erwartet. Du hast es am Telefon selbst gesagt, Ole. Das hier ist noch nicht das Ende.«

»Ja, das war gestern mein erster Gedanke«, sagte Ole, nicht ohne einen gewissen Stolz in seiner Stimme.

»Der Täter gibt uns keine offensichtlichen Hinweise.« Die Worte kamen so langsam und nachdenklich über Birgers Lippen, dass sie einige Sekunden im Raum hängen blieben.

»Er will in jedem Fall vermeiden, dass wir ihm auf die Spur kommen«, fuhr er fort. »Gleichwohl hat er kein Problem damit, dass wir beide Taten miteinander in Verbindung bringen. Er fühlt sich noch sicher. Was heißt das also?« Birger sah Ole tief in die Augen.

Er wartete nicht auf eine Antwort, sondern gab sie selbst. »Wir müssen schneller sein als er. Wir brauchen diese Verbindung. Es muss irgendetwas geben, das die Opfer gemein haben. Fang an zu wühlen, nimm dir jedes Detail aus dem Leben dieser Menschen vor. Und sprich dich mit den anderen ab.«

»Und du? Was hast du jetzt vor?«

»Ich?«, fragte Birger überrascht. »Ich werde jetzt mit Morten reden und anschließend mit Ida-Marie. Vielleicht gelingt es ja, dass alle an einem Strang ziehen.«

»Ich dachte, du würdest mir …«

»Dir helfen, indem ich nur das tue, was du mir sagst?«, vollendete Birger den Satz. »Tut mir leid, aber ich glaube, dann hast du mich falsch verstanden. Ich helfe gerne, allerdings im Sinne der Aufklärung dieses Falls, nicht um mich auf eine Seite zu schlagen. Ich halte Morten für einen exzellenten Kriminalkommissar. Und auch wenn du mein Sohn bist und das alles neu für dich ist, werde ich nicht meine Prinzipien über Bord werfen.«

»Und welche Prinzipien hast du bitte schön?« Oles Stimme bebte jetzt. Es war offensichtlich, dass er mit einer anderen Reaktion seines Vaters gerechnet hatte.

»Dieser Job ist mit nichts zu vergleichen, was du bislang erlebt hast«, sagte Birger beschwichtigend. »Er ist einerseits der beste Beruf, den ich mir vorstellen kann, aber andererseits auch so nervenzehrend wie kaum ein anderer. Die Verantwortung, die du trägst, wenn du verhindern musst, dass Menschen sterben, ist gewaltig. Du tust das nicht für dich, das sollte dir immer bewusst sein. Du begibst dich in Gefahr und setzt dauerhaft dein seelisches Gleichgewicht aufs Spiel, weil du diese Welt da draußen ein Stück besser machen und Menschen helfen willst. Nur darum geht es, um nichts anderes.«

»Es klingt seltsam aus deinem Mund«, entgegnete Ole. »Wir hatten immer das Gefühl, dass es dir nur um dich und dein Ego geht.«

»Wir?«

»Deine gesamte Familie«, sagte Ole. »Meine Mutter, Wiebke und deine Kinder.«

Birger nickte. Er wusste, wie sie über ihn dachten. Und er wusste auch, dass sie recht hatten. So wie er sich all die Jahre verhalten hatte, war er natürlich unglaubwürdig, wenn er seinem Sohn jetzt predigte, das eigene Ego hintanzustellen. Und trotzdem ließ sich die Situation nicht vergleichen.

Er selbst war erst nach einigen Jahren bei der Kripo zu der Person geworden, die manche als einsamen Wolf bezeichnet hatten. Ja, er war niemals ein ausgeprägter Teamplayer gewesen, und es hatte immer mal wieder auch Differenzen gegeben, aber niemals hatte er es darauf angelegt, gegen seine Kollegen und Kolleginnen zu kämpfen.

»Wenn du so denkst, dann rate ich dir umso mehr, es besser zu machen als ich. Aber jetzt lass uns wieder auf das Wesentliche zurückkommen. Es geht um diese Verbindung, wir müssen sie finden.«

»Du meinst, ich muss sie finden?«

»Vollkommen egal, wer von uns. Das ist kein Wettbewerb.« Die letzten Worte kamen langsamer und mit einer gewissen Schärfe über Birgers Lippen. Er kannte Diskussionen mit Ole spätestens seit dessen Pubertät. Es war, als hätte sie schon immer eine unterschwellige Rivalität verbunden.

»Wir sehen uns später«, schob er noch hinterher. Dann wandte er sich ab und ließ Ole allein in dieser Küche zurück, mit den beiden auf grauenhafte Weise ums Leben gekommenen Menschen.

Im Flur kamen ihm mehrere Bestatter mit Leichensäcken in den Händen entgegen. Er atmete aus und erst wieder ein, als er an die frische Luft trat. Der Wind peitschte weiterhin aus Nordwest.

Eigentlich hatte er zuerst mit Morten sprechen wollen, aber er sah ihn nicht mehr. Wahrscheinlich war er bereits zurück ins Präsidium gefahren. Anders als Ida-Marie, die etwas abseits stand und telefonierte. Als sie ihr Gespräch beendete, nutzte Birger die Chance und trat auf sie zu.

»Ich hätte kein Problem damit gehabt, wenn es noch eine Weile gedauert hätte, ehe wir uns wiedersehen«, sagte er zur Begrüßung.

»Allerdings.« Ida-Marie sah ihn ernst an.

Birger wartete darauf, dass ein Lächeln über ihre Lippen huschte, aber es kam nicht. Sie wirkte nachdenklich und gleichzeitig nicht richtig bei der Sache. »Du weißt ja, wie ich das gerade meinte. Ich freue mich natürlich, dich zu sehen.«

»Es ist gut, dass du hier bist, Birger. Wir können jede Hilfe gebrauchen.«

Er beobachtete die Leiterin der Mordkommission, mit der er schon so viele Ermittlungen und einiges andere erlebt hatte. Sie tippte auf ihrem Handy herum, wählte eine Nummer, doch niemand nahm ab. Irgendwie wirkte sie erschöpft, Falten zeichneten sich auf ihrer Stirn und unter den Augen ab.

In den letzten zwei Jahren hatten sie nicht viel Kontakt

gehabt, was angesichts seines Trips um die Welt und ihrer Schwangerschaft kein Wunder war.

Er hatte ein paarmal daran denken müssen, wie es wohl für sie war, mit Simon Winter ein Kind zu bekommen und den Alltag zu meistern. Birger hatte nie so richtig begriffen, wie sie mit ihm, diesem sicherlich außergewöhnlichen Privatermittler, zusammen sein konnte.

Zwischen ihm und Winter bestand eine jahrelange Verbindung, die mehr Hass als Liebe war. Immer wieder hatten sie in denselben Fällen ermittelt, wohl oder übel. Und nicht immer auf derselben Seite. Er konnte grundsätzlich nichts Schlechtes über Winter sagen, aber völlig ausgeschlossen schien ihm, diesem Mann dauerhaft zu vertrauen, geschweige denn eine Familie mit ihm zu gründen.

Birger wollte gerade das Schweigen zwischen ihnen brechen und Ida-Marie nach ihrer Einschätzung zu den Morden fragen, als das Telefon in ihrer Hand vibrierte.

»Entschuldige mich, da muss ich rangehen.«

»Natürlich«, sagte Birger leise, während er ihr hinterhersah. Ihre Anspannung konnte sie nicht verbergen. Er hatte keinen Zweifel daran, dass dieser Anruf wichtig war, aber vor allem der Name des Anrufers, den er erhascht hatte, als er für den Bruchteil einer Sekunde auf das Display ihres Handys geblickt hatte, war ein untrügliches Zeichen. Denn er wusste, wenn sich Simon Winter meldete und der Anruf Sorgenfalten bereitete, dann musste das Problem verdammt groß sein.

Eine Sache noch

»Was ist mit Elif?«, fragte Birger, als er den Kopf in Mortens Büro steckte.

»Hat sich krankgemeldet«, antwortete Morten knapp.

»Mitten in so einer Ermittlung? Dann muss es sie ja schlimm erwischt haben.«

»Scheint so.«

»Wart ihr nicht gestern noch zusammen in Grömitz?«

»Waren wir.«

Birger beobachtete den Kollegen, der hinter seinem Schreibtisch saß, einige Unterlagen zusammensuchte und stapelte. Er wusste, dass er und Elif sich sehr gut verstanden und Morten mindestens ein Auge auf sie geworfen hatte. Wenn er so wie gerade reagierte, bedeutete das wohl, dass zwischen den beiden irgendetwas nicht stimmte. Noch ein weiterer Riss im Team?

Man konnte den Eindruck gewinnen, dass es noch schlechter um die Mordkommission stand als zu den schlimmsten Zeiten, in denen er selbst aufgrund seiner Alleingänge für einige hier ein rotes Tuch gewesen war.

Morten nahm die Zettel, steckte sie in eine Mappe und stand auf. »Die Besprechung fängt gleich an.« Ohne Birger anzusehen, ging er an ihm vorbei. Er merkte selbst, wie kindisch er sich gerade verhielt. Mit Sicherheit bemerkte Birger, dass etwas nicht in Ordnung war. Aber er konnte einfach nicht anders. Weder gute Miene zum bösen Spiel machen und schon gar nicht mit Birger darüber sprechen, was Elif ihm heute Morgen geschrieben hatte.

Während sie über den Flur Richtung Besprechungsraum gingen, konnte er Birgers kritische Blicke in seinem Rücken regelrecht spüren. Wenn Elif und er Probleme miteinander hatten oder ihm Oles besserwisserische Art auf die Nerven ging, würde er das selbst regeln können. Dafür brauchte es mit Sicherheit keinen Birger Andresen.

Aus alter Gewohnheit setzte der sich ans Kopfende des Besprechungstischs. Erst als Harald Seelhoff den Raum betrat und ihm ein »Habe ich schon wieder etwas verpasst?« entgegenwarf, bemerkte er seinen Fauxpas. Gerade noch rechtzeitig bevor Ida-Marie hereinkam, setzte er sich um. Neben Ole und genau gegenüber von Morten, der immer noch vermied, ihn anzusehen.

»Ich habe gerade mit Solveig gesprochen«, kam Ida-Marie direkt zur Sache, ohne die Runde zu begrüßen. Die Anspannung in ihrem Gesicht steigerte sich noch.

»Wir werden morgen, spätestens übermorgen Verstärkung bekommen. Sie hat zugesagt, Kollegen und Kolleginnen aus den anderen Kommissariaten abzuziehen. Ob uns das hilft, wage ich allerdings mal zu bezweifeln. Umso besser, dass du jetzt dabei bist, Birger. Leider fällt Elif auch noch aus. Morten, weißt du, ob sie morgen wieder zurückkommt?«

»Nein, weiß ich nicht.«

»Kannst du sie nachher bitte anrufen und fragen? Wir brauchen sie dringend. Meinetwegen soll sie auch im Homeoffice arbeiten, wenn sie einigermaßen fit ist.«

Morten wollte zum Protest ansetzen, schluckte seine Worte aber im letzten Moment hinunter.

»Morten, wenn es für dich in Ordnung ist, machen wir es am besten wieder so wie gestern«, fuhr Ida-Marie fort. »Ole fasst kurz für uns zusammen, was wir bislang wissen.«

Morten nickte. Im Grunde war er sogar ganz froh darüber, erst mal nicht das Wort ergreifen zu müssen.

»Ich versuche auf jeden Fall, mich etwas kürzer zu halten als gestern«, begann Ole. »Heute Morgen um kurz nach zehn Uhr erreichte uns der Anruf, dass ein Briefzusteller in einem Haus in der Travemünder Torstraße zwei Leichen entdeckt hat. Weil es ihm offenbar seltsam vorkam, dass ein Fenster offen stand, ist er seitlich ums Haus gegangen und hat dann entdeckt, dass es aufgebrochen war. Der Name des Mannes ist Finn Wolters. Ich habe ihn überprüft, es liegen keinerlei Einträge vor. Auch sonst scheint er vollkommen unauffällig zu sein. Ich denke, wir können ausschließen, dass er etwas mit der Sache zu tun hat.«

Aus den Augenwinkeln erkannte Morten, dass Ole seinen Vater mit einem zufriedenen Lächeln ansah.

»Bei den Opfern handelt es sich um die neunundsechzigjährige Anke Steffens und ihren einundvierzigjährigen Sohn Onno«, fuhr Ole fort. »Anke Steffens hat viele Jahre lang ein Fischgeschäft in der Kurgartenstraße geführt. Der Sohn ging, soweit ich herausfinden konnte, keiner geregelten Arbeit nach. Er hat mal hier und mal da ausgeholfen, meistens im Fischereihafen. Tatsächlich ist er in den letzten fünf Jahren auch schon ein paarmal polizeilich in Erscheinung getreten. Zweimal wurde er wegen Körperverletzung zu Sozialstunden verdonnert, Anzeigen wegen Beleidigung und Drogenbesitz wurden fallen gelassen.«

Ole schaute kurz auf seine Notizen. »Genau wie bei den Clasens gibt es keine weiteren Angehörigen. Der Mann von Anke Steffens ist bereits vor längerer Zeit verstorben. Vielleicht noch erwähnenswert ist die Tatsache, dass es in der Nachbarschaft immer mal wieder Beschwerden über die Steffens gegeben hat. Offenbar gab es Probleme mit der Müllentsorgung. Auch über den generellen Zustand des Hauses, der sich angeblich negativ auf die Immobilienpreise auswirkte, beschwerte man sich, genau wie über wiederholte illegale Feuer im Garten.«

»Könnte das die Verbindung sein, die wir suchen?«, warf Ida-Marie ein. »Die Clasens waren äußerst unbeliebt in Grömitz, und offenbar trifft das auch auf Anke und Onno Steffens zu. Wenn auch aus vollkommen unterschiedlichen Gründen.«

»Wir können das natürlich nicht ausschließen«, sagte Ole, »aber ich denke, wir sollten unser Augenmerk auf etwas anderes legen. Genau wie bei den Morden in Grömitz ist nämlich auch diesmal der Tatort gewissermaßen arrangiert worden, wenn wir einmal davon absehen, dass Onno Steffens' Leiche offenbar zur Seite gekippt und auf den Boden gefallen ist. Mutter und Sohn saßen sich gegenüber. Einer der beiden wurde zuerst getötet, der andere musste alles mitansehen. Oder gibt es irgendeinen Hinweis darauf, dass wir von zwei Tätern ausgehen müssen?«

Er sah Seelhoff an, der sofort den Kopf schüttelte. »Nein, wir haben dieselben Schuhabdrücke an beiden Tatorten gefunden«, erklärte er. »Sie stammen mit großer Wahrscheinlichkeit von ein und derselben Person. Wir prüfen derzeit noch, um welche Art Schuh es sich handelt.«

Morten zuckte zusammen. Ihm fiel der Anruf von Frank Westphal heute Morgen ein. Er hatte vollkommen vergessen, den anderen davon zu berichten. Die Nachrichten von Elif, seine Fahrt nach Timmendorfer Strand, wo er den Kopf freibekommen wollte, aber auch ein weiteres Mal mit Dirk Sander gesprochen hatte, und schließlich der Anruf von Ida-Marie, dass es in Travemünde erneut zwei Todesopfer gegeben hatte, alles zusammen hatte ihn einfach viel zu sehr abgelenkt.

»Das heißt also, dass der Täter nicht nur uns etwas zeigen möchte, sondern vor allem seinen Opfern«, fuhr Ole fort. »Vielleicht liege ich auch falsch, aber ich glaube, dass er es nicht auf beide gleichermaßen abgesehen hat. Er möchte, dass die Person, auf die er eigentlich abzielt, maximal leidet und Schmerz erfährt, indem er zuerst vor deren Augen den Menschen, der ihr am nächsten steht, auf qualvolle Weise tötet. Das alles spricht dafür, dass er etwas heimzahlen will. Ich glaube, es geht einzig und allein um Rache.«

Birger nickte zufrieden, wie Morten bemerkte. Er war wohl tatsächlich beeindruckt von seinem Sohn, wollte das in dieser Runde aber nicht groß zeigen.

»Dazu passt vielleicht das, was ich heute Morgen erfahren habe«, schaltete Morten sich jetzt ein. Er streckte sich und versuchte, die Gedanken an Elif für ein paar Minuten zu verdrängen. Ehe er jedoch von dem Anruf von diesem Westphal berichtete und es wahrscheinlich etwas ungemütlich für ihn werden würde, wollte er erst einmal andere Informationen teilen.

»Bevor die Nachricht aus Travemünde einging, war ich in Timmendorfer Strand, um noch einmal mit Dirk Sander zu reden. Ich wollte sichergehen, dass wir ihn als Verdächtigen ausschließen können. Im Gespräch erwähnte er etwas, das ein anderes Licht auf Alexander Clasen wirft. Und zwar sagte Sander wortwörtlich, dass Clasen früher kein unbeschriebenes Blatt gewesen sei.«

»Was heißt das?«, fragte Ida-Marie.

»Details wusste er auch nicht, aber ihm gegenüber hat Clasen wohl erwähnt, dass sein Leben nicht immer so gut verlaufen sei wie in den letzten Jahren. Vor langer Zeit sei er auf die schiefe Bahn geraten. Weswegen Sander der Gedanke gekommen ist, dass der Mord an ihm und seiner Frau vielleicht tatsächlich eine Abrechnung war.«

»Eine Abrechnung? Hat er das so gesagt?«, hakte Ida-Marie nach.

»Exakt so.«

»Haben wir denn irgendetwas über Clasen gefunden, das darauf hindeutet?«

»Nichts«, antwortete Ole. »Weder in unseren Systemen noch im Internet. Ich habe gestern zwei Stunden lang versucht, etwas über seinen Werdegang zu finden, aber die Treffer gab es erst, als er anfing, in Grömitz die ersten Häuser zu sanieren. Das liegt etwa zwölf Jahre zurück. Alles davor ist wie ein leeres Blatt Papier.«

»Schiefe Bahn kann vieles bedeuten«, sagte Morten. »Sie muss ja nicht zwangsläufig krimineller Natur sein.«

»Ich halte es für dringend erforderlich, dass wir so viel wie möglich über Clasens früheres Leben in Erfahrung bringen«, mischte sich jetzt auch Birger in die Diskussion ein. »Genauso wie über Anke und Onno Steffens. Es muss etwas geben, das die Taten miteinander verbindet. An der Stelle frage ich mich übrigens, auf wen es der Täter eigentlich abgesehen hat.«

»Worauf willst du hinaus?«, fragte Morten.

»Ich meine das, was Ole eben angesprochen hat. Das Opfer, das zuerst sterben musste, ist wahrscheinlich nicht das eigentliche Ziel des Täters gewesen. Und ich frage, auf wen wir uns bei unseren Recherchen eigentlich konzentrieren sollen. In Grömitz schien klar zu sein, dass es um Alexander Clasen geht. Aber können wir uns da wirklich sicher sein? Und was ist mit den Steffens? An wem wollte der Täter sich rächen? Harald, könnt ihr irgendetwas dazu sagen, wer zuerst sterben musste?«

»Wir haben gestern darüber gesprochen«, antwortete Seelhoff. »Danuta weiß, dass wir uns darauf eine Antwort erhoffen. Aber wir warten noch auf ihren Bericht.«

»Und der Todeszeitpunkt?«, fragte Ida-Marie. »Wieder in der Nacht?«

»Ja, mit Sicherheit. Es könnte auch in den frühen Morgenstunden passiert sein. Anke Steffens trug ein Nachthemd, möglich, dass sie bereits geschlafen hatte.«

»Sonst noch irgendwelche Spuren, die uns weiterhelfen könnten?« Ida-Maries Frage klang frustriert, als erwartete sie gar keine positive Antwort.

Und tatsächlich schüttelte Seelhoff lediglich den Kopf.

»Die nächsten Tage werden für uns alle anstrengend werden«, sagte sie schließlich, nachdem es für einige Sekunden still im Raum geworden war. »Da wir davon ausgehen sollten, dass der Täter weitere Morde plant, müssen wir alles dafür tun, dass es nicht dazu kommt. Im Augenblick bleibt uns nichts anderes übrig …«

Birgers Gedanken schweiften ab, während Ida-Marie weiterredete. Er fühlte sich an früher erinnert. Als er selbst noch am Kopfende saß und die passenden Worte finden musste, obwohl die Ermittlungen stockten und die Motivation des Teams im Keller war. Wie oft hatte er sich gewünscht, sich in solchen Momenten einfach in Luft aufzulösen. So musste es auch Ida-Marie ergehen. Sie wirkte angespannt, und ihre Worte spulte sie herunter, ohne dass sie bei den anderen wirklich durchdrangen. Er konnte sich an Situationen erinnern, in denen er vor ihnen gesprochen hatte, mit den Gedanken jedoch bei seinen privaten Problemen gewesen war. Er musste keine telepathischen Fähigkeiten besitzen, um sich sicher zu sein, dass auch Ida-Marie diesen inneren Kampf gerade führte.

»… dann an die Arbeit.«

»Eine Sache noch«, sagte Morten plötzlich. »Ich habe heute Morgen einen Anruf erhalten. Mir ist klar, dass ich euch sofort darüber hätte informieren müssen, aber es kamen ein paar Dinge dazwischen, die …« Er brach ab und seufzte. »Egal, ich habe einen Fehler gemacht.«

Morten ließ seinen Blick durch die Runde schweifen. Da waren diese fragenden Gesichter. Wie würden sie reagieren?

In der Hoffnung, dass die anderen zumindest etwas Verständnis für ihn aufbringen würden, erzählte er schließlich davon, was Frank Westphal ihm am Telefon gesagt hatte.

Kalendersprüche

Gerade noch rechtzeitig bevor sie zuflog, stellte Birger seinen rechten Fuß in die Tür von Ida-Maries Büro. Sie war nach der Standpauke für Morten aufgestanden und hatte schnaubend den Besprechungsraum verlassen. Wie auch alle anderen war sie verärgert, dass er eine solch wichtige Information nicht sofort heute Morgen gemeldet hatte.

Jetzt saß Ida-Marie hinter ihrem Schreibtisch, den Kopf in ihren Händen vergraben und, wenn Birgers Ohren ihn nicht täuschten, ganz leise weinend. Sie schien ihn noch gar nicht bemerkt zu haben. Noch bestand die Möglichkeit, sich davonzuschleichen und einen besseren Moment abzupassen.

»Denkst du ernsthaft, ich hätte dich nicht gesehen?«, sagte sie plötzlich, ohne aufzublicken. »Was willst du?«

»Irgendwie steht dieser Posten unter keinem guten Stern«, wich Birger aus. »Erinnerst du dich noch daran, wie es beim ersten Mal war, als du die Leitung innehattest? Oder, noch viel schlimmer, als ich sie übernommen habe. Es scheint so, als würden uns unsere privaten Probleme immer dann einholen, wenn wir hier noch mehr Verantwortung übernehmen wollen. Vielleicht vernachlässigen wir durch unseren Job einfach Dinge, die uns dann –«

»Das ist es nicht«, ging Ida-Marie dazwischen.

»Du musst nicht mit mir darüber sprechen, wenn du nicht möchtest«, sagte Birger zurückhaltend.

»Natürlich muss ich das nicht.«

»Okay, wenn dir danach ist, weißt du ja, wie du mich erreichen kannst.«

»Simon ist rückfällig geworden«, brach es plötzlich aus ihr heraus.

Birger brauchte einen Augenblick, um zu verstehen, was sie meinte, dann schob er die Tür hinter sich zu und ging langsam Richtung Schreibtisch. Simon trank kaum Alkohol, nahm keine Drogen und war auch nicht spielsüchtig. Er war aber einer ganz anderen Sucht verfallen.

»Ich hatte wirklich geglaubt, dass er damit abgeschlossen hätte, aber schon vor ein paar Monaten spürte ich, dass er immer unruhiger wurde.«

»Wie geht es ihm denn gesundheitlich?« Birger erinnerte sich, dass Winter eine Zeit lang psychisch schwer angeschlagen gewesen war.

»Seitdem ich ihn kenne, war er noch nie so ausgeglichen wie momentan. Er hat auf eine gewisse Weise seinen Frieden gefunden.«

»Und was ist mit dem Kleinen? Kümmert er sich um ihn?«

»Ja, er ist ein toller Vater«, antwortete Ida-Marie. »Aber trotzdem hatte ich von Anfang an das Gefühl, dass ihm das nicht ausreicht. Er macht zwar den Haushalt, kocht neuerdings sogar und hört mir abends zu, wenn ich mich über all das, was ich hier erlebe, aufrege.« Endlich hob sie den Kopf und lächelte. »Aber er kommt einfach nicht los davon.«

»Also im Grunde so wie bei dir?«, fragte Birger etwas provokant.

»Ausgerechnet du zeigst jetzt Verständnis für Simon?«

»Nein, es wundert mich nur nicht. Auf gewisse Weise ticken wir beide ja auch so wie er. Ich habe mich gerade erst aus dem täglichen Dienst zurückgezogen, aber kaum steht eine schwierige Ermittlung an, sitze ich hier wieder mit euch zusammen. Einmal Ermittler, immer Ermittler.«

»Du hast auch für alles immer eine Erklärung, oder?«

»Lediglich die Erkenntnis, dass wir alle nur Menschen sind.«

»Hast du noch mehr solcher Kalendersprüche auf Lager? Du hörst dich an wie ein Pfarrer. Irgendwie passt das nicht zu dir.«

Jetzt lachte auch Birger. Sie hatte recht, er klang wirklich wie jemand, der nur gute Ratschläge geben konnte, aber nicht merkte, dass es sich um belanglose Worthülsen handelte. »Der junge Birger wäre von dem alten wohl ziemlich genervt gewesen«, sagte er nach einer Weile. »Vielleicht tut mir der Halbruhestand nicht so gut.«

»Oder du wirst einfach langsam alt.«

»Danke für die Blumen«, sagte er etwas eingeschnappt. »Genug über mich gesprochen. Weißt du denn, womit sich Simon beschäftigt? Hat er einen Fall angenommen?«

»Am Wochenende bin ich ihm heimlich gefolgt. Ich bin misstrauisch geworden, weil er in den letzten Wochen immer mal wieder für ein paar Stunden verschwunden ist, unter fadenscheinigen Ausreden.«

»Und?«

»Du wirst nicht glauben, mit wem er sich getroffen hat.«

»Ich habe keine …« Birger stockte. Plötzlich fiel ihm wieder ein, dass Winter damals schon jemanden überzeugen wollte, den er selbst auch bestens kannte.

»Du sprichst von Kalle Hansen?«

»Ganz genau.«

»Verdammt«, murmelte Birger. Der Big Guy, er war wie Simon Winter auch Privatdetektiv. Sein ehemals bester Informant. Und Freund. Der so schwer an Krebs erkrankt und nach erfolgreicher Behandlung nur noch ein Schatten seiner selbst gewesen war. Der sich dazu entschieden hatte, seinen Job an den Nagel zu hängen und stattdessen als Zapfer in ihrer früheren gemeinsamen Stammkneipe zu arbeiten. Sie hatten sich bestimmt seit zwei Jahren nicht mehr gesehen, und obwohl auch Kalle sich in dieser Zeit nicht bei ihm gemeldet hatte, plagte ihn ein schlechtes Gewissen. Doch er war froh zu hören, dass es ihm offenbar gut ging.

»Ich habe keine Ahnung, was die beiden aushecken. Aber du wirst sicherlich verstehen, dass es mich beunruhigt.«

»Solange sie sich nicht in unsere Ermittlungen einmischen, sehe ich das erst mal gelassen«, sagte Birger. »Aber ich kann mich natürlich mal bei meinem alten Freund Kalle melden und beiläufig fragen, ob er noch immer im Buthmanns hinter der Theke steht oder wieder seiner alten Berufung nachgeht.«

»Wie unauffällig, lass das mal lieber. Simon weiß sowieso schon, dass ich etwas ahne.«

Birger wollte noch etwas erwidern, als es plötzlich an der Tür klopfte. Im nächsten Moment stand Ole vor ihnen.

»Ich glaube, ich habe etwas gefunden.«

Rote Grütze mit Vanilleeis

Gestern Abend, als sich ihre Lippen berührten, hatte er die Welt anhalten wollen. Alles war perfekt gewesen. Seine Gedanken waren frei von allen Zweifeln gewesen und auch von dem, was sie am Tag in Grömitz erlebt hatten, während Elif einfach nur auf seinem Schoß gesessen hatte.

Wie konnte es sein, dass keine achtzehn Stunden später seine Welt derart aus den Fugen geraten war? Nicht nur, dass Elif ihm mit ihren SMS den Boden unter den Füßen weggezogen hatte. Er hatte einen unverzeihlichen Fehler gemacht, indem er niemanden über den Anruf von Frank Westphal und dessen Aussagen zu dem möglichen Täter informiert hatte. Es war ihm einfach komplett durchgerutscht. Weil sein Kopf nur mit diesen beiden Fragen beschäftigt war: Warum hatte sie das getan? Und wie konnte er nur auf sie hereinfallen?

Nachdem Ida-Marie ihn zurechtgestutzt hatte, war Morten zurück in sein Büro gegangen und hatte Westphal angerufen, um sich die unbekannte Person, die ihm aufgefallen war, noch einmal detailliert beschreiben lassen. Damit war er dann zwei Etagen tiefer zu ihrem Phantombildzeichner gegangen und hatte etwas anfertigen lassen, das dem Mann aus dem Park, der gegenüber dem Haus der Clasens gestanden hatte, vielleicht nahekam. Jemand ohne Gesicht, vergleichsweise klein und wahrscheinlich zwischen zwanzig und dreißig Jahre alt. Gekleidet mit einer blauen, tief hängenden Jeans und einer dicken Steppjacke. Mit ausgetretenen Turnschuhen, Wollmütze und Rucksack. Alles an ihm hatte einen heruntergekommenen Eindruck gemacht.

Morten hatte das Bild den Kollegen geschickt und gefragt, ob sie es veröffentlichen sollten, aber bislang hatte ihm niemand geantwortet. Ida-Marie hatte sich vorhin unten vor dem Präsidium den Medien gestellt. Vielleicht hatte sie den Journalisten die Beschreibung des Mannes in ihre Aufnahmegeräte und Notizblöcke diktiert. Oder die Information, dass die Person womöglich im Besitz von Drogen war, wie Westphal vermutete, weil sein Hund angeschlagen hatte.

Wieder ärgerte er sich, dass er sich nicht gleich bei Ida-Marie gemeldet hatte. Normalerweise hätte er sich nach Westphals Anruf sofort mit Elif besprochen, aber ihre Nachricht hatte ihn nicht mehr klar denken lassen.

Ida-Marie hatte ihn gebeten, Elif zu fragen, wie es ihr gehe. Ob sie morgen wieder arbeiten könne. Aber Morten hatte keinerlei Lust, sie anzurufen. Er konnte unmöglich so tun, als wäre nichts passiert. Aber noch weniger Drang verspürte er, ihre Erklärungen zu hören, warum das gestern Abend ein großer Fehler gewesen war.

Morten zwang sich, die Gedanken an Elif beiseitezuschieben und sich wieder auf den Fall zu konzentrieren. Er hatte es im Büro nicht länger ausgehalten und war stattdessen erneut Richtung Travemünde gefahren. Sollten die anderen doch vor ihren Rechnern sitzen und recherchieren, er würde sich ein wenig vor Ort umhören und hoffentlich mehr über die Steffens herausfinden.

Er parkte unweit des Hauses, in dem die beiden Morde passiert waren, und wunderte sich, dass direkt davor noch immer eine Streife mit laufendem Blaulicht stand. Die beiden Kollegen saßen im Auto und schienen gerade über Funk zu sprechen. Als sich Morten näherte, sah er, dass die Haustür versiegelt war. Aber noch etwas anderes fiel ihm ins Auge, als er seitlich am Gebäude entlangblickte. Jemand hatte sich offenbar an dem aufgebrochenen Seitenfenster zu schaffen gemacht. Die Klebestreifen, mit denen es geschlossen und versiegelt worden war, hingen herunter.

Morten klopfte an die Beifahrerscheibe des Streifenwagens und hielt vorsichtshalber seine Marke hoch. Er kannte die beiden Beamten nicht und sie ihn wahrscheinlich auch nicht.

»Weshalb seid ihr hier?«, fragte er, nachdem die Scheibe

heruntergefahren worden war. »Gibt es noch etwas abzusichern?«

»Jemand wollte offenbar in das Haus einbrechen«, sagte der Kollege. »Ein Nachbar hat den Notruf gewählt und berichtet, dass er beobachtet habe, wie ein Mann die Versiegelung an dem Fenster da hinten heruntergerissen hat und hineinsteigen wollte.«

»Wollte?«

»Der Nachbar hat sich wohl laut bemerkbar gemacht, woraufhin der Mann weggelaufen ist.«

»Er war also nicht mehr hier, als ihr ankamt?«

»Der Nachbar?«

Morten wollte den älteren Beamten gerade fragen, ob er das wirklich ernst meinte, als der abwinkte und ihn kurz angrinste.

»Der Typ war nicht mehr da. Laut dem Nachbar ist er gerannt wie ein Usain Bolt für Arme.«

»Hat er noch mehr sagen können? Habt ihr eine Personenbeschreibung?«

»Er musste dringend rein zu seiner Frau. Das Mittagessen stand bereits auf dem Tisch. Wir haben aber seine Daten aufgenommen.«

Morten spürte, wie er allmählich nicht mehr an sich halten konnte. Wahrscheinlich lag die Schwelle zum Kontrollverlust bei ihm heute deutlich niedriger als normalerweise, doch er fand das Verhalten dieses erfahrenen Polizisten angesichts dessen, was hier passiert war, völlig unangemessen. »In welchem Haus wohnt dieser Nachbar?«, fragte er so ruhig, wie es ihm in diesem Moment möglich war.

»Da vorne.« Der Streifenpolizist zeigte auf das übernächste Haus links von dem der Steffens. »Ich schätze mal, sie haben mittlerweile gegessen.«

Morten verdrehte die Augen, sagte jedoch nichts. Stattdessen wandte er sich ab und ging die wenigen Meter zu dem Backsteinhaus mit Fachwerk, das einen sehr gepflegten Eindruck machte. Bestimmt ein altes Handwerkerhaus, überlegte er. Es war offenbar aufwendig saniert worden und stach in der Straße heraus.

Auf dem Klingelschild neben der anthrazitfarben gestrichenen Holztür las er den Namen Petersen. Er klingelte und wartete, bis wenige Sekunden später ein älterer Mann um die siebzig öffnete.

»Guten Tag, Herr Petersen. Morten Sandt, Kriminalpolizei Lübeck. Darf ich Sie kurz stören?«

»Meine Frau füllt gerade den Nachtisch auf die Teller. Es gibt rote Grütze mit Vanilleeis. Ich habe also nicht viel Zeit.«

»Ich gebe mir Mühe, Sie nur das Nötigste zu fragen«, sagte Morten, aber der Mann winkte ab und drehte sich um.

»Jutta, stell das Eis noch mal ins Gefrierfach«, rief er, gefolgt von einem unverständlichen Geraune seiner Frau. »Das soll jetzt aber nicht bedeuten, dass ich mich auf ein ausuferndes Gespräch mit Ihnen einlasse.«

»Natürlich nicht.« Morten schloss für einen kurzen Moment die Augen und atmete tief durch. An diesem Tag wurde er wirklich hart auf die Probe gestellt.

»Sie haben also vorhin den Notruf gewählt, weil Sie beobachtet haben, dass jemand in das Haus der Familie Steffens einbrechen wollte?«

»Angerufen habe ich, nachdem dieser Typ weggerannt ist. Ich habe nur einmal ›Bürschchen‹ gerufen, da ist er weggeflitzt.«

»Können Sie den Mann beschreiben?«

»So wie er aussah, könnte das einer von den Freunden dieses Versagers gewesen sein.«

»Sie meinen –«

»Onno, wen sonst«, unterbrach ihn Petersen. »Ein Nichtsnutz auf ganzer Linie. Hat nie anständig gearbeitet und stattdessen hier und da mal krumme Geschäfte gemacht.«

»Noch mal zurück zu dem Einbrecher«, sagte Morten. »An welche Details können Sie sich erinnern?«

»Er trug so einen dicken Pullover, Jeans und eine Wollmütze, glaube ich. Sah aus wie ein Penner.«

Morten spürte, wie sein Puls auf einmal schneller schlug. Die Beschreibung passte haargenau auf die, die auch Westphal abgegeben hatte. Konnte es wirklich sein, dass der Mörder noch einmal zurückgekehrt war? Kurz nachdem alle Einsatzkräfte den Tatort verlassen hatten? Er versuchte sich zu erinnern, was Westphal noch gesagt hatte.

»Hatte er einen Rucksack dabei?«

»Weiß ich nicht mehr, glaube aber nicht.«

»Wie groß war der Mann?«

»Sehr groß und schlaksig.«

Zack. So schnell wie die Hoffnung aufgekeimt war, wurde sie auch wieder zerstört. Der Unterschied zwischen eher klein und ziemlich groß ließ wohl keinen Zweifel zu, dass es sich um zwei verschiedene Personen handeln musste.

»Haben Sie denjenigen vorher schon mal hier gesehen?«

»Nein, ich denke nicht. Aber neulich lief hier schon einmal einer von diesen unangenehmen Typen herum.«

»Nur kleiner?«

»Nur etwas, glaube ich. Dafür kräftiger.«

»Und hatte der einen Rucksack dabei?«

»Daran erinnere ich mich nicht.«

»Was hat er hier gemacht?«

»Er stand mindestens an zwei Abenden dort bei dem Brunnen auf dem kleinen Marktplatz, als würde er die Häuser auf dieser Seite beobachten«, antwortete Petersen. »Ist er etwa der Täter?«

»Das wissen wir noch nicht«, wich Morten aus. »Konnten Sie denn sein Gesicht erkennen?«

»Leider nicht. Als ich mich ihm bei meinen Abendrunden durch den Ort näherte, drehte er sich sofort weg. Ich habe auch immer wieder durchs Fenster gesehen, der stand da mindestens bis Mitternacht. Ein bisschen gruselig war das schon.«

Morten überlegte, ob er Petersen zur Absicherung das

Phantombild des Unbekannten aus Grömitz zeigen sollte, aber er verzichtete darauf. So wie der ihn beschrieb, glaubte er nicht, dass das zu etwas führte. Und er wollte vermeiden, dass der Nachbar noch hellhöriger wurde. Denn dass er neugierig war, stand außer Frage.

»Was können Sie denn noch über die Steffens sagen, außer Ihrer nicht allzu hohen Meinung von Onno?«, fragte er stattdessen.

»Nicht besonders viel«, antwortete Petersen. Es machte den Anschein, als wollte er nicht länger auf seine rote Grütze mit Eis warten.

»Die Familie hat hier schon lange gewohnt, Sie werden Anke Steffens doch bestimmt mal über den Weg gelaufen sein. Oder in ihrem Fischgeschäft eingekauft haben.«

»Wir haben einen anderen Laden bevorzugt«, entgegnete Petersen knapp. »Wissen Sie, Anke Steffens und ihr Sohn waren den meisten hier entweder ein Dorn im Auge oder mindestens egal. Uns waren diese Personen schon immer suspekt, seit sie hierhergezogen sind. Aber das ist lange her. Die haben sich hier bei keinem vorgestellt, und gegrüßt haben sie auch nie. Irgendwann starb dann der Alte, und sie hat diesen Fischladen übernommen. Mehr kann ich Ihnen eigentlich nicht über diese Menschen sagen.«

»Haben Sie irgendeine Idee, wem die Steffens ein solcher Dorn im Auge gewesen sein könnten, dass die beiden sterben mussten?«, versuchte Morten es auf direkte Weise.

»Ich hoffe, Sie denken nicht, dass irgendjemand aus dieser Straße solche Gedanken verfolgt«, reagierte Petersen plötzlich schärfer. »Ansonsten würde ich Ihnen jetzt die Tür vor der Nase zumachen.«

»Wir wollen nur verstehen, was hier passiert ist. Und wenn Sie sagen, dass die Steffens nicht unbedingt beliebt in der Nachbarschaft gewesen sind, interessieren uns natürlich die Hintergründe. Wenn wir uns hier noch weiter umhören, denken Sie, die Leute würden überall dasselbe erzählen?«

»Ich denke schon.« Petersen räusperte sich. »Wenn Sie jetzt keine weiteren Fragen haben, würde ich gerne …« Er vollendete seinen Satz nicht, machte stattdessen eine Kopfbewegung nach hinten.

»Der Mann von Anke Steffens hieß Hannes, oder?«, fragte Morten unbeeindruckt weiter.

»Ja.«

»Was hat er beruflich gemacht?«

»Er war Hafenarbeiter.«

»Und Anke Steffens war Hausfrau?«

»Wenn ich mich richtig erinnere, hieß es, sie hätte einen Job gehabt. Irgendetwas Soziales oder so. Mit Kindern, glaube ich.«

»Hier in Travemünde?«

»Nein, das war …« Er hielt inne und fasste sich mit einer nachdenklichen Pose an den Kopf. »Ich glaube, sie hat in irgendeiner Einrichtung in Grömitz gearbeitet.«

Morten nickte gedankenverloren. Aber im nächsten Augenblick verstand er, was der Nachbar der Familie Steffens da gerade gesagt hatte. Die Spur führte offenbar dorthin zurück, wo alles begonnen hatte.

Quietschende Reifen

»Das ergibt keinen Sinn.« Birger ging in Ida-Maries Büro auf und ab und wiederholte immer wieder dieselben Worte. Er versuchte noch immer zu verstehen, was sein Sohn gerade gesagt hatte.

Schon bevor sie nach Travemünde gerufen worden waren, hatte Ole sich die Finanzen von Alexander Clasen vorgenommen. In der letzten Stunde hatte er offenbar einige lose Fäden zusammenfügen können.

Der angeblich so erfolgreiche Unternehmer aus Grömitz war hoch verschuldet gewesen. Aus dem Mailverkehr, auf den sie mittlerweile Zugriff hatten, war herauszulesen, dass ihm seine Bank kein weiteres Darlehen mehr geben wollte. Clasen schien sich mit mehreren Immobilien übernommen zu haben und hatte vor einem halben Jahr kurz vor der Zahlungsunfähigkeit gestanden. Dann war jedoch etwas Merkwürdiges passiert. Er hatte ohne weiteren Kredit von seiner Hausbank ein weiteres Objekt gekauft und dafür einen niedrigen Millionenbetrag bezahlt. Es war völlig unklar, woher das Geld dafür kam. Ein weiteres Konto besaß er jedenfalls ganz offenbar nicht.

Ole vermutete, Clasen habe sich das Geld auf andere Weise geliehen. Und hier war seiner Meinung nach die Parallele zu Onno Steffens. Auch er hatte große Geldprobleme gehabt, wie Ole recherchiert hatte. Wenn auch auf ganz andere Weise. Auf seinem Handy, das Seelhoffs Leute in der Küche gefunden hatten, gab es Chatverläufe, aus denen hervorging, dass Onno einer Person, die er unter dem Namen Rute eingespeichert hatte, mindestens zwanzigtausend Euro schuldete.

»Es ist die Verbindung, nach der wir gesucht haben«, wiederholte Ole noch einmal. »Wir müssen nur herausfinden, was genau dahintersteckt.«

»Glaubst du ernsthaft, dass dieser Rute auch Alexander Clasen Geld geliehen hat? Wenn die Zahlen stimmen, die du eben genannt hast, reden wir von über einer Million.«

»Es ist immerhin unklar, von wem Clasen die Kohle bekommen hat«, antwortete Ole. »Jedenfalls nicht auf legalem Weg. Zwei Menschen, die für ihre jeweiligen Verhältnisse hohe Schulden hatten und ermordet wurden. Was, wenn derjenige, der ihnen das Geld gegeben hat, darauf bestand, es zurückzubekommen? Vielleicht ist Rute jemand, der kurzen Prozess macht. Oder Rute steht nicht für eine einzelne Person, sondern eher für …« Er suchte nach dem richtigen Wort.

»Meinst du etwa, wir haben es mit der Mafia zu tun? Skrupellosen Typen, die jedem, der seine Schulden nicht bezahlen kann, einen Plastikbeutel über den Kopf ziehen und ihn erdrosseln? Und dabei nicht mal Halt machen vor den wahrscheinlich ahnungslosen Angehörigen?«

»Klingt das so unwahrscheinlich?«

»Es klingt komplett absurd«, sagte Ida-Marie plötzlich. »Aber ich habe hier in den letzten Jahren zu viel erlebt, um solch ein Szenario einfach auszuschließen. Selbstverständlich gibt es auch in Schleswig-Holstein mafiöse Strukturen, wir haben es zudem trotz aller Bemühungen, das Ganze zu zerschlagen, mit Clans und Rockern zu tun, die, wie wir selbst leidlich erfahren mussten, nicht zimperlich sind. Dass diese Gruppierungen Geld über jeden erdenklichen Weg generieren, wissen wir längst. Auch Kreditgeschäfte zu Wucherzinsen sind eine bekannte Praktik. Ob sich nun allerdings Alexander Clasen auf diese unseriöse und gefährliche Weise Geld beschafft hat, erscheint mir auf den ersten Blick unwahrscheinlich.«

»Bei Onno Steffens kannst du es dir dagegen vorstellen?«, fragte Ole mit leicht provokantem Unterton.

»Was du vorhin über ihn berichtet hast, spricht auf jeden Fall eher dafür, dass er sich in diesem Milieu bewegt hat.«

»Ich weiß nicht«, sagte Birger. »Waren wir uns nicht eben

noch sicher, dass der Täter Rache an den Opfern nehmen wollte? Und dass er ihnen besonderen Schmerz zufügen wollte, indem er vor ihren Augen zuerst den ihnen am nächsten stehenden Menschen tötet? Warum hast du vorhin in der Besprechung nichts von den finanziellen Problemen von Clasen erzählt?«

»Weil mir die Verbindung fehlte und ich noch ein paar Details gegenchecken musste«, antwortete Ole und klang dabei genervt. »Ich habe nicht gesagt, dass die Schulden der beiden in jedem Fall unser Schlüssel sind, aber es ist ein Ansatz. Und so wie ich das aktuell sehe, unser einziger.«

»Ole hat recht«, sagte Ida-Marie. »Es ist eine Spur, und wir haben immerhin einen Namen. Oder besser gesagt die Telefonnummer von jemandem, der Rute genannt wird. Ich schlage vor, wir melden uns bei ihm.«

Eine Stunde später parkte Birger Andresen seinen Volvo an der Einfahrt zum Fischereihafen in Travemünde, während Ole neben ihm das Handy von Onno Steffens in der Hand hielt und die Nummer von Rute wählte. Sie hatten keine Ahnung, wie Onno geklungen hatte, aber beide waren sich schnell einig gewesen, dass Ole versuchen sollte, so zu tun, als wäre er es. Auch auf die Gefahr hin, dass die Person am anderen Ende der Leitung der Mörder von Onno war. Dann wäre er über einen Anruf von dessen Handy im besten Fall komplett irritiert. Im schlechtesten würde er den Anruf ignorieren und wäre sogar gewarnt.

Ole hatte sein Handy mit der Freisprechanlage gekoppelt. Nach dem dritten Klingeln nahm jemand ab, ohne jedoch etwas zu sagen.

»Wo bist du gerade?«, fragte er mit einer leicht schnarrenden Stimme, die ihm zu Onno Steffens zu passen schien.

»Was soll der Scheiß?«, kam es mit rauer Stimme zurück. »Wer bist du?«

»Wir müssen reden. Von Auge zu Auge.«

»Wer immer du bist, worüber sollen wir reden? Bist du etwa ein Bulle?«

»Weißt du etwa nicht, wer ich bin?« Ole verzichtete jetzt darauf, anders zu klingen. »Verdammt, Rute. Was ist los mit dir? Kannst du dir nicht denken, weshalb ich dich anrufe?«

»Leck mich!«

»Warte, leg nicht auf. Onno hat mich gebeten, dich anzurufen.«

»Ach ja, und wann soll das gewesen sein?«

»Eben gerade, er sitzt neben mir.«

»Ach ja, und wo? Im Leichenschauhaus, oder was? Brauchst mich nicht zu verarschen, ich weiß Bescheid. Und jetzt ist Schluss!«

Rute hatte offenbar aufgelegt. Ole sah seinen Vater konsterniert an.

»Das heißt noch nichts.« Birger versuchte abzuwiegeln, obwohl auch sein Pulsschlag stieg. »Dass die Steffens tot sind, dürfte sich hier ziemlich schnell herumgesprochen haben.«

»Drückst du so auf die Bremse, weil ich uns auf diese Spur geführt habe?«, fragte Ole argwöhnisch.

»Wieso denkst du das?«

»Ich versuche nur zu verstehen, weshalb du so zurückhaltend bist, obwohl dieser Typ, mit dem ich gerade telefoniert habe, eine verdammt heiße Spur ist. Warst du früher auch so zögerlich?«

»Ich habe immer versucht, meinen Verstand nicht durch ein Bauchgefühl verklären zu lassen. Das ist nicht immer leicht, und manchmal ist es auch die Kombination aus beidem, die einen ans Ziel bringt. Hier in diesem Fall bin ich aber einfach noch nicht –«

Das Klingeln von Oles Handy unterbrach ihn. Aus den Augenwinkeln erkannte er auf dem Display, dass es Nils aus der IT war, den sie vorhin um einen Gefallen gebeten hatten.

Ole schaltete den Lautsprecher ein. »Hast du das Handy geortet?«, kam er direkt zur Sache.

»Ohne richterlichen Beschluss mache ich so etwas eigentlich nicht«, antwortete der Kollege, der gefühlt schon seit Jahrzehnten bei der Kripo arbeitete. Birger konnte sich trotzdem nicht erinnern, jemals mehr als zwei Sätze mit ihm gewechselt zu haben.

»Wir ermitteln in einem Mordfall, und die Nummer gehört dem Hauptverdächtigen«, sagte er mit so empörter Stimme in die Freisprechanlage, dass Ole neben ihm grinsen musste. »Ein Problem bekommen wir nur dann, wenn wir jetzt nichts unternehmen. Also, wo finden wir ihn? Ist er hier in Travemünde im Fischereihafen?«

»In Travemünde schon«, antwortete Nils. »Aber die Ortung zeigt an, dass sich die Person am Brodtener Steilufer aufhält. Der Punkt wanderte von der Hermannshöhe bis zum Strand und gerade eben in die Ostsee.«

»Verdammt, das bedeutet wohl, dass er das Handy nach unserem Telefonat ins Meer geworfen hat.« Ole ärgerte sich und machte sich mit einem kleinen Ellbogenschlag gegen die Beifahrertür Luft.

»Hast du schon herausgefunden, wem die Nummer gehört?«, fragte Birger.

»Nein, ich dachte, dass die Ortung erst einmal wichtiger ist.«

»War sie auch, aber jetzt brauchen wir einen Namen.«

»Ich kümmere mich darum und melde mich.«

»Danke.«

»Fahr los!«, sagte Ole, nachdem er aufgelegt hatte.

»Wohin?«

»Zur Hermannshöhe. Wenn wir mit Blaulicht fahren, können wir in fünf Minuten dort sein. Vielleicht ist er noch da.«

Birger wollte gerade erwidern, dass er nicht die geringste Hoffnung hatte, dass Rute noch vor Ort war, doch er biss sich auf die Zunge. Er wollte nicht länger bremsen. Ole machte einen guten Job. Und brauchte Anerkennung dafür. Das brauchte jeder, aber er ganz besonders. Und vor allem von ihm, seinem Vater. »In Ordnung, wir machen es so, wie du sagst. Greif mal nach hinten in den Fußraum, da liegt das Blaulicht.«

Ole nickte verhalten. Es schien, als zweifelte er noch daran, dass Birger es wirklich ernst meinte. Erst als er den Motor startete, den Wagen wendete und mit quietschenden Reifen losfuhr, huschte ein kurzes Lächeln über seine Lippen.

Sechs Minuten später bogen sie in den schmaler werdenden Weg, der zur Hermannshöhe, dem Erlebniscafé am Brodtener Steilufer mit dem traumhaften Blick über die Lübecker Bucht, führte.

Je näher sie kamen, desto stärker stiegen in Birger die Gefühle hoch. Dieser Ort war aus vielerlei Gründen so eng mit Wiebke, seiner langjährigen Freundin und Mutter seiner Tochter, verbunden, dass er die leicht kurvige Straße wie in einem Tunnel fuhr. Diese schreckliche Erfahrung, als sie damals Teil einer Ermittlung gewesen und hierher in eine kleine Hütte entführt worden war. Sie hatte körperliche Schäden erlitten, aber schlimmer waren die seelischen Schmerzen gewesen. Und trotzdem hatten sie Jahre später hier ein Haus gekauft.

Aus den Augenwinkeln beobachtete er Ole. Auch er war damals mit hierhergezogen. Sie hatten wieder unter ein und demselben Dach gewohnt und waren sich in dieser Zeit dennoch so fremd wie nie zuvor gewesen. Damals war sein Leben völlig aus dem Ruder gelaufen. Und schließlich als Folge dessen auch das von Wiebke. Er wollte nicht mehr an diese Jahre denken, aber jetzt, wo er wieder hier war, kamen die Bilder unweigerlich zurück.

»Vorsicht!«, rief Ole plötzlich.

Birger riss reflexartig das Lenkrad zur Seite, um dem entgegenkommenden Wagen auszuweichen. Ein großer SUV, der viel zu schnell fuhr. Um ein Haar wären sie von der Straße abgekommen und im Graben gelandet, aber es gelang Birger gerade noch, seinen Volvo unter Kontrolle zu bringen. Im nächsten Moment rauschte der schwarze Wagen an ihnen vorbei.

»Das kann doch nicht sein«, rief Ole auf einmal. »Hast du gesehen, wer da am Steuer saß?«

»Wie denn?«, entgegnete Birger genervt.

»Ich habe bislang nur ein Foto von ihm gesehen, aber ich bin mir ziemlich sicher, dass das gerade Dirk Sander war.«

Ostseeblick

Dass es nicht richtig war, was er tat, wusste Morten. Und dennoch hatte er weder Ida-Marie noch Birger Bescheid gegeben, dass er auf dem Weg nach Grömitz war, um auf eigene Faust dem Hinweis des Nachbarn der Steffens nachzugehen. Nachdem Ida-Marie ihm den Kopf gewaschen hatte und die anderen, ohne ihn eines Blickes zu würdigen, aus dem Raum gegangen waren, hatte er zumindest für den Moment keine Lust, sie über jeden einzelnen Schritt zu informieren oder Seite an Seite mit Birger zu ermitteln.

Bevor Morten in Travemünde losgefahren war, hatte er eine Weile auf seinem Handy nach Treffern für soziale Einrichtungen für Kinder in Verbindung mit dem Namen Anke Steffens gesucht, aber nichts dazu gefunden. Überhaupt gab es, soweit er das auf die Schnelle überblicken konnte, in Grömitz nur eine kleinere Einrichtung, die noch dazu erst vor zehn Jahren eröffnet worden war und somit nicht in Frage kam. Wahrscheinlich hatte die Familie Steffens auch in Grömitz gewohnt, bevor sie nach Travemünde gezogen war, aber Petersen konnte sich nicht erinnern. Kurzerhand hatte er Frank Westphal noch einmal angerufen, ihn aber nicht erreichen können.

Ich stochere hier vollkommen im Nebel, fuhr es Morten plötzlich durch den Kopf. Gedankenverloren steuerte er seinen Peugeot am Brodtener Steilufer entlang, dann durch Niendorf und Timmendorfer Strand, vorbei an Dirk Sanders imposantem Haus, in dem er den Bauunternehmer erst ein paar Stunden zuvor befragt hatte.

Je näher er Grömitz kam, desto größer wurden seine Zweifel, ob diese Spur wirklich zielführend war. Es konnte einerseits purer Zufall sein, dass Anke Steffens vor über fünfzehn Jahren in Grömitz gearbeitet hatte. Andererseits mussten sie jeder Spur nachgehen, die zu einer Verbindung zwischen den beiden Fällen führen konnte. Zumal sie ansonsten noch komplett im Dunkeln tappten.

Sein Handy klingelte, als er gerade auf den Zubringer zur A 1 abbog. Westphal rief zurück.

»Sie schon wieder.« Er klang noch übellauniger als bei ihren vorherigen Gesprächen.

»Ja, ich hätte noch ein paar Fragen, bei denen Sie mir vielleicht helfen können.«

»Bin ich jetzt so etwas wie Ihr Chefinformant, oder was? Einmal mache ich es noch, beim nächsten Mal kostet das was.«

»Betrachten Sie es als freiwillige Mitarbeit im Rahmen einer Mordermittlung«, antwortete Morten gelassen. »So wie Ihren Feuerwehrdienst.«

»Ja, schon gut. Schießen Sie mal los mit Ihren Fragen.«

»Sagt Ihnen der Name Anke Steffens etwas?«

»Nie gehört.«

»Sicher?«

»Warum sollte ich mir nicht sicher sein?«

»Weil diese Person wahrscheinlich vor etwa fünfzehn bis zwanzig Jahren in Grömitz gearbeitet und womöglich auch gelebt hat. Ihr Mann hieß Hannes Steffens.«

»Hieß?«, fragte Westphal.

»Er ist schon seit Langem tot.«

»Tut mir leid, hier kann ich wirklich nicht helfen.« Westphal klang ernsthaft enttäuscht, dass er keine bessere Antwort geben konnte. »Was haben diese Personen denn mit dem Mord an den Clasens zu tun?«

Morten überlegte, was er sagen sollte. Die Wahrheit? Oder irgendeine Ausrede? Er entschied sich, die Frage einfach zu ignorieren.

»Anke Steffens hat hier in Grömitz vor mehr als fünfzehn Jahren in einer Einrichtung für Kinder gearbeitet. Ich spreche allerdings nicht von einer Kita oder Schule. Es muss irgendetwas anderes gewesen sein. Das existierende Kinderhaus hat es damals noch nicht gegeben. Gab es vielleicht ein anderes Kinderheim oder eine ähnliche Einrichtung?«

»Ich befürchte, jetzt komme ich tatsächlich ans Ende meiner Informantendienste«, antwortete Westphal. »Auf solche Fragen war ich nicht vorbereitet.«

»Nehmen Sie sich ruhig etwas Zeit. Ich bin mir sicher, Sie wissen auch solche Dinge über Ihren Ort.«

»Was soll es denn damit auf sich haben?«, fragte Westphal argwöhnisch. »Ich erkenne beim besten Willen keinen Zusammenhang.«

Was sollte Morten antworten? Er wusste es selbst nicht. Als dieser Petersen erwähnt hatte, dass Anke Steffens eine Vergangenheit in Grömitz gehabt hatte, war er einfach nur dieser geografischen Verbindung nachgegangen. Er musste jetzt improvisieren.

»Denken Sie nach«, sagte er, um noch etwas Zeit zu gewinnen. »Wenn es solch ein Heim oder irgendetwas Ähnliches damals gegeben hat oder ich eine Einrichtung übersehen habe, die heute noch existiert, könnte das für uns ein wichtiger Anhaltspunkt sein.«

»Wie lange soll das noch mal her sein?«, fragte Westphal nach einigen Sekunden des Schweigens.

»Mindestens fünfzehn bis zwanzig Jahre, wahrscheinlich mehr.«

»Der Ostseeblick«, sagte Westphal leiser als üblich. »Das könnte vielleicht passen.«

»Was ist der Ostseeblick?«

»Tatsächlich ein ziemlich großes Kinderheim, das es seit den sechziger Jahren gab. Wunderschön gelegen mit Blick aufs Meer. Um die Jahrtausendwende wurde es aber dichtgemacht. Ich erinnere mich auch deshalb daran, weil wir dort mal einen Einsatz hatten. Ein leer stehendes Nebengebäude hatte damals Feuer gefangen. Kurz danach war Schluss.«

»Um die Jahrtausendwende?«, wiederholte Morten.

»Ich will mich da nicht aufs Jahr festlegen.«

Morten rechnete grob nach und kam sofort zu dem Schluss, dass es passen konnte. »Weshalb wurde es geschlossen?«

»Ich weiß es nicht genau, aber ich erinnere mich, dass es damals einigen Aufruhr gegeben hat.«

»Inwiefern?«

»Es ging, glaube ich, um die Zustände in dem Heim. Ich weiß selbst noch, dass mir die Kinder dort leidtaten, als ich gesehen habe, wie sie da leben mussten.«

»Was ist aus den Kindern und den Angestellten des Heims geworden?«

»Keine Ahnung, das habe ich nicht weiterverfolgt.«

»Wer könnte mir da weiterhelfen?«

»Fragen Sie doch unsere Frau Bürgermeisterin.« Kaum sprach Westphal wieder über Barbara Wendt, klang seine Stimme erneut latent wütend.

»Ist sie nicht etwas zu jung dafür?«, wunderte sich Morten. »Und damals war sie doch längst noch nicht im Amt.«

»Lassen Sie sich nicht von Äußerlichkeiten täuschen. Barbara Wendt hat die fünfzig schon längst überschritten. Vor zwanzig Jahren war sie natürlich noch nicht Bürgermeisterin von Grömitz, aber ihre Karriere wurde lange und akribisch von ihr vorbereitet. Sie hat hier schon allerhand politische Posten bekleidet. Eine einzige Schacherei, wenn Sie mich fragen. Sie wird Ihnen mit Sicherheit mehr über den Ostseeblick sagen können als ich.«

Morten dachte an das gestrige Gespräch mit Barbara Wendt, an seine anfängliche Unsicherheit, hervorgerufen durch ihr Aussehen und ihre Präsenz. Und die Andeutungen von Sander über ihr Beziehungsleben. Er war ohnehin neugierig, was es damit auf sich hatte. Vielleicht sollte er tatsächlich noch einmal mit ihr sprechen.

»Das Gebäude, in dem sich das Heim befand«, setzte er erneut an, »was ist damit passiert? Wurde es abgerissen?«

»Ich glaube, so langsam verstehe ich, weshalb Sie sich so sehr für das Heim interessieren«, sagte Westphal plötzlich.

»Was meinen Sie?«

»Es hat mit Clasen und diesem Bauunternehmer zu tun, oder?«

»Dirk Sander?«

»Genau der.«

»Was haben die beiden denn mit dem Heim zu tun?« Morten spürte selbst, wie irritiert er auf einmal klang.

»Das Haus steht seit damals leer«, erklärte Westphal. »Die Gemeinde hat es vor einiger Zeit übernommen. Soweit ich mitbekommen habe, gab es in den letzten Jahren verschiedene Investoren, die das Grundstück samt Gebäude kaufen wollten. Und jetzt raten Sie mal, wer natürlich besonders großes Interesse daran hatte, dieses Sahnestück zu erwerben.«

Morten schüttelte den Kopf. Er verstand immer weniger, was hier eigentlich vorging. Er hatte nach einer Verbindung zwischen den Clasens und Anke Steffens gesucht. Dass nun auch Dirk Sander und die Bürgermeisterin eine Rolle spielten, hatte er nicht erwartet. »Wissen Sie, was die beiden mit dem Haus vorhatten?«

»Was sollen sie schon vorgehabt haben?«, fragte Westphal ungehalten. »Wahrscheinlich abreißen und ein Hotel bauen. Oder Luxuswohnungen. Den üblichen Mist eben, den hier niemand braucht.«

»Danke«, sagte Morten. »Sie haben mir sehr geholfen. Wenn es eine Freiwillige Polizei geben würde, Sie wären definitiv der Richtige dafür.«

»Ich glaube nicht«, sagte Westphal. »Niemals könnte ich so korrekt sein, dass das zusammenpassen würde.«

Heiße Spuren

Birger war weitergefahren bis zu dem Parkplatz mit der Schranke. Sie hatten kurz überlegt, sofort zu wenden und Sander hinterherzufahren, aber schnell waren sie sich einig gewesen, dass es sinnvoller war, die geringe Chance zu ergreifen, Rute auf der Hermannshöhe oder irgendwo am Strand zu finden.

Die Hoffnung hatte sich allerdings nach wenigen Minuten zerschlagen. Vor dem Gebäude war bei diesem Wetter niemand zu sehen, und das Erlebniscafé hatte geschlossen. Als sie bis zur Abbruchkante vorgegangen waren, die sich immer bedrohlicher ins Landesinnere weiterfraß, war ihnen angesichts des heftigen Sturms, gegen den sie sich stemmen mussten, sofort klar geworden, dass er sich hier nicht mehr aufhielt. Noch einmal hatten sie den Kollegen in der IT angerufen, der ihnen bestätigt hatte, dass er Rutes Handy noch immer, wenn auch schwach, irgendwo im Uferbereich orten konnte. Sie waren sich ziemlich sicher, dass er das Telefon nach ihrem Gespräch ins Meer geworfen hatte.

In Sanders schwarzem SUV hatte niemand auf dem Beifahrersitz gesessen, war sich Ole sicher. Die hinteren Scheiben waren verdunkelt gewesen, sodass sie nicht ausschließen konnten, dass noch jemand im Wagen gewesen war. Vielleicht der Mann, dem Onno Steffens zwanzigtausend Euro schuldete?

Rechts von ihnen tobte noch immer das Meer, während Birger seinen Wagen durch Niendorf steuerte und immer wieder hart gegenlenken musste, um nicht von einer Böe erwischt zu werden und von der Straße abzukommen. Mittlerweile kam auch noch ein starker Regen dazu, der ihnen waagerecht entgegenschlug und die Scheibenwischer zur Höchstleistung trieb. Diese Naturgewalten waren faszinierend und angsteinflößend zugleich. Die Schäden, die die meterhohen Wellen an der Küste anrichteten, würden mit Sicherheit beträchtlich sein. Und angesichts dessen war leider damit zu rechnen, dass der Sturm auch Menschenleben kostete.

Der Audi, der ihnen bei der Hermannshöhe entgegengekommen war, stand hinter dem großen Eisentor des Hauses in Timmendorfer Strand auf einem akkurat gepflasterten Parkplatz, auf dem mindestens drei Fahrzeuge Platz fanden. Dennoch zog Birger es vor, seinen Wagen am Rand der Strandallee abzustellen.

Über die Gegensprechanlage am Tor meldete sich eine männliche Stimme, kurz nachdem sie geklingelt hatten.

»Kripo Lübeck«, erklärte Birger in alter Gewohnheit und merkte zu spät, dass er Ole den Vorrang hätte lassen sollen. »Wir möchten Ihnen gerne ein paar Fragen stellen.«

»Schon wieder?«, raunzte Sander genervt.

Erst jetzt fiel Birger wieder ein, dass Morten heute Morgen bereits hier gewesen war. Und gestern hatten Elif und er sich auch schon lange mit Sander unterhalten. Dass sie ihn dort hatten wegfahren sehen, wo sich laut Ortung Rute aufhielt, war dennoch Grund genug, ihm erneut ein paar Fragen zu stellen. Und wenn sie Glück hatten, würden sie hier sogar auf diesen Rute treffen.

»Heute Morgen war ein Kollege von uns bei Ihnen, das stimmt natürlich. Es haben sich im Tagesverlauf aber noch ein paar neue Fragen aufgetan, die wir Ihnen stellen möchten.«

»Ich kann mir schon denken, worum es geht«, sagte Sander.

»Ach ja?«

»Als Ihr Kollege hier war, bekam er einen Anruf, dass erneut zwei Menschen umgebracht worden sind.«

»Das hat er Ihnen erzählt?«, fragte Birger überrascht.

»Woher sollte ich es denn sonst wissen?« Sanders Worte kamen etwas zögerlich, aber er klang weiterhin vor allem schlecht gelaunt.

»Dürfen wir denn hineinkommen?«, versuchte Birger es erneut. »Es wird sicherlich auch nicht lange dauern.«

»Um ehrlich zu sein, passt es mir gerade gar nicht«, antwortete Sander. »Ich bin eben erst nach Hause gekommen und muss mich um einiges kümmern, das liegen geblieben ist. Sie können sich sicherlich vorstellen, dass Alexanders Tod auch mein Unternehmen vor einige Herausforderungen stellt.«

»Zehn Minuten?«, warf Ole jetzt ein. »Wir benötigen Ihre Einschätzung. Sie sind eine der wichtigsten Personen im Rahmen unserer Ermittlungen. Und ich denke, es ist auch in Ihrem Interesse, wenn wir –«

»Schon gut«, fuhr Sander dazwischen. »Ich komme kurz runter ans Tor.«

»Aber wir würden gerne …« Ole redete nicht weiter, als er merkte, dass die Verbindung unterbrochen war.

»Er will uns nicht reinlassen«, sagte Birger.

»Weil Rute hier ist?«

»Das müssen wir herausfinden. Jedenfalls wird dieses Haus ab jetzt observiert, darum müssen wir uns gleich kümmern.«

»Wie gehen wir jetzt vor?«, fragte Ole.

»Ich schlage vor, du stellst die Fragen. Ich halte mich zurück. Aber du kannst ihn ruhig etwas härter angehen.«

Kaum hatte Birger seinen Satz beendet, erschien Dirk Sander und kam ihnen raschen Schrittes entgegen. Offenbar hatte er seine große moderne Villa mit Meerblick durch einen Seiteneingang verlassen.

Birger sah ihn zum ersten Mal und war überrascht von dem Anblick. Er hatte einen burschikosen, kräftigen Mann mit stapfendem Schritt und einem Pitbull-Blick erwartet, aber Sander war genau das Gegenteil. Nicht viel größer als eins achtzig und schmal, dazu volles blondes Haar, das in diesem Moment vom Wind durchgewirbelt wurde. Er machte eher den Eindruck eines Philosophieprofessors denn eines Bauunternehmers.

Birger wartete darauf, dass Sander das Tor öffnete und sie

hineinließ, aber er machte keinerlei Anstalten. Stattdessen stellte er sich direkt an die Eisenstreben, legte seine Hände an die Stäbe und blickte sie mit einer seltsamen Mischung aus Herausforderung und Erschöpfung an. »Also, was wollen Sie wissen?«

»Danke, dass Sie sich die Zeit nehmen«, sagte Ole und versuchte, freundlich zu klingen, was ihm aber nur schwerlich gelang. »Ole Andresen, Kriminalpolizei Lübeck. Und mein Kollege Birger –«

»Kann ich mir gerade ohnehin nicht merken«, unterbrach Sander ihn. »Kommen Sie zur Sache.«

Während Birger noch darüber nachdachte, wie seltsam es sich anfühlte, dass er gemeinsam mit seinem Sohn ermittelte und als Kollege vorgestellt wurde, erkannte er aus den Augenwinkeln einen Schatten am Fenster in der oberen Etage des Hauses.

»Was sagen Ihnen die Namen Anke und Onno Steffens?«, fragte Ole.

»Wer soll das sein?«

»Sie haben die Namen also noch nie gehört?«

»Nein, nicht dass ich wüsste. Sind das etwa die beiden anderen Toten?«

»Möglicherweise«, antwortete Ole ausweichend. »Können Sie sich vorstellen, dass Alexander Clasen die beiden gekannt hat?«

»Wie soll ich denn das wissen? Travemünde war ein weißer Fleck auf seiner Karte.«

»Weißer Fleck?«, hakte Ole nach.

»Er hat immer wieder versucht, dort Immobilien aufzukaufen und zu sanieren, aber ohne Erfolg.«

»Woher wissen Sie eigentlich, dass die Steffens in Travemünde gelebt haben?«, warf Birger ein.

Sander zuckte zurück. Für den Bruchteil einer Sekunde entgleisten seine Gesichtszüge, ehe er sich wieder fing. »Muss wohl auch Ihr Kollege heute Morgen erwähnt haben«, sagte er schmallippig.

»Da werde ich wohl mal ein ernstes Wörtchen mit ihm reden müssen«, sagte Birger flapsig, als würde er Sander glauben.

»Wenn er sich überhaupt noch daran erinnert«, schob Sander hinterher. »Er wirkte ziemlich durcheinander, erst recht nach dem Anruf.«

»Schönes Auto.« Ole nickte bewundernd und zeigte auf den Audi Q7 vor dem Haus. »Aber auch ganz schön groß und auffällig.«

»Was …?« Sander brach ab, verstand offenbar, worauf Ole hinauswollte.

»Wir haben Sie vorhin gesehen, als Sie vom Brodtener Steilufer wegfuhren. Was haben Sie dort gemacht?«

»Was geht Sie das denn bitte schön an? Mir reicht es jetzt. Ich habe Ihnen gestern und heute alle Ihre Fragen beantwortet, und jetzt gehen Sie mich an, als hätte ich irgendetwas mit diesen Morden zu tun.«

»Wer ist Rute?«

»Wie bitte?«

»Ein Mann, dessen Spitzname offenbar Rute ist«, erklärte Ole in ruhigem, aber bestimmtem Tonfall. »Wir glauben, dass Sie ihn am Brodtener Steilufer getroffen haben.«

»Wovon zum Teufel reden Sie da? Ich kenne niemanden, der so heißt.«

»Nennen Sie ihn etwa nicht so?«

»Ich habe weder Lust noch Zeit, mir das hier noch länger anzuhören. Einen schönen Tag noch.« Dirk Sander schüttelte den Kopf als Zeichen des Unverständnisses für ihre Fragen und wandte sich von ihnen ab.

»Saß er in Ihrem Auto, als wir Sie gesehen haben?«, rief Birger ihm hinterher. »Ich spreche von Rute oder wie auch immer Sie ihn nennen.«

Sander blieb stehen, ohne sich umzudrehen.

»Wir wissen, dass es zwischen ihm und Onno Steffens Probleme gab. Es ging wohl um Geld. Was wissen Sie darüber?«

Sander sagte nichts.

»Alexander Clasen hatte große Geldprobleme«, redete Ole jetzt weiter. »Wieso haben Sie das nicht erzählt?«

Keine Antwort.

»Jemand hat ihm einen größeren Geldbetrag geliehen, um ihm aus der Patsche zu helfen. Hat er Ihnen nichts davon erzählt?«

»Das war ich.«

Birger und Ole tauschten einen kurzen Blick. Beide dachten dasselbe. Weshalb gab Sander das zu? Weil er wusste, dass sie es ohnehin herausfinden würden?

»Er schuldete Ihnen also einen Millionenbetrag?«, bohrte Ole weiter nach.

»Schulden würde ich das nicht nennen.« Jetzt drehte sich Sander doch wieder zu ihnen um. »Ich habe ihm notwendiges Kapital geliehen, seine Liquidität für ein paar Monate abgesichert. Ich wusste ja, dass ich das Geld zurückbekomme.«

»Haben Sie es zurückbekommen?«

Zum ersten Mal lächelte Sander. Ein Lächeln, als ob er damit sagen wollte, dass es sie rein gar nichts anging, was er geschäftlich tat.

»Wenn Clasen bei Ihnen mit so einem Betrag in der Kreide stand, könnte das bedeuten, dass –«

»Glauben Sie ernsthaft, ich hätte Alexander und Maren deshalb ermordet?«, fiel Sander Ole ins Wort. »Das ist doch vollkommen lächerlich.«

»Sind Sie allein zu Hause?«, versuchte es Birger noch einmal.

»Ich lebe allein hier.«

»Das war nicht meine Frage.«

»Weil sie keine Rolle für Ihre Ermittlungen spielt«, sagte Sander. »Und jetzt entschuldigen Sie mich, ich muss mich um meine Geschäfte kümmern.«

Er ließ sie stehen und verschwand über den seitlichen Hauseingang, aus dem er auch gekommen war.

»Reicht das nicht für einen Durchsuchungsbeschluss?« Ole

seufzte und fuhr sich mit der rechten Hand über den Kopf. »Ich meine, es ist doch offensichtlich, dass er nicht die Wahrheit sagt.«

»Lass mich kurz noch etwas klären, danach können wir der Staatsanwaltschaft Bescheid geben.«

»Morten?«, fragte Ole.

Birger nickte und zog sein Handy aus der Jackentasche. »Ich hoffe wirklich sehr, dass Sander uns angelogen hat und Morten keine Details über die Morde an Anke und Onno Steffens verraten hat. Denn dann wissen wir nicht nur, dass Sander lügt, sondern dass er Informationen besitzt, die nur jemand kennen kann, der in die ganze Sache involviert ist.«

Er wählte Mortens Nummer und wartete. Nach dem dritten Klingeln nahm der Kollege ab. Seine Stimme klang reserviert und angespannt zugleich.

»Wir haben eine heiße Spur«, kam Birger direkt zur Sache.

»Ich auch.«

Gleiche Voraussetzungen

Vielleicht hatte er das alles falsch eingeschätzt. Ja, natürlich hatte er das. Die Aufmerksamkeit, die er erzeugte, hätte er vorhersehen müssen. In seinen Planungen war er davon ausgegangen, dass die Sache in den ersten Tagen noch keine hohen Wellen schlagen würde. Dass es bestenfalls nicht einmal auffiele. Aber stattdessen waren ihm dieser Bauunternehmer und nun offenbar auch noch ein übereifriger Briefträger dazwischengekommen. Sie waren dafür verantwortlich, dass die Todesfälle innerhalb weniger Stunden nach der Tat bereits an die Öffentlichkeit geraten waren.

Das war ganz und gar nicht das, was er wollte. Er hatte alles dafür getan, dass es möglichst lange dauerte, bis jemand die Leichen fand. Hatte sogar die Wettervorhersage verfolgt und den angekündigten Sturm als idealen Zeitraum angesehen, in dem niemand so schnell bemerken würde, dass vier Menschen tot waren.

Aber durch ziemlich unglückliche Umstände, die er nicht für möglich gehalten hatte, war es anders gekommen. Mit dem Ergebnis, dass er bereits jetzt die wahrscheinlich meistgesuchte Person in diesem Land war.

Auch wenn er sich sicher war, dass niemand nur den Hauch einer Ahnung hatte, wer wirklich hinter den Taten steckte, hatte er längst eingreifen müssen. Er hatte das im Vorfeld zwar miteingeplant, aber eigentlich vermeiden wollen. Er hatte sie auf die falsche Spur gelockt und sich dadurch einen kleinen Vorsprung verschafft, so viel stand fest.

Aber es war nicht ungefährlich, und ein bisschen zu übermütig war er auch gewesen. Doch spätestens heute Morgen war ihm klar geworden, dass er endgültig keine Zeit mehr zu verlieren hatte. Wenn er seinen Plan erfolgreich umsetzen wollte, musste er sich beeilen und sich schneller als gedacht um die beiden wichtigsten Menschen auf seiner Liste kümmern. Auf sie kam es an, andernfalls wäre alles, was er in den letzten Monaten in unzähligen schlaflosen Nächten durchdacht und vorbereitet hatte, umsonst gewesen.

Es galt jetzt, sich zu fokussieren. Und einen kühlen Kopf zu bewahren. Neu zu denken und gleichzeitig den Plan nicht aus den Augen zu verlieren.

Sein Verstand hatte ihm gesagt, dass es besser wäre, sich für einige Tage zurückzuziehen. Vielleicht zu schlafen, was er schon seit einer knappen Woche kaum mehr getan hatte. Er war müde. Etwas Kraft tanken, um körperlich und emotional für die letzten beiden Schritte gewappnet zu sein, wäre sicherlich vernünftig gewesen.

Wenn da nicht sein Bauchgefühl wäre, das eine innere Unruhe in ihm auslöste, auf die er gern verzichtet hätte. Was, wenn sie schon eine Verbindung zu damals hergestellt hatten? Dann würde es vielleicht auch nicht mehr lange dauern, bis sein Name auf der Liste derer auftauchte, mit denen sie sprechen mussten. Zumal sie ihm ohnehin schon gefährlich nahe gekommen waren.

Er wusste, dass in diesem Fall alles vorbei wäre. Er war ein verdammt guter Lügner und hatte vielen Menschen immer wieder etwas vorgemacht. Hatte ein nach außen hin halbwegs normales Leben geführt, in dem er eine Rolle gespielt hatte, die ihn zwar etwas sonderbar, aber letztlich unverdächtig erscheinen ließ. Und selbst in den vergangenen zwei Tagen hatte er noch dafür gesorgt, dass die Polizei hoffentlich in die falsche Richtung ermittelte, weil die Umstände ihn dazu gezwungen hatten.

Aber wenn es konkret um seine Vergangenheit ginge, darum, was er damals erlebt hatte, war er angreifbar. Sie mussten nur ein paar gezielte Fragen stellen, und das ganze Kartenhaus würde einstürzen. Sie würden sofort verstehen, wer er war, was er erlebt hatte, weshalb er das alles tat und vor allem, auf wen er es noch abgesehen hatte.

Als Nächstes würde er sich um die Person kümmern, von der er sofort gewusst hatte, dass sie Seelenverwandte waren. Die Gedanken an ihn hatten ihm all die Jahre keine Ruhe gelassen. Ohne die Gewissheit, ob es ihn überhaupt gab, weil er zwischenzeitlich den Verstand verloren zu haben glaubte.

Noch immer kam es ihm unwirklich vor, dass er ihn so plötzlich und zufällig wiederentdeckt hatte. Und ihm mittlerweile ganz nahestand, obwohl er sich ihm noch nicht zu erkennen gegeben hatte.

Seine Gefühle für ihn waren wie die eines Bruders. Als wären sie Blutsverwandte. Sie hatten die dunkelsten Zeiten damals gemeinsam überstanden und sich gegenseitig Halt gegeben. Aber er konnte nicht leugnen, dass da auch etwas von diesem Hass war, den er auf so viele Menschen verspürte. Dass sein Freund damals einfach verschwunden war, hatte er ihm verziehen. Er hatte eine neue Familie gefunden, die es vielleicht gut mit ihm gemeint hatte. Aber hatte er je etwas unternommen, um ihn zu finden? Er bezweifelte das. Und das war es, was ihn beschäftigte.

Natürlich wusste er nicht, wie es ihm nach ihrer gemeinsamen Zeit ergangen war. Vielleicht hatte auch er schlechte Phasen in seinem Leben durchlitten. Aber in den letzten Monaten hatte er ihn sehr genau beobachtet. Er wusste, dass dieser Mann ein glückliches Leben führte. Mit einer Frau an seiner Seite, einem guten Job und einem eigenen Haus in einer der besten Wohnlagen Lübecks.

Er besaß all das, was er selbst nicht hatte. Und nichts deutete darauf hin, dass ihm seine Vergangenheit noch zu schaffen machte. Ihre gemeinsame Vergangenheit, korrigierte er sich. Wie konnte es sein, dass sich dessen Leben ganz normal entwickelt hatte und sein eigenes in Trümmern lag?

Niemand konnte ihm diese Frage jemals beantworten, nur dieser Mensch selbst. Und genau deswegen wollte er es aus seinem Mund hören. Und dann würde er ihn an den Punkt bringen, an dem er begriff, welchen glücklichen Verlauf sein

Leben genommen hatte. Dass es nicht selbstverständlich war, wie gut es ihm ergangen war. Und wie sehr er selbst dagegen hatte leiden müssen. Wie enttäuscht er war, dass ihm das offenbar egal gewesen war.

Er würde ihn am Leben lassen, so viel stand fest. Ihn zu töten, würde bedeuten, die einzige Person, die ihm jemals wichtig gewesen war, zu verlieren. Die Hoffnung, dass sie eines Tages wieder so eng sein würden wie damals, einfach zu zerstören, wollte er auf alle Fälle vermeiden.

Aber was er sich für ihn vorstellte, würde ihn dennoch tief treffen. So sehr, dass es für ihr zukünftiges Verhältnis wahrscheinlich nicht gerade förderlich war. Aber es gab keine Alternative. Der einstige Freund musste einsehen, einen Fehler gemacht zu haben, als er sich dazu entschieden hatte, seine Vergangenheit auszublenden. Sie zu leugnen. Und ihn zu vergessen.

Er würde die Ausgangsposition ändern. Zurück zu dem Punkt, an dem sie die gleichen Voraussetzungen hatten. Und dann gemeinsam neu starten. Dazu mussten einige Zöpfe abgeschnitten, Ballast über Bord geworfen werden. Es würde jemand sterben müssen, der dieser Person sehr wichtig war.

Er atmete tief durch und blickte nach hinten auf die Rückbank des Autos, hinter dessen Steuer er seit einigen Minuten saß. Dass er keinen Führerschein besaß, hatte ihn noch nie gestört. Außerdem schien dieses Auto die wenigen Meter, die er zurücklegen musste, ohnehin von allein zu fahren.

Nachdem er beschlossen hatte, seinen Zeitplan anzupassen, hatte er sich heute in den Zug nach Lübeck gesetzt und war am Nachmittag ein wenig durch die Stadt gelaufen, ehe er sich mit hereinbrechender Dunkelheit in Richtung seines Ziels aufgemacht und schließlich auf die Lauer gelegt hatte.

Die Entscheidung, seine Freundin zu überwältigen, hatte er spontan treffen müssen, als sie plötzlich das Haus verlassen hatte und in das teure amerikanische E-Auto gestiegen war, das ein Stück entfernt am Seitenrand parkte.

Er hatte sie abgefangen, als sie gerade in eine Seitenstraße abbiegen wollte, indem er vor ihren Tesla gesprungen war. Sie war sofort ausgestiegen und hatte sich besorgt gezeigt. Im nächsten Moment hatte er sein kleines Taschenmesser gezückt und es ihr an den Hals gehalten. Sie hatte getan, was er ihr sagte, und sich bäuchlings auf die Rückbank gelegt. Dann hatte er sich ans Steuer gesetzt, um zurück zu dem Haus zu fahren, in dem sie gemeinsam mit seinem Bruder im Geiste lebte.

Es war so weit. Er stieg aus dem Wagen und sah sich um. In der Dunkelheit waren Straße und Bürgersteige nicht gut einsehbar, aber die Situation schien dennoch einigermaßen sicher zu sein. Anders die Fenster der umliegenden Häuser. Er konnte nur hoffen, dass ihn niemand beobachtete und Verdacht schöpfte.

Rasch öffnete er die hintere Tür und befahl ihr, so unauffällig wie möglich auszusteigen und langsam vor ihm herzugehen. Sie wehrte sich nicht und tat, was er sagte. Das war gut, denn so würde er ihr problemlos die Plastiktüte über den Kopf ziehen können.

Giftschrank

Morten glaubte im ersten Moment, sich verhört zu haben. Sander behauptete allen Ernstes, er hätte ihm gegenüber erwähnt, dass es zu zwei weiteren Morden in Travemünde gekommen war?

Nach dem Anruf von Ida-Marie heute Morgen war sein Blick eine Weile in den Wellen der Ostsee versunken, bevor er sich schließlich von Sander verabschiedet hatte und nach Travemünde gefahren war. Mit keinem Wort hatte er erwähnt, was passiert war.

Er hatte das Gefühl, dass Birger ihm glaubte, aber was bedeutete das in Bezug auf Sander? Waren ihm die Worte herausgerutscht, weil er wusste, dass Anke und Onno Steffens tot waren? Nur woher hatte er diese Information? Laut Birger hatte Ida-Marie den Medien gegenüber keine Einzelheiten verraten und aus kriminaltaktischen Gründen auch fürs Erste vermieden, den Bezug zu der Tat in Grömitz herzustellen.

Und wie passte der Mann, dem Onno Steffens eine ordentliche Stange Geld geschuldet hatte, ins Bild?

Morten hatte Birger von seinem Gespräch mit Petersen, dem Nachbarn, berichtet. Dass jemand ins Haus der Steffens einsteigen wollte, der ähnlich aussah wie der Unbekannte aus dem Kurpark in Grömitz, allerdings größer und schlaksig. Ob es dieser Rute gewesen war, den Onno Steffens in seinem Handy namentlich abgespeichert hatte?

Er würde vielleicht ein weiteres Mal Westphal anrufen müssen, um zu fragen, ob der sich absolut sicher war, dass der Mann im Park wirklich so klein gewesen war.

Und auch hier gab es also wieder eine Verbindung zu Dirk Sander. Weshalb hatte der sich mit Rute getroffen und ihn, wie Birger vermutete, sogar zu sich nach Hause mitgenommen?

Als Westphal ihm von Clasens und Sanders Plänen erzählt

hatte, das ehemalige Kinder- und Jugendheim Ostseeblick von der Gemeinde zu kaufen, um an der Stelle vielleicht eines ihrer Projekte umzusetzen, hatte er zum ersten Mal das Gefühl gehabt, Sanders Weste wäre womöglich nicht so rein, wie er ihnen vormachte. Wenn er jetzt auch noch Kontakt zu jemandem hatte, der in irgendwelche finanziellen Geschäfte mit Onno Steffens verwickelt gewesen war, machte ihn das nicht unverdächtiger.

Birger hatte ihm auch noch von dem hohen Geldbetrag erzählt, den Sander Clasen angeblich geliehen hatte, und wollte schließlich wissen, welche heiße Spur Morten denn nun verfolge. Er hatte sich herausgeredet – die Aussage von Petersen sei doch allemal eine verfolgungswürdige Spur. Von seinem Telefonat mit Westphal erwähnte er nichts, aber er spürte die Skepsis am anderen Ende der Leitung.

Es war schon weit nach vier, als Morten das Rathaus in Grömitz erreichte. Er hatte sich telefonisch angekündigt und mit der Sekretärin vereinbart, dass seine Befragung nicht länger als zwanzig Minuten dauern würde. Mehr Zeit könne die Bürgermeisterin trotz der Wichtigkeit der Ermittlungen auf keinen Fall aufbringen, hatte sie gesagt. Schließlich seien alle Gemeindevertreter rund um die Uhr mit den Auswirkungen des Sturms beschäftigt.

Offenbar waren noch immer Teile des Orts ohne Strom und die Schäden an der Promenade und im Yachthafen so beträchtlich, dass auch Feuerwehren benachbarter Gemeinden halfen und koordiniert werden mussten. Soldaten der Bundeswehr waren ebenfalls angefordert worden, um die Grundversorgung für die Bevölkerung sicherzustellen.

Morten wurde ins Büro von Barbara Wendt gebracht und vertröstet. Die Bürgermeisterin müsse gerade noch ein wichtiges Telefonat führen und er sich noch ein paar Minuten gedulden. Heute gab es allerdings keinen Kaffee, nur ein Glas Wasser.

Als die Sekretärin den Raum verließ und die Tür hinter ihr zufiel, nutzte Morten die Chance, sich ein wenig umzusehen. Das Büro sah auf eine gewisse Weise so aus wie die Frau, die von hier aus die Geschicke von Grömitz lenkte. Schreibtisch und Regale waren aus Glas, mit bronzefarbenen Füßen und Verstrebungen. An der Decke hing ein moderner Kronleuchter in derselben Farbe. Zwei opulente farbenprächtige Gemälde an den Wänden waren ein weiterer Hingucker im Raum. Genau wie der mannshohe Zitronenbaum, an dem zahlreiche gelbe Früchte hingen. Morten war sich unsicher, ob es sich um eine echte oder künstliche Pflanze handelte. Alles in diesem Raum kam ihm übertrieben groß oder extravagant vor. Für sich allein betrachtet passte hier eigentlich nichts, aber das Gesamtbild war dennoch stimmig.

Sein Blick wanderte weiter durch den Raum und blieb an einigen Bilderrahmen in einem der Glasregale hängen. Schwarz-Weiß-Fotos. Künstlerisch arrangiert, mit Sicherheit von einem Profi angefertigt.

Morten ging ein Stück näher heran, bis er die Personen auf den Fotos besser sehen konnte. Sie stammten offenbar aus verschiedenen Sessions. Eine am Strand, eine andere vor einem Schloss, wenn er es richtig erkannte, dem Glücksburger Wasserschloss, und eine dritte irgendwo in luftiger Höhe mit einem weiten schleswig-holsteinischen Panorama im Hintergrund. Auf allen Fotos waren dieselben zwei Personen abgebildet. Barbara Wendt und eine Frau, die er nicht kannte, obwohl er bei einigen der Schnappschüsse das Gefühl hatte, sie schon einmal gesehen zu haben.

Im nächsten Moment öffnete sich die große Holztür, und Morten fuhr herum. Die Bürgermeisterin betrat den Raum. Unter ihren eleganten High Heels knarzte das aufpolierte Fischgrätparkett.

»Heute ganz allein?«, fragte sie und streckte ihm ihre Hand entgegen. Sofort spürte er wieder diese seltsame Anspannung in ihrer Gegenwart. Ein Kribbeln im Bauch, als wäre er ein aufgeregter Teenager. Irgendetwas löste diese Frau, die bestimmt fünfzehn Jahre älter war als er, in ihm aus, das ihm selbst peinlich war.

Meine Hand ist bestimmt schwitzig, dachte er, während er ihre berührte. Was hatte sie gerade gefragt? Ob er allein hier sei? Wie ein Faustschlag kamen die Gedanken an Elif zurück. Die letzten zwei Stunden hatte er sie erfolgreich verdrängen können, aber jetzt waren sie wieder da.

»Wir teilen uns bestmöglich auf. Wie Sie sich vorstellen können, haben wir jede Menge zu tun.«

»Wem sagen Sie das.« Barbara Wendt lachte etwas gekünstelt auf. »Also kommen wir bitte direkt zu Ihrem Anliegen. In zehn Minuten habe ich ein Telefonat mit dem Innenminister.«

»Das ist ganz in meinem Interesse«, sagte Morten. »Ich möchte mit Ihnen noch einmal über Alexander Clasens und Dirk Sanders geschäftliche Verbindungen sprechen. Wir haben gehört, dass die beiden an einer Immobilie namens Ostseeblick interessiert waren. Was können Sie dazu sagen?«

Ihr Lächeln verschwand von einer Sekunde auf die andere. Er hatte ein Thema angesprochen, das in Grömitz zweifellos Zündstoff besaß.

»Dazu gibt es jede Menge zu sagen, aber angesichts der knappen Zeit würde mich interessieren, was dieses Thema mit Ihren Ermittlungen zu tun hat.«

»Vielleicht haben Sie bereits gehört, was in Travemünde passiert ist?«

Barbara Wendt schüttelte den Kopf. Die plötzlichen Falten auf ihrer Stirn ließen sie jetzt fast so alt wirken, wie sie war.

»Es gab einen weiteren Doppelmord«, erklärte Morten. »Eine ältere Frau und ihr Sohn. Wir müssen davon ausgehen, dass er im Zusammenhang mit dem Mord an den Clasens steht.«

»Wie denn das?« Barbara Wendt klang ernsthaft überrascht.

»Das wissen wir noch nicht, aber eine Spur führt uns zum Ostseeblick.«

»Wie gesagt, das ist kein Thema, das wir hier auf die Schnelle besprechen können.«

»Sturm hin oder her, wir müssen darüber reden, was Clasen und Sander vorgehabt haben.«

»Wir als Gemeinde waren mit den beiden in Verhandlungen, das ist richtig. Es gibt aber auch noch andere Interessenten. Am Ende müssen wir abwägen, was für Grömitz in dieser exponierten Lage am sinnvollsten ist. Natürlich unter Berücksichtigung aller Planvorgaben.«

»Was wollten die beiden dort bauen?«

»Ihr ursprüngliches Ziel war ein Luxushotel«, antwortete Barbara Wendt schmallippig. »Eine tolle Idee, aber leider hier nicht umsetzbar. Wir haben dann versucht, die Pläne in eine familienfreundliche Richtung zu verändern.«

»Wir?«

»Ich habe Dirk mehrfach gebeten, Einfluss auf Alexander zu nehmen, damit wir weiterkommen.«

»Und?«

»Es war schwierig, Dirk ist pragmatisch, er wollte einfach bauen. Aber Alexander hatte sich etwas in den Kopf gesetzt, von dem er nicht abweichen wollte.«

»Weshalb haben Sie sich dann nicht für einen anderen Investor entschieden?«

»Wir stehen kurz davor«, antwortete Barbara Wendt achselzuckend. »Auch wenn das nicht meine präferierte Lösung ist.«

»Sie erinnern sich daran, dass wir gestern über die Differenzen zwischen Clasen und Sander sprachen?«

An ihrer Reaktion merkte Morten, dass sie offenbar nicht ganz sicher war, wovon er redete.

»Kann es sein, dass die Sache mit dem Ostseeblick der Grund dafür war?«

»Ich habe noch immer keine Ahnung, wovon Sie sprechen«, antwortete sie und klang mit einem Mal wieder so unbeherrscht wie gestern. »Ich weiß nichts von einem Streit der beiden.«

»Dann lassen Sie uns noch über etwas anderes reden«, sagte Morten.

»Aber bitte schnell, ich habe wirklich keine Zeit mehr.«

»Was wissen Sie über das ehemalige Kinder- und Jugendheim Ostseeblick?«

»Was soll denn diese Frage jetzt?«, fragte Barbara Wendt sichtlich irritiert.

»Stimmt es, dass es damals geschlossen wurde, weil die Zustände unhaltbar waren?«

»Ich verstehe nicht, was –«

»Beantworten Sie doch bitte meine Frage«, fuhr Morten dazwischen. »Mir wurde gesagt, Sie können mir da vielleicht am besten helfen.«

»Das Heim war in die Jahre gekommen und nicht mehr für die Unterbringung von Kindern und Jugendlichen geeignet. Das hat nicht jedem gefallen, war aber unumgänglich.«

»Die Kinder dort sollen sehr gelitten haben«, bohrte Morten weiter.

»Darf ich fragen, woher Sie diese Informationen haben?«

»Fragen dürfen Sie, aber ich kann Ihnen darauf leider keine Antwort geben.«

»In den letzten Jahren bevor das Heim geschlossen wurde, wurden immer mehr Vorwürfe laut. Dabei ging es um angeblich schlechte hygienische Verhältnisse, veraltete Erziehungsmethoden und in ein paar Fällen auch um Missbrauch und Gewalt.«

Es war nicht so, dass Morten das nach Westphals Andeutungen nicht bereits in Erwägung gezogen hatte, es nun aber von Barbara Wendt bestätigt zu bekommen, machte es noch schauriger, obwohl es schon so lange zurücklag.

»Wurde das damals denn aufgeklärt?«

»Nein, allen Beteiligten ist es tatsächlich gelungen, das Ganze unter den Teppich zu kehren. Sie haben alles abgestritten und einfach Gras über die Sache wachsen lassen. Damals war es oftmals noch so, dass Kindern nicht geglaubt wurde, wenn sie solche Vorwürfe erhoben. Heute ist man da zum Glück sensibler, was den Opferschutz betrifft.«

»Wissen Sie, was mit den Kindern und den Angestellten passiert ist? Gibt es andere Heime, auf die sie verteilt wurden?«

»Einige kamen nach Neustadt, ein paar auch nach Dahme. Sowohl Kinder als auch Personal. Aber das ist mehr als zwanzig Jahre her, so genau kann ich mich auch nicht mehr erinnern.«

»Was sagt Ihnen der Name Anke Steffens?«

Barbara Wendt hatte während ihres Gesprächs einige Dokumente auf dem Schreibtisch gestapelt. Und demonstrativ an ihren langen Nägeln oder den goldenen Creolen gespielt. Doch in diesem Moment erstarrte sie regelrecht und fixierte Morten. »Warum fragen Sie mich das, wenn Sie den Bezug offenbar schon hergestellt haben?«, fragte sie schließlich.

»Wie meinen Sie das?« Morten spürte wieder ein Kribbeln im Bauch, doch diesmal hatte es nichts mit der Person Barbara Wendt zu tun, sondern mit dem, was sie gerade gesagt hatte.

»Sie war eine von drei Personen, denen vorgeworfen wurde, Kinder systematisch gequält und missbraucht zu haben. Eine seltsame Person. Ich habe sie damals auch kennengelernt. Sie war nicht greifbar, verwies sämtliche Vorwürfe ins Reich der Fabel. Sie bezeichnete das alles wortwörtlich als Rache dieser kleinen Plagegeister für ihr erbärmliches Leben. Ob jemand wirklich diesen Rotzlöffeln Glauben schenken wolle, statt zu honorieren, was das Personal leiste.«

»Ihnen war also klar, dass sie lügt?«

»Ich war damals Ende zwanzig und habe im Fachbereich Liegenschaften gearbeitet, es war gar nicht meine Aufgabe, mir darüber Gedanken zu machen. Aber ja, natürlich hatte ich das Gefühl, dass an den Vorwürfen etwas dran sein könnte.«

»Ich gehe davon aus, dass so einige Leute weggeguckt haben«, sagte Morten. »Wer wusste denn davon, was im Ostseeblick vor sich ging?«

»Wollen Sie jetzt ernsthaft eine so alte Sache aus dem Giftschrank holen und Menschen zur Verantwortung ziehen, anstatt diese Mordfälle aufzuklären? Ich verstehe überhaupt nicht, worauf Sie eigentlich hinauswollen.«

»Anke Steffens ist tot«, antwortete Morten. »Genau wie ihr Sohn. Beide wurden auf dieselbe Weise getötet wie Alexander und Maren Clasen. Ich denke, das sollte erklären, warum ich Ihnen all diese Fragen stelle.«

Es schien, als müsste Barbara Wendt seine Worte erst einmal sacken lassen. Einige Male vor ihrem inneren Auge abspulen, um schließlich die Konsequenz daraus abzuleiten. Morten erkannte jedoch sofort, dass aus ihrem Blick plötzlich etwas sprach, das er bislang noch nicht bei ihr gesehen hatte. Hatte sie etwa Angst?

Der verschollene Gang

Wenn Hauke an die vergangenen Wochen und Monate dachte, wurde ihm manchmal regelrecht schwindelig. All das, was er erreicht hatte, wäre wahrscheinlich für viele Menschen grandios gewesen. Er selbst versuchte sich allerdings zu bremsen. Natürlich hatte er die Auszeichnungen und Einladungen auch mit Stolz entgegengenommen. Die Belobigungen waren Balsam für seine Seele gewesen. Aber vor allem die Bestätigung, dass Menschen das, was er tat, nicht nur gut fanden, sondern ihn regelrecht bewunderten, machte ihn glücklich.

Manchmal schien es ihm, als wenn all das, was ihm so lange Zeit verwehrt geblieben war, inzwischen mit so großer Wucht auf ihn einprasselte, dass es ihn sogar überforderte. Wenn er daran zurückdachte, wie seine ersten fünfzehn Jahre verlaufen waren, wurde ihm allerdings schlagartig bewusst, dass er nichts von seinem jetzigen Leben auch nur eine Sekunde je wieder missen wollte. Gleichzeitig rief er sich vor Augen, dass dieses Glück auch nur eine Momentaufnahme war. Wahrscheinlich würde er bis an sein Lebensende auf der Hut sein, weil der Erfolg oder einfach die Normalität, die er so sehr genoss, ein jähes Ende finden konnte.

Niemals würde er vergessen, was er erlebt hatte, bevor ihn diese zwei Menschen, die er heute als seine Eltern bezeichnete, aus dem Grauen von damals befreit hatten. Bevor er seinen Schulabschluss geschafft und das Medizinstudium mit Auszeichnung absolviert hatte. Und bevor er seine wundervolle Partnerin getroffen hatte.

Hauke schrak zusammen, als es plötzlich an der Haustür klingelte. Er sah kurz auf seine Armbanduhr. Es war halb sechs, und er erwartete niemanden. Und eigentlich hatte er heute Abend auch keine Lust auf Besuch. Er hatte sich den Rest der Woche freigenommen, um einfach ein wenig zur

Ruhe zu kommen. Und da passte es gut, dass Franziska sich mit einer Freundin in Hamburg auf einen Drink verabredet hatte. Sie würde bestimmt nicht vor Mitternacht nach Hause kommen.

Es klingelte ein weiteres Mal. Hauke seufzte und ging die Treppe hinunter ins Erdgeschoss ihres Hauses. Er warf einen Blick durchs Fenster im Gästezimmer, das zur Straße lag, in der Hoffnung, dort ein Auto zu erkennen. Aber im trüben Licht der Laternen waren nur die üblichen Fahrzeuge und ihr eigener Tesla zu sehen.

Das dritte Klingeln hallte durchs Haus. Direkt gefolgt vom vierten. Wer immer da vor der Tür stand, wollte unbedingt, dass er öffnete.

Zögerlich ging er die letzten Schritte. Ein fünftes Klingeln. Und eine Faust, die gegen die hölzerne Tür klopfte.

Hauke griff nach der Türklinke und drückte sie nach unten. Langsam zog er die Tür zu sich heran, als ihm plötzlich durch den Kopf schoss, dass etwas nicht stimmte. Der Tesla. Er durfte dort gar nicht stehen. Franziska war doch damit unterwegs. Oder war sie noch einmal zurückgekommen, weil sie vielleicht ihre Handtasche samt Portemonnaie und Handy vergessen hatte?

Sofort wich er ein Stück zurück. Er wusste nicht, wohin mit seinem Blick. Auf Franziskas panisches Gesicht, das unter einer transparenten Plastiktüte steckte, oder auf den Mann hinter ihr, der sie um einen knappen Kopf überragte.

Da war sie wieder, die Angst, die ihn so lange verfolgt hatte. Wie oft hatte er damals diese Panik verspürt, wenn es an seiner Zimmertür geklopft hatte und einer von ihnen hereingekommen war, um sich zu nehmen, was er brauchte. Die Bilder huschten verschwommen vor seinem geistigen Auge vorbei, während er verzweifelt versuchte zu verstehen, wer dieser Mann war, der ihn mit verlorenem Blick ansah.

»Schön, dich wiederzusehen«, sagte er mit rauer Stimme. »Erkennst du mich etwa nicht?«

Hauke strengte sich wirklich an, aber es gelang ihm nicht, das Gesicht mit irgendeiner Erinnerung in Verbindung zu bringen. Woher sollte er ihn denn kennen?

Er schob Franziska, der Tränen aus den weit aufgerissenen Augen liefen, vor sich her, bis sie die Schwelle erreicht hatten. In völliger Verzweiflung drückte Hauke die Tür einfach zu, aber es war zu spät. Er stolperte nach hinten, während der Unbekannte Franziska unsanft ins Haus schubste und die Tür hinter sich zuwarf.

»Was hat er dir angetan?«, rief Hauke. »Was will er von uns?«

Franziskas Lippen bewegten sich, aber es drangen nur Geräusche unter der Tüte hervor, die wie ein Blubbern klangen. Sie griff mit beiden Händen an ihren Hals, um das feste Plastik wegzudrücken und Luft zu bekommen. Aber der Mann zog jetzt an einem Band, das an dem Beutel befestigt war. Er strangulierte sie regelrecht. Hauke wurde immer panischer, er musste etwas unternehmen. Sie aus dieser Situation befreien.

»Hör auf damit!«, schrie Hauke. »Du bringst sie noch um.«

»Wenn sie aufhört, sich zu wehren, bekommt sie mehr Luft«, sagte der Mann. »Und wage es nicht, irgendetwas Unüberlegtes zu tun. Ich zögere keine Sekunde, sie zu töten. Du gehst jetzt hoch in die Küche, wir folgen dir.«

»Nimm die Hände runter«, sagte Hauke und versuchte, beschwichtigend auf Franziska einzuwirken. »Wir machen, was er sagt. Uns wird nichts passieren, hast du gehört?«

Es schien so, als versuchte sie zu nicken, aber ihr Kopf bewegte sich von links nach rechts, während der Mann die Schnur etwas lockerte. Offenbar fehlte ihr der Glaube daran, dass die Sache gut ausgehen würde. Vielleicht, weil sie bereits etwas wusste, was ihm noch nicht klar geworden war.

Wer zum Teufel war dieser Kerl? Und weshalb hätte er ihn erkennen sollen? Gab es da irgendetwas, das er übersah? Etwas, das schon lange zurücklag? Das er erfolgreich verdrängt hatte?

Langsam setzte Hauke einen Fuß nach dem anderen auf die Stufen. Er hörte, dass Franziska und der Unbekannte ihm folgten. Als er etwa auf halber Höhe der Treppe war, zuckte er plötzlich zusammen. Als hätte ein kleiner Blitz in sein Gedächtnis eingeschlagen, der etwas freilegte, was jahrelang ganz tief hinten in seinem Unterbewusstsein geschlummert hatte.

Hastig drehte er sich um, er wollte sich vergewissern – und verharrte. Es war tatsächlich wahr, er irrte nicht. Jetzt, wo sich dieser verschollene Gang in seine Vergangenheit wieder geöffnet hatte, kamen die Bilder von damals zurück. Und nun wusste er auch, wer der Mann war, der dort ein paar Stufen unter ihm stand und seine Freundin strangulierte. Die Erkenntnis sorgte allerdings erst recht nicht dafür, dass er sich beruhigte.

»Ich weiß, wer du bist.« Hauke wollte stark klingen, aber er spürte sofort, dass seine Stimme zitterte.

»Das ist gut«, sagte der Mann. »Dann kannst du dir ja bestimmt denken, weshalb ich hier bin. Falls nicht, werde ich aber so nett sein und es dir noch einmal erklären. Und jetzt geh weiter! Es gibt einiges, worüber wir reden müssen.«

Stimmungskanone

Auf den ersten Blick war alles wie immer. Das Buthmanns, die urige Bierstube am oberen Ende der Glockengießerstraße, war gut besucht, und der Lautstärkepegel entsprechend hoch. Auf der Theke stand ein großes Glas Soleier, und die Frau dahinter zapfte Bier.

Birger und Ole setzten sich an einen kleinen Tisch hinten links in der Ecke. Mit Kalle Hansen hatte er früher oft vorn am Tresen oder an einem der Tische direkt gegenüber gesessen. Bei einem seiner letzten Besuche hier hatte Kalle am Zapfhahn gestanden und selbst Bier ausgeschenkt. Er hatte nach seiner Krebserkrankung und der langwierigen Genesung die Seiten gewechselt, um sich ein paar Euro dazuzuverdienen.

Birger ließ seinen Blick durch die Kneipe schweifen und stellte fest, dass er niemanden kannte. Die Gäste waren jünger geworden. Nicht jung im eigentlichen Sinne, aber jünger als er. Aber sonst hatte sich kaum etwas verändert, obwohl er eine Weile nicht hier gewesen war. Von den Fotos an den Wänden sahen und lachten ihn noch immer altbekannte Lübecker Gesichter an, von Günther Grass über Schauspieler bis hin zu verschiedenen Politikern aller Couleur.

Es war gerade mal sechs Uhr, aber Vater und Sohn waren sich einig gewesen, dass sie dringend ein Glas Bier brauchten, um die festgefahrenen Gedanken neu zu ordnen.

Die Hoffnung, noch heute Abend einen Durchsuchungsbeschluss für das Haus von Dirk Sander in Timmendorfer Strand zu erlangen, hatte sich relativ schnell erledigt. Nicht nur, dass der zuständige Richter nicht erreichbar war, die Staatsanwaltschaft sah keinen ausreichenden Anfangsverdacht, der einen solchen Einsatz gerechtfertigt hätte. Die Anschuldigungen gegen Sander beruhten nur auf vagen Beobachtungen und konstruierten Zusammenhängen, so die Begründung.

Birger war so wütend gewesen, dass er zuerst Ida-Marie und anschließend Solveig angerufen hatte, die ihm schließlich versprochen hatte, die Sache so schnell wie möglich zu klären, aber auf jeden Fall dafür zu sorgen, dass eine Streife abgestellt wurde, um Sanders Haus zu observieren und insbesondere darauf zu achten, wer es verließ.

Die Bedienung, die Birger noch von früher kannte, brachte zwei dunkle Biere, die Ole beim Hereinkommen direkt bestellt hatte, und lächelte, als wäre sie froh, ihn wiederzusehen.

»Siehst gut aus«, sagte die Frau mit der blonden Kurzhaarfrisur und dem auffälligen Nasenpiercing. »Besser als früher, als du häufiger hier warst. Also noch besser«, schob sie hinterher und lachte jetzt laut.

Auch Birger und Ole mussten jetzt grinsen.

»Sag mal, arbeitet Kalle Hansen eigentlich noch hier?«, fragte Birger, als sich die Frau schon fast wieder abgewendet hatte.

»Kalle? Nein, bestimmt schon seit einem halben Jahr nicht mehr. Warum fragst du?«

»Nur so.«

»Ich glaube, er hat gemerkt, dass das nichts für ihn ist. Irgendwann meinte er zu mir, er wolle wieder das machen, was er am besten könne.«

Birger nickte und dachte darüber nach, was das für ihre Arbeit, aber auch für Ida-Marie bedeuten würde, wenn Simon Winter, der Vater ihres Sohnes, als Privatermittler gemeinsame Sache mit Kalle Hansen machte.

»Lass uns anstoßen«, unterbrach Ole seine Gedanken.

Die Gläser stießen aneinander, und beide nahmen einen großen Schluck. Ole war der Erste, der absetzte, weil er offenbar etwas sagen wollte.

»Glaubst du Morten, dass er Sander gegenüber nichts von den Ermittlungen in Travemünde erwähnt hat?«, fragte er schließlich.

»Es gibt keinen Grund, ihm nicht zu glauben«, antwortete

Birger. »Zumal Sander derjenige ist, der in Bezug auf Rute nicht die Wahrheit gesagt hat.«

»Aber findest du nicht, dass Morten sich seltsam verhält?«

»Inwiefern?«

»Ich hatte das Gefühl, dass er uns nicht alles gesagt hat, was er weiß, als wir heute Nachmittag mit ihm telefoniert haben.«

»Dein Misstrauen scheint mir allmählich nicht mehr gesund zu sein«, sagte Birger streng. »Selbst wenn Morten uns nicht alles erzählt hat, sehe ich darin kein Problem. Zumindest solange es nicht unsere Ermittlungen sabotiert oder verzögert. Alles Weitere werden wir dann morgen früh bei unserer nächsten Besprechung von ihm erfahren.«

»Wir werden sehen«, sagte Ole. »Wenn du mich fragst, stimmt da zwischen ihm und Elif auch irgendetwas nicht. Er hat seltsam reagiert, als Ida-Marie ihn gebeten hat, sich bei ihr nach ihrem Zustand zu erkundigen.«

Diesmal konnte Birger seinem Sohn nicht widersprechen. Auch ihm war aufgefallen, dass zwischen den beiden irgendetwas in der Luft lag. Ob ihre Krankmeldung auch damit zu tun hatte, konnte er allerdings nur mutmaßen.

Aus den Augenwinkeln erkannte er, dass mehrere Personen das Buthmanns betraten. Eine Gruppe Frauen, ziemlich laut. Zum Teil verkleidet. »Ein Junggesellinnenabschied«, seufzte er.

»Ja, aber sieh mal, wer dabei ist.«

Birger schärfte seinen Blick und ging die Gesichter der sieben Frauen durch, bis seine Augen an einem besonders stark geschminkten hängen blieben. Es war zweifellos Danuta Kapustka, die extrovertierte Leiterin der Rechtsmedizin.

Er hatte sie lange nicht gesehen. Der auffälligste Unterschied zum letzten Mal war wieder einmal die Farbe ihrer Haare. Statt orangeblond schimmerten sie heute schwarz glänzend. Auch waren sie deutlich gewachsen, aus dem Kurzhaarschnitt war eine Bobfrisur geworden. »Woher kennst du sie?«, fragte er.

»Während der Ausbildung waren wir einige Male am Rechtsmedizinischen Institut, da hatte ich das Vergnügen, sie kennenzulernen.« Ole lächelte über den Rand seines Bierglases hinweg.

Während Birger noch überlegte, sich abzuwenden, um nicht von ihr erkannt zu werden, hörte er im nächsten Moment bereits ihren unverkennbaren polnischen Akzent durch die Kneipe hallen. »Mein Lieblingskommissar und sein attraktiver Sohnemann«, rief sie so laut, dass alle anderen Gäste es mitbekamen. »Was für eine schöne Überraschung.«

Birger wäre am liebsten im Boden versunken, aber dafür war es längst zu spät. Im nächsten Moment stand Danuta vor ihnen, zog sich einen Stuhl heran und setzte sich. »Was macht ihr denn hier? Habt ihr nicht genug mit den Ermittlungen zu tun?«

»Wir können auch bei einem Glas Bier arbeiten, manchmal kommen uns dabei sogar die besten Ideen. Aber wie sieht's denn bei dir aus? Du hast vier Leichen auf dem Tisch liegen, und wir warten auf deinen Bericht.«

»Keine Sorge, mein Lieber«, sagte Danuta und tätschelte Birgers Schulter. »Der Bericht liegt morgen früh um acht Uhr auf deinem Schreibtisch. Erst die Arbeit, und jetzt das Vergnügen.«

»Können wir vor dem Vergnügen schnell über die Ergebnisse der Obduktionen sprechen?«

»Schau dir meine wunderbaren Freundinnen an. Alles süße Mädels aus Polen. Die warten auf mich.«

»Damit willst du aber doch wohl nicht sagen, dass das hier dein Junggesellinnenabschied ist, oder?«, wurde Birger hellhörig.

»Um Himmels willen, ich doch nicht.« Danuta lachte laut auf. »Ich bin nur die Stimmungskanone. Aber Ewa glaubt, sie tut das Richtige. Darum geben wir heute noch mal alles, schließlich könnte es für sie das letzte Mal der Fall sein.«

Birger blickte sie irritiert an, bis er schließlich schmunzeln musste. An ihren etwas sonderbaren Humor musste er sich erst einmal wieder gewöhnen.

»Ich bin mir sicher, dass es ein wilder Abend wird«, sagte er. Um ein Haar hätte er ihr noch den Rat, es nicht zu übertreiben, mit auf den Weg gegeben, aber er schluckte seine Worte hinunter. Immer öfter erwischte er sich dabei, seinen Mitmenschen väterliche Ratschläge zu erteilen, was ihm allerdings selbst unangenehm war. »Für Ole und mich wäre es dennoch wichtig, wenn du uns kurz verrätst, ob du irgendetwas Auffälliges gefunden hast, was für uns besonders wichtig sein könnte.«

»Danuta, komm zu uns«, rief plötzlich eine tiefe Frauenstimme mit polnischem Akzent. »Wir wollen anstoßen!«

»Bin gleich bei euch.«

»Ohne dich kann die Party offenbar wirklich nicht starten«, sagte Birger lächelnd.

»So wie immer, also lass uns schnell machen und zur Sache kommen. Es gibt da tatsächlich etwas, das spannend für euch sein dürfte. Wir können zwar nicht mit hundertprozentiger Sicherheit sagen, dass wir richtigliegen, aber ich würde meine Silikonkissen darauf verwetten.«

Birger schüttelte den Kopf und versuchte dem Reflex zu widerstehen, auf ihr pralles Dekolleté zu starren. Erfolglos.

»Also, was wissen Sie?«, fragte jetzt Ole in dem Versuch, das Gespräch in eine ernstere Bahn zu lenken.

»So kenne ich dich«, antwortete sie. »Immer zielstrebig, voll fokussiert, aber leider auch jemand, der zum Lachen in den Keller geht.«

»Es reicht jetzt«, sagte Birger. »Bist du schon betrunken, oder was ist mit dir los?«

»Ihr seid mir so zwei Andresens«, sagte Danuta. »Immerzu korrekt und verbissen. Habt ihr denn niemals Spaß im Leben?«

»Erst die Arbeit, dann das Vergnügen«, sagte Birger. »Wir haben im Gegensatz zu dir aber noch einen Haufen Arbeit vor uns.«

»Obwohl es nicht einfach ist, das zeitlich zu bestimmen, sind wir uns sicher, dass der Täter zuerst Maren Clasen und Onno Steffens ermordet hat«, sagte Danuta und klang von einer auf die andere Sekunde wieder ganz normal. »Aber das eigentlich Spannende ist noch etwas ganz anderes. Es könnte einen Hinweis auf den Täter liefern.«

»Was meinst du?«

»Die Opfer wurden gleichzeitig erstickt, da sie unter den Kunststofftüten keine Luft mehr bekamen, und stranguliert. Mit einer Kordel, die an den Tüten regulär befestigt war. Aber das wisst ihr ja bestimmt.«

Birger und Ole nickten.

»Anhand der Hämatome am Hals haben wir versucht, die Taten zu rekonstruieren. Alle Opfer wurden sitzend getötet, während der Täter hinter ihnen stand und die Kordeln der Tüten offenbar sehr langsam festgezogen hat, worauf die blaulila angelaufenen Gesichter der Toten hindeuten. Es müssen wirklich sehr qualvolle Tode gewesen sein.«

»Das sind noch keine Neuigkeiten«, sagte Ole. »Die Kollegen der Kriminaltechnik haben sich ähnlich geäußert.«

»Du bist ja genauso ungeduldig wie dein Vater«, sagte Danuta und sah ihn dabei scharf an. »Vielleicht wartest du einfach mal ab, bis ich ausgeredet habe.«

Birger bedeutete Ole mit einem Blick, sich besser zurückzuhalten und ihr Verhalten einfach über sich ergehen zu lassen. In der Hoffnung, dass sie noch etwas Wichtiges zu verkünden hatte.

Im nächsten Augenblick schnappte sie sich Birgers Bierglas und trank es mit zwei kräftigen Schlucken aus. Sie sah ihn provokant an, aber er blieb ganz ruhig.

»Also?«, fragte er stattdessen.

»Die Hämatome an den Hälsen der Opfer weisen einen auffällig schrägen Winkel auf. Steht jemand direkt hinter einer anderen stehenden Person und würgt diese, verlaufen die Strangulationsspuren gerade von vorne nach hinten. Da die Opfer in unseren Fällen allerdings saßen, sind die schräg verlaufenden nicht weiter verwunderlich. Trotzdem haben wir das mal unter Berücksichtigung der entsprechenden Sitzhöhen nachgestellt und abgemessen. Und das Ergebnis war etwas anders als das, was Harald mir heute Nachmittag am Telefon sagte. Klein ist der Täter mit Sicherheit nicht. Im Gegenteil, ich würde schätzen, dass er mindestens eins fünfundachtzig oder auch mehr misst.«

Birger fasste sich an die Schläfen. Aus den Augenwinkeln sah er, dass Ole ebenfalls angestrengt nachdachte.

War dieser klein gewachsene Mann, den ein Zeuge im Kurpark vor der Villa der Clasens gesehen hatte, also nicht die Person, die sie suchten? Und was hatte Morten vorhin noch mal am Telefon über diesen Unbekannten gesagt, den ein Nachbar dabei beobachtet hatte, wie er in das Hause der Steffens einbrechen wollte? Vielleicht die Person, dessen Spitzname Rute war. Derjenige, mit dem sich Dirk Sander vermutlich am Brodtener Steilufer getroffen und ihn anschließend mit zu sich nach Hause genommen hatte.

Ziemlich groß und schlaksig sei der Mann gewesen. Das hatte Morten gesagt.

Trauriger Smiley

Morten war noch einmal zurück ins Präsidium gefahren und hatte an die Türen der Kollegen geklopft. Es war halb sieben, aber angesichts der Tatsache, dass der Fall sich zuspitzte und sie dringend Erfolge aufweisen mussten, wunderte es ihn, dass niemand mehr anwesend war. Weder Birger und Ole noch Ida-Marie. Sogar in Elifs Büro hatte er einen verstohlenen Blick geworfen. In der leisen Hoffnung, dass es ihr wieder besser ging. Aber sie war nicht da, was ihn auch nicht weiter überraschte.

Das, was er über Anke Steffens und die Vorfälle im Ostseeblick herausgefunden hatte, musste er dringend mit den anderen teilen. Er hatte kurz überlegt, Birger anzurufen, wollte es aber lieber persönlich bereden. Jetzt, wo niemand mehr im Präsidium war, würde er sie morgen früh in der Besprechung mit seinen Erkenntnissen überraschen und Ida-Marie wieder gnädig stimmen. Und vielleicht würde es ihm ja sogar gelingen, in den nächsten Stunden noch mehr über das, was im Ostseeblick geschehen war, zu recherchieren.

Anke Steffens war also eine von drei Angestellten gewesen, über die es diese Gerüchte gegeben hatte, die Kinder im Heim psychisch und physisch missbraucht zu haben. Grundsätzliche Misshandlung, aber auch sexuelle Übergriffe, hatte Barbara Wendt gesagt.

Als sie von Morten erfahren hatte, dass Anke Steffens getötet worden war, hatte sich nicht nur ihr Blick verändert. Von einer Sekunde auf die andere schien jeder Muskel ihres Körpers angespannt gewesen zu sein. Barbara Wendt war einige Schritte zurückgetreten und hatte sich an ihren Schreibtisch gesetzt. Er hatte sie gefragt, ob ihr etwas Angst machte, aber sie hatte abgewiegelt. Dennoch bereite es ihr Sorgen, weil irgendetwas in ihr auf eine unbestimmte Weise immer damit gerechnet habe, dass so etwas eines Tages passieren könne. Dass jemand sich dafür rächen würde, was geschehen war.

Sofort hatte Morten nachgefragt, welche anderen beiden Personen damals verdächtigt worden waren. Sie müssten sie schützen, verhindern, dass sie ebenfalls Opfer würden. Vollkommen egal, was sie womöglich getan hatten.

Aber die beiden anderen waren längst tot. Der damalige Leiter des Heims und ein weiterer Mitarbeiter. Barbara Wendt war sich absolut sicher, gehört zu haben, dass beide in den letzten Jahren in einem Alter weit jenseits der siebzig eines natürlichen Todes gestorben waren.

Morten hatte mehrfach nachgefragt, ob es auch wirklich keinen Zweifel daran gab. Barbara Wendt hatte ein paar Details genannt, die ihn überzeugt hatten. Offenbar waren beide einem langjährigen Krebsleiden erlegen.

Was sie jetzt dringend brauchten, war eine Liste aller Kinder und Jugendlichen, die damals in dem Heim gelebt hatten. Zumindest wenn sie davon ausgingen, dass der Täter jemand war, der wirklich Rache nehmen wollte. Barbara Wendt hatte ihm spontan nicht dabei helfen können und auch keine große Zuversicht ausgestrahlt, dass es möglich sei, diese Namen in kurzer Zeit zusammentragen zu können.

Die bittere Wahrheit war wohl, dass eine umfassende Liste gar nicht aufzutreiben war. Das Ganze lag Jahrzehnte zurück. Digitalisierung war damals noch ein Fremdwort gewesen. Wie sollten sie auf die Schnelle überhaupt irgendeinen Namen finden?

Das Display seines Handys, das vor ihm auf dem Schreibtisch lag, vibrierte und leuchtete auf. Es war Birger.

Morten verspürte wenig Drang, den Anruf anzunehmen, aber in dieser Phase der Ermittlung konnte er seine Kollegen nicht ignorieren. Und eigentlich musste er seine Informationen ohnehin mit jemandem teilen. Also meldete er sich.

»Kannst du mich verstehen?«, fragte Birger.

»Schlecht, es ist ziemlich laut im Hintergrund. Wo bist du denn?«

»Ole und ich haben uns noch ein Feierabendbier gegönnt, aber nicht mal in der Kneipe kann man etwas abschalten. Wir haben gerade Danuta getroffen, die Ergebnisse der Obduktion liegen vor.«

»Und?«

»Anhand der Hämatome durch die Strangulationen hat sie herausgefunden, dass derjenige, den wir suchen, relativ groß sein muss«, erklärte Birger. »Mindestens eins fünfundachtzig. Damit würde die Person auf den Phantombildern als Täter ausscheiden.«

»Okay«, sagte Morten überrascht. Er spürte im ersten Moment fast Erleichterung, dass sein Versäumnis, den anderen nicht sofort von Westphals Anruf und seiner Beobachtung erzählt zu haben, keinerlei Einfluss auf die Ermittlungen hatte.

»Du weißt, was das bedeutet?«, fragte Birger, während aus dem Hintergrund laut singende Frauenstimmen zu hören waren.

Morten zögerte. Er war irritiert von der Nachricht, aber jetzt verstand er, worauf Birger hinauswollte. Der große Schlaks. Der Mann, den Petersen verscheucht hatte. Andererseits gab es die Aussage des Nachbarn der Steffens über den Mann auf dem Kirchvorplatz in Travemünde. Kräftiger als der Schlaks, aber etwas kleiner. »Ich denke schon«, sagte er nachdenklich. »Wie weit seid ihr mit dem Durchsuchungsbeschluss für Sanders Haus?«

»Zäh«, antwortete Birger. »Jedenfalls werden wir ihn nicht vor morgen früh bekommen. Es sei denn, wir bauen heute Abend noch einmal Druck bei der Staatsanwaltschaft auf.«

»Glaubst du wirklich, dass das –?«

»Nein«, fuhr Birger dazwischen. »Keine Chance. Wir müssen einen anderen Weg finden.«

»Und was stellst du dir vor?«

»Wo bist du gerade?«

»Im Präsidium.«

»Gut. Dann holst du uns jetzt ab, und wir statten Sander noch einmal einen Besuch ab. Die Streife hat sich noch nicht gemeldet. Er scheint also zu Hause zu sein. Und Rute ist hoffentlich ebenfalls da.«

»Dein Ernst? Heute Abend noch?«

»Hast du jemals erlebt, dass ich bei so was besonders witzig sein will?«

»Nein.«

»Dann pack deine Sachen und komm her!«

Morten wollte noch etwas erwidern, doch Birger hatte bereits aufgelegt. Er fluchte vor sich hin, weil er die nächsten Stunden eigentlich anders geplant hatte und sich schon gar nicht von Birger Andresen vorschreiben lassen wollte, was er tun sollte. Aber dann schluckte er seinen Ärger hinunter, stand auf und schnappte sich seine Jacke vom Haken neben der Tür.

Er hielt inne, als das Handy in seiner Hand brummte. Diesmal war es Elif. Sofort überkam ihn wieder das beklommene Gefühl, das ihn schon den ganzen Tag über begleitet hatte. Was wollte sie denn noch von ihm? Die halbe Nachricht erschien bereits auf seinem Handy, es war zu spät, sie zu ignorieren:

Ich möchte, dass du weißt, wie leid mir das alles tut. In einem anderen Leben wärst du der perfekte Mensch für mich. Aber es geht nicht anders. Dahinter ein traurig dreinschauender Smiley.

Morten atmete tief durch und versuchte, seine Emotionen, die hilflos zwischen Unverständnis, Traurigkeit und Wut wechselten, zu zügeln.

Er sah, dass Elif eine weitere Nachricht schrieb, im nächsten Moment erschien sie auf seinem Display.

Ich habe gehört, was in Travemünde passiert ist. Ida-Marie hat mich gebeten, morgen zurückzukommen, wenn es mir wieder einigermaßen gut geht. Ehrlich gesagt ist das zwar nicht der Fall, aber ich werde trotzdem versuchen, euch zu helfen. Ich hoffe, du erträgst meine Anwesenheit.

Morten war kurz davor, das Handy gegen die Wand zu werfen. Leise schrie er in sich hinein. Was stimmte mit ihr eigentlich nicht? Als würden zwei verschiedene Personen mit ihm kommunizieren. War sie etwa psychisch krank? Bipolar oder so etwas? Infolge des Todes ihres Mannes?

Verdammt, er hatte gerade keine Zeit, sich darüber Gedanken zu machen. Er musste Birger und Ole aus dem Buthmanns abholen, um mit ihnen nach Timmendorfer Strand zu fahren. Was immer sie dort auch zu erreichen hofften.

Der Flur der Mordkommission lag still und im Halbdunkeln vor ihm. Im nächsten Augenblick hallte das Klingeln eines Telefons über den Gang. Es kam aus Ida-Maries Büro. Nach einigen Sekunden hörte es auf, und es herrschte wieder Ruhe. Eilig ging er Richtung Fahrstuhl, als es erneut klingelte. Diesmal war es das Telefon auf seinem Schreibtisch, war er sich sicher. Es war eher ungewöhnlich, dass um kurz vor sieben noch jemand im Büro anrief. Vielleicht war es wichtig.

Morten rannte zurück und hechtete zum Hörer. Es war die Einsatzzentrale.

»Gut, dass ich noch jemanden erreiche«, sagte die Frau, die Morten nicht kannte. »Hier hat sich gerade eine Streife gemeldet. Offenbar hat es einen Mord in der Stresemannstraße gegeben. Mir liegen noch nicht viele Informationen vor, der Kollege am Telefon war etwas durch den Wind. Aber er sagte, eines der Opfer hätte eine Tüte über dem Kopf gehabt und wäre …«

Morten hörte nicht mehr richtig hin, während ihm der Hörer aus der Hand glitt. Sie mussten nicht mehr nach Timmendorfer Strand fahren. Offenbar hatten sie die falsche Spur verfolgt.

Madame Tussauds

Morten war die Treppen des Polizeihochhauses hinuntergestürzt und hatte währenddessen Birger angerufen. Das Fluchen am anderen Ende der Leitung als Reaktion darauf, dass der Täter erneut zugeschlagen hatte, war trotz der lauten Hintergrundgeräusche aus dem Buthmanns unüberhörbar gewesen.

Er war froh, als Birger sagte, dass Ole und er sich ein Taxi nehmen würden. Das war Morten durchaus recht, denn so richtig Lust auf eine gemeinsame Autofahrt mit den beiden Andresens hatte er ohnehin nicht gehabt. Außerdem lag die Kneipe auf der Altstadtinsel überhaupt nicht auf dem Weg.

Die Nachrichten, die Elif geschickt hatte, waren von einem auf den anderen Moment fast unbedeutend gewesen. Erst wenn dieser Fall aufgeklärt und der Täter gefasst wäre, würde er sich gedanklich wieder mit ihr beschäftigen. Und dann würde er ihr klipp und klar sagen, dass sie zukünftig professionell miteinander arbeiten könnten, aber er kein einziges privates Wort mehr mit ihr wechseln wollte.

Als er nach wenigen Minuten vor dem Haus in der Stresemannstraße ankam, war er offenbar einer der Ersten. Ein paar Streifenwagen und ein RTW versperrten den Weg, aber von den Kollegen der Kriminaltechnik war noch nichts zu sehen. Weil am Straßenrand kein Parkplatz mehr frei war, stellte Morten seinen Wagen einfach in einer Einfahrt ab.

Er nickte den Ordnungspolizisten zu, die gerade dabei waren, den Zugang zu dem Haus, in dem die Tat offenbar geschehen war, mit rot-weißem Flatterband abzusperren. Er kannte sie, sodass sie ihn kommentarlos durchließen. Direkt vor der Haustür stand eine Beamtin, die lautstark Anweisungen in ihr Funkgerät gab. Als sie fertig war, trat Morten auf sie zu.

»Seelhoff und seine Leute noch nicht da?«

»Nur Jannik, der Neue. Er wohnt hier gleich um die Ecke.«

»Kann ich reingehen?«, fragte Morten.

»Klar, aber er spricht kein Wort.«

»Wer?«

»Na, der Mann, der hier wohnt. Hauke Kröger.«

»Er lebt?«, fragte Morten perplex. Er glaubte, sich verhört zu haben.

»Ja, hat man dir das nicht gesagt?«

»Nein, ich dachte, wir haben es mit zwei Opfern zu tun.«

»Gewissermaßen stimmt das auch, aber er hat das Ganze überlebt.«

»Wie schwer ist er verletzt?«

»Körperlich scheint er einigermaßen in Ordnung zu sein, zumindest macht er nicht den Eindruck, als wäre er so stark gewürgt worden, dass er das Bewusstsein verloren hätte«, antwortete die Polizistin. »Aber er hat einen schweren Schock erlitten, jedenfalls redet er nicht.«

Morten versuchte, seine Gedanken zu ordnen. Was hatte das zu bedeuten? Weshalb hatte der Mörder diesen Mann am Leben gelassen? War etwas schiefgegangen? Hatte sich Hauke Kröger gewehrt?

Was ihn am meisten beschäftigte, war allerdings die Tatsache, dass sie jetzt einen Zeugen hatten. Jemanden, der wusste, wer für all die Morde der letzten zwei Tage verantwortlich war. Egal, wie tief der Schock bei diesem Mann saß, sie mussten ihn zum Reden bringen.

»Was ist mit dem anderen Opfer?«, fragte er.

»Franziska Noack, Krögers Lebensgefährtin. Sie ist tot.«

»Auf die gleiche Weise wie bei den Morden in Grömitz und Travemünde?« Obwohl die Kollegin wahrscheinlich nicht bei den anderen Einsätzen dabei gewesen war, ging Morten davon aus, dass sie wusste, was er meinte.

»Daran dürfte es keinen Zweifel geben, denke ich.«

»Wer hat den Mord eigentlich gemeldet? Weißt du das?«

»Wenn ich es richtig verstanden habe, war es ein anonymer Anrufer. Die Haustür stand offen, als wir ankamen. Vielleicht ist das jemandem aufgefallen, und der hat dann entdeckt, was oben passiert ist.«

Morten runzelte die Stirn. Die Erklärung klang merkwürdig, sie mussten auf jeden Fall noch einmal überprüfen, wer dieser Anrufer gewesen war.

Er überlegte, ob er auf Birger und Ole warten oder schon einmal einen Blick ins Haus werfen sollte. Ihm war klar, dass sie spätestens jetzt so eng wie möglich zusammenarbeiten mussten. Für Alleingänge war nicht mehr der richtige Moment, sie mussten alle Kräfte bündeln, damit sie diesen Wahnsinnigen endlich stoppten.

In seiner Jackentasche befühlte Morten die Überzieher, die er aus dem Handschuhfach seines Peugeots mitgenommen hatte. Kurzerhand zog er sie heraus und stülpte sie über seine braunen Lederboots, die er in den kalten Monaten am liebsten trug, und betrat das Haus. Sie durften schließlich keine Zeit mehr verlieren, und da konnte es nicht schaden, wenn er sich ein wenig umsah, bevor hier in ein paar Minuten das große Aufgebot aufkreuzte und das Durcheinander ausbrach.

»Du findest sie oben in der Küche«, sagte die Polizistin und deutete auf die große geschwungene Holztreppe im Innern. Dann wandte sie sich wieder ihrem Funkgerät zu.

Während er langsam hinaufging, ließ er seinen Blick schweifen. Das Treppenhaus und der Flurbereich machten den Eindruck, als lebten hier wohlhabende Menschen. Das Zusammenspiel zwischen dem anthrazitfarbenen Steinboden und den hellen Holzmöbeln gefiel ihm. Nicht protzig und dennoch sehr geschmackvoll.

Als er oben ankam, erstreckte sich vor ihm ein großer Raum, offenbar Wohn- und Esszimmer in einem. Gemütlich und stilvoll eingerichtet. Er erwischte sich bei der Vorstellung, wie er in diesem Haus leben würde. Mit jemandem, der für immer an seiner Seite bleiben sollte.

Noch schneller als die Bilder gekommen waren, verdrängte er sie wieder. Er musste sich darauf konzentrieren, was hier vorgefallen war. Ganz am Ende des Raums erkannte er einen weiteren Kollegen der Schutzpolizei. Er hatte ein Funkgerät in der Hand, schien Bescheid zu wissen und winkte ihn herbei.

Morten ging langsam durch den Raum. Der Anblick der Opfer war nichts, was ihn antrieb. Aber die Tatsache, dass zum ersten Mal jemand überlebt hatte und Hauke Kröger der beste Zeuge war, den es geben konnte, ließ seine Bewegungen gefühlt roboterhaft ablaufen.

Die Küche ging rechts ab, aber im Grunde war alles ein einziger großer Bereich. Fast ein wenig wie bei den Clasens in Grömitz, dachte er. Bei den letzten Schritten hatte er ein mulmiges Gefühl. Er war inzwischen darauf vorbereitet, auf tote Menschen mit Plastiktüten über dem Kopf zu treffen, aber jemand, der lebte und mit leerem Blick an die gegenüberliegende Wand starrte, war in diesem Fall etwas Neues, das ihn genauso herausforderte.

Hauke Kröger sah aus wie eine Figur aus Madame Tussauds Wachsfigurenkabinett. Er war am Leben und gleichzeitig auch nicht.

Morten versuchte, seinen Blick nur auf ihn zu konzentrieren. Nicht auf die andere Person im Raum, die ein Stück weiter auf einem Stuhl saß und genauso leblos wirkte wie Kröger, aber im Gegensatz zu ihm tatsächlich tot war.

Er bewegte sich vorsichtig vorwärts und beobachtete den Mann. Es schien so, als nähme er ihn gar nicht wahr. Als säße er da wie eine Hülle seines eigenen Ichs.

»Sie sind der Schlüssel zu allem«, sagte er schließlich und blieb direkt vor ihm stehen. »Was geschehen ist, tut mir sehr leid. Aber Sie müssen wissen, dass Sie die einzige Person sind, die weiß, wer für diesen und andere Morde verantwortlich ist.«

Kröger reagierte nicht. Die einzige Bewegung war das unregelmäßige Blinzeln seiner Augenlider.

Hauke Kröger war groß gewachsen und hatte kurzes dunkles Haar. Er schätzte ihn Anfang bis Mitte vierzig. Gut gekleidet, aber auch etwas langweilig. Dunkelblaue Jeans, darüber ein weinroter Pullover, unter dem ein Hemdkragen hervorlugte. Irgendetwas an ihm kam Morten bekannt vor, obwohl er sich gleichzeitig sicher war, den Mann noch nie gesehen zu haben.

»Wir brauchen Ihre Hilfe«, versuchte er es noch einmal. »Wer ist dieser Mann, der Ihnen das angetan hat? Kennen Sie ihn?«

Keine Antwort.

»Hat er mit Ihnen geredet?«

Nichts.

»Wenn Sie nicht sprechen können, dann nicken Sie doch einfach oder schütteln den Kopf. Verstehen Sie mich?«

Es schien, als schaute Hauke Kröger durch ihn hindurch. Mit komplett leerem Blick. Nicht nur, dass er Morten wahrscheinlich nicht hörte. Er sah ihn offenbar auch gar nicht.

»Fünf Menschen mussten bereits sterben. Nur Sie haben überlebt. Haben Sie eine Erklärung dafür, dass er Sie nicht getötet hat?«

Für den Bruchteil einer Sekunde war sich Morten sicher, dass Hauke Kröger zusammenzuckte. Aber im nächsten Augenblick war alles wieder wie zuvor. War das der Punkt, an dem sie ihn knacken konnten? Die Frage, weshalb er verschont geblieben war?

»Sie wissen, wer er ist, richtig?« Morten trat näher an ihn heran und beugte sich leicht zu ihm nach unten. »Weshalb sagen Sie mir nicht seinen Namen?«, fragte er so eindringlich, dass es ihm fast unangenehm war. Immerhin hatte dieser Mann mitansehen müssen, wie seine Freundin getötet worden war. Trotzdem redete er weiter. »Wenn Sie schweigen, schützen Sie ihn. Und vielleicht wird es dann weitere Tote geben.«

Plötzlich hob Kröger seinen Kopf. Ihre Blicke trafen sich für einen kurzen Moment, ehe er ihn wieder sinken ließ. War da Angst in seinem Gesicht? Oder Wut? Zumindest hatte er reagiert, zum ersten Mal seit Morten hier war.

Er wollte weiter auf Kröger einreden, in der Hoffnung, ihn aus seiner Apathie herauszuholen, als er aus dem Hintergrund Stimmengewirr hörte. Eine letzte Frage würde er noch stellen, bevor die anderen kamen. »War der Mann klein oder eher groß gewachsen, so wie Sie?«

Auf einmal verkrampfte Hauke Kröger. Arme und Beine zuckten, sein Mund verzog sich, und er riss die Augen weit auf.

»Was ist mit Ihnen?«, fragte Morten und merkte, dass er nervös wurde. Hoffentlich bekam der Mann keinen epileptischen Anfall.

Im nächsten Moment verdrehte Kröger die Augen. Sie flackerten noch kurz, ehe sie zufielen. Dann kippte er zur Seite.

»Wir brauchen hier Sanitäter!«, rief Morten, während er versuchte, Kröger zu stabilisieren. Er sah sich um, aber niemand war zu sehen. Bis die Stimmen plötzlich lauter wurden.

»Hier hinten in der Küche. Schnell!«

Im nächsten Moment kamen die Kollegen der Streife und zwei Sanitäter angerannt.

»Was ist passiert?«, fragte der Ältere von ihnen.

»Plötzlich hatte er eine Art Krampfanfall und ist einfach umgefallen«, sagte Morten. Bereitwillig ließ er von Kröger ab und trat zur Seite. »Aber er hat noch Puls«, schob er hinterher.

Jetzt erkannte er auch Birger und Ole, die den Raum betreten hatten. Sie sahen ihn irritiert an. Langsam ging er auf die beiden zu.

»Das ist nicht meine Schuld«, wiegelte er sofort ab. »Ich habe nur versucht, ihn zum Reden zu bringen. Leider ohne Erfolg. Erst als ich ihn gefragt habe, ob der Mörder groß ist, hat er reagiert. Das Ergebnis seht ihr ja.«

»Hättest du nicht auf uns warten können?«, fragte Birger streng. »Er ist der einzige Zeuge, den wir haben. Da sollten wir vorsichtig und abgestimmt vorgehen.«

»Ich war völlig perplex, als ich hier ankam und hörte, dass dieser Hauke Kröger noch am Leben ist«, erklärte sich Morten. Er wusste natürlich, dass er so tun musste, als wäre es ein Fehler gewesen, was er getan hatte. Aber es herrschte Ausnahmezustand, da musste schließlich schnell gehandelt werden.

»So hilft er uns aber auch nicht weiter.«

»Er hat den Täter gesehen und, ich glaube, auch reden gehört«, ging Morten nun in die Offensive. Es war an der Zeit, dass er sein Wissen teilte. Und deutlich machte, wie weit er ihnen voraus war. »Ich bin mir sicher, er kennt den Täter. Und es gibt einen Grund, weshalb derjenige Kröger verschont hat.«

»Der da wäre?«

»Er hat Alexander Clasen und Anke Steffens so sehr gehasst, dass er sie und die ihnen nahestehenden Menschen eiskalt umgebracht hat. Franziska Noack, die Lebensgefährtin von Kröger, war nicht sein Ziel. Er hat sie aber getötet, um ihm so etwas wie einen Denkzettel zu verpassen. Ganz genau weiß ich noch nicht, was sein Antrieb gewesen ist, doch es geht hier eindeutig um Rache. Hauke Kröger sollte leiden, aber im Gegensatz zu den anderen nicht sterben.«

»Falls du dich erinnerst, wir haben bei der Staatsanwaltschaft einen Antrag auf Durchsuchung von Dirk Sanders Haus beantragt, weil wir glauben, dass sich dort jemand aufhält, der etwas mit den Morden zu tun«, sagte Birger. »Wie passt das mit dem zusammen, was du erzählst?«

»Ich befürchte, gar nicht«, sagte Morten. »Sander und dieser Rute haben sicherlich Dreck am Stecken, aber mit den Morden haben sie nichts zu tun.«

Er atmete tief durch und sah die beiden erwartungsvoll an. Das hatte er doch jetzt wirklich in aller Klarheit schlüssig zusammengefasst und die logischen Schlussfolgerungen daraus abgeleitet. Oder etwa nicht?

»Weshalb werde ich eigentlich die ganze Zeit das Gefühl nicht los, dass nur du zu wissen meinst, um was es hier geht?«, sagte Ole. »Dabei ist alles, was du sagst, reine Spekulation. Woher nimmst du deine Gewissheit, dass es sich so abgespielt hat, wenn dieser Kröger kein Wort mit dir geredet hat?«

»Weil es noch mehr gibt, das ihr wissen müsst.«

»Noch mehr Theorien, meinst du?«, fragte Birger argwöhnisch.

»Nein, konkrete Hinweise, die ich heute Nachmittag erfahren habe. Ich wollte nicht am Telefon darüber sprechen.«

»Sondern wann?«

»Nach meinen Gesprächen bin ich vorhin noch einmal ins Präsidium gefahren, weil ich ein paar Aussagen und Fakten überprüfen wollte. Anschließend hätte ich euch selbstverständlich alles gesagt.«

»Genauso wie du die Zeugenaussage zu dem Mann im Kurpark weitergegeben hast?«

Ole machte keinen Hehl daraus, dass er genervt von ihm war. Aber Morten ignorierte ihn und wandte sich stattdessen Birger zu.

»Gehen wir runter und reden irgendwo in Ruhe?«, fragte er. »Ich bin mir sehr sicher, dass ich etwas herausgefunden habe, das uns hilft, der Lösung des Falls näherzukommen.«

Düsternbrook

Jetzt, wo er Hauke gegenübergestanden und ihm alles gesagt hatte, was ihm wichtig war, spürte er zum ersten Mal seit Monaten eine gewisse Erleichterung.

Es war kein leichter Moment gewesen, aber am Ende hatte er das Gefühl gehabt, dass Hauke ihn verstand. Dass er das Richtige tat. Und dass all das notwendig war, um ein für alle Mal mit allem abschließen zu können und endlich Frieden zu finden. Obwohl ihnen beiden klar war, dass sie diese Last wohl niemals ganz loswerden und sie am Ende mit in ihr Grab nehmen würden.

Er hatte Hauke unmissverständlich klargemacht, dass er unter keinerlei Umständen darüber sprechen durfte, was passiert war. Wer er war und warum er das alles hatte tun müssen, das durfte niemand jemals erfahren.

Hauke hatte nichts dazu gesagt und mit versteinerter Miene weiter geschwiegen. Natürlich musste er erst einmal damit klarkommen, dass die Frau an seiner Seite nicht mehr am Leben war, aber er würde auch verstehen, dass er sich nicht korrekt verhalten hatte. Einfach so zu tun, als hätte es die Jahre im Heim gar nicht gegeben, hatte ihn verletzt.

Bei allem Erfolg in seinem späteren Leben konnte Hauke doch die Vergangenheit nicht einfach ausblenden! Warum war es ihm niemals wichtig gewesen zu erfahren, wie es ihm ergangen war? Er hatte ihm diese Frage gestellt, immer und immer wieder, aber keine Antwort erhalten.

Das hatte ihn regelrecht wütend gemacht, sodass er auch ihm kurzerhand eine Tüte über den Kopf gezogen hatte. Ob er sich jetzt wieder erinnere, hatte er ihn gefragt. An die Kartoffelsäcke, die man ihnen übergestülpt hatte, ehe die Qualen begannen.

Hauke hatte sich aber entschieden, einfach weiter zu

schweigen. Er hatte es ihm verziehen, die Situation war sicherlich nicht leicht für ihn gewesen. Außerdem war Schweigsamkeit eine Eigenschaft, die er in Zukunft ohnehin perfektionieren müsste.

Aber wenn das alles vorbei und er selbst noch am Leben wäre, würden sie sich wieder annähern, da war er sich sicher. Egal, wie lange es dauern würde.

Schließlich war er ganz nahe an Hauke herangetreten und hatte seine Hand auf dessen Schulter gelegt. Hauke hatte kurz gezuckt, als hätte er Angst vor ihm. Aber die brauchte er natürlich nicht zu haben. Er würde ihm niemals etwas antun können, das hatte er ihm versprochen. Als Bestätigung hatte er seine Arme um ihn gelegt und ihn ganz fest an sich gedrückt. Hauke hatte sich nicht gewehrt, wahrscheinlich hatte auch er gespürt, wie sehr sie sich brauchten.

Zum Abschied hatte er ihn wieder von der Tüte befreit und ihm ins Ohr geflüstert, dass er sich auf sein Schweigen verlasse, andernfalls könne er sein Versprechen natürlich auch nicht halten. Ob er das verstehe, hatte er ihn eindringlich gefragt, aber Hauke hatte weiterhin nichts gesagt und bloß durch ihn hindurchgestarrt.

»Na schön, du weißt, was auf dem Spiel steht«, hatte er schließlich gesagt. »Nichts weniger als dein Leben. Jetzt muss ich aber los, um das Ganze zu Ende zu bringen. Ich bin mir aber sicher, dass wir uns schon bald wiedersehen werden. Und dann stehen wir uns so nahe wie damals.« Dann war er gegangen.

Sein Körper fühlte sich mittlerweile erschöpft an, aber im Kopf war er so klar wie nie zuvor. Natürlich hatte er gehofft, mehr Zeit zur Verfügung zu haben. Dass er seinen gesamten Plan nun innerhalb von achtundvierzig Stunden umsetzen musste, verlangte ihm alles ab. Und erforderte kreative Lösungen.

So hatte er sich, statt den Zug Richtung Kiel zu nehmen, einfach wieder in den Tesla gesetzt und war losgefahren. Bis die Polizei dahinterkäme, dass er sich den Wagen geliehen hatte, wäre er längst am Ziel und zurück in seinen vier Wänden, wo er sich sicher fühlte. Dann könnte er endlich abschalten und den Schlaf nachholen, der ihm seit Wochen so sehr fehlte.

Er wusste nicht, was passieren würde, wenn es wirklich so weit war. Ob sich plötzlich alles anders anfühlen, sich der dunkle Nebel in seinem Kopf einfach auflösen würde. Er hoffte es, aber eine gewisse Skepsis konnte er einfach nicht abschütteln. Die Vorstellung, ein normales Leben zu führen, kam ihm beinahe absurd vor. Und eigentlich war es ihm auch niemals darum gegangen, sein Leben zu reparieren. Eben weil es ihm schwerfiel zu glauben, dass dies überhaupt möglich war. Ihm ging es einzig und allein um Rache.

Hauke wiederzusehen und ihn zu bestrafen, war emotional schwierig für ihn gewesen. Er hatte hart bleiben wollen, und das war ihm gelungen, doch der schwierigste Schritt stand ihm jetzt bevor.

Es hatte ihn mehrere Jahre gekostet herauszufinden, wer die Person war, die für all das verantwortlich war, was ihm in seinem Leben widerfahren war. Ihm wäre nicht nur eine herzlose Pflegefamilie, die es nur wenige Jahre mit ihm ausgehalten hatte, erspart geblieben. Vor allem hätte er nicht den jahrelangen Horror im Ostseeblick erfahren müssen. Mit den unzähligen Misshandlungen und seelischen Verbrechen, die ihm angetan worden waren, und der schwierigen Zeit danach, als er nicht auf die Beine gekommen und immer weiter abgestürzt war.

Seine Mutter.

So nannte er sie nicht. Und empfand natürlich auch nicht so. Sie war zufälligerweise der Mensch, der ihn geboren hatte. Jemand, der sich selbst auch nicht als Mutter bezeichnen durfte. Jemand, der sich nicht einmal Mensch nennen sollte.

Sie war ein Monster. Definitiv. Wie anders konnte er sie denn sonst bezeichnen? Eine Frau, die ihr frisch geborenes

Baby an einem kalten Spätherbstmorgen vor dem Feuerwehrgebäude ihres Wohnorts abstellt und darauf hofft, dass es jemand rechtzeitig findet, bevor es erfriert oder verhungert. Welches menschliche Wesen konnte dazu fähig sein?

Als er vor einigen Jahren mehr durch Zufall dahintergekommen war, wer sie war, hatte das alles angefangen. In ihm war dieser Plan gereift. Dem Rachefeldzug hatte er nach und nach weitere Gesichter hinzugefügt. Das immer noch für ihn unfassbare Glück, eines Tages Hauke über den Weg gelaufen zu sein, hatte allerdings erst dafür gesorgt, dass sich seine Liste vollständig anfühlte.

In dem Moment, als er ihren Namen erfahren hatte, war er allerdings wie erstarrt gewesen.

Julia Stöver.

War das wirklich möglich?, war es ihm durch den Kopf geschossen. Die Frau, die ihn zur Welt gebracht und kurz danach einfach ausgesetzt oder, wie er es formulierte, wie Dreck weggeschmissen hatte, war eine der bekanntesten Personen Schleswig-Holsteins? Ernsthaft?

Wie zynisch war diese Frau bloß, ausgerechnet solch ein Amt zu bekleiden nach dem, was sie getan hatte? Es machte die Sache nur noch unbegreiflicher für ihn. Und schwieriger. Aus diesem Grund hatte er seinen langfristigen Plan noch sorgfältiger vorbereitet.

Er hatte sie verstehen wollen, sie beobachtet, war ihr gefolgt. Im realen Leben genauso wie in den sozialen Netzwerken oder in den klassischen Nachrichten. Aber sie war kaum greifbar und ihm vollkommen fremd geblieben.

Obwohl sie so sehr in der Öffentlichkeit stand, war es ihm bis heute einfach nicht gelungen, sich ein klares Bild von ihr zu machen. Über ihr Privatleben wusste er kaum etwas. Sie war weder verheiratet, noch schien sie einen Partner zu haben. Sie lebte für ihre Arbeit und war eine allgemein respektierte und beliebte Person. In einer anderen Welt hätte er sie vielleicht sogar sympathisch gefunden. Sie bewundert für das, was sie tat. Für wen sie sich engagierte und einsetzte. Aber in dieser Welt, in seiner Realität, hasste er sie dafür nur umso mehr. Wie konnte sie für so viele Menschen da sein, während sie ihr eigenes Kind nicht hatte haben wollen?

Es war nicht zu entschuldigen. Das Einzige, was ihn noch interessierte, war eine Erklärung. Er wollte wissen, weshalb ihr das Leben ihres offenbar einzigen Kindes egal gewesen war. Vielleicht würde er eine Antwort bekommen, aber er hatte nur wenig Hoffnung, dass sie ihm irgendetwas brachte. Seine Entscheidung war ohnehin gefallen: Sie musste sterben.

Langsam ließ er den Tesla ausrollen und parkte ihn im Niemannsweg am Seitenrand. Hier im Kieler Stadtteil Düsternbrook fiel er zwischen all den anderen teuren Wagen gar nicht auf. Die letzten Meter bis in die Bartelsallee, wo Julia Stöver in einer stattlichen Villa lebte, lief er zu Fuß.

So wie er es immer tat, ging er jetzt erst einmal in einiger Entfernung in Deckung, um die Lage zu checken. Er wollte sichergehen, dass er den richtigen Moment abpasste und niemand ihn dabei beobachtete, wie er sich Zutritt zum Haus verschaffte. Er wusste, dass ihr Haus besonders gut gesichert war, was es komplizierter und zeitaufwendiger machte.

Er duckte sich hinter einen parkenden Wagen, weil Scheinwerferlicht plötzlich die im Dunkeln daliegende Straße erhellte. Im nächsten Moment fuhr ein weißer BMW Z4 an ihm vorbei und bog in die Einfahrt von Julia Stövers Haus ein.

Was hatte das zu bedeuten? Angestrengt dachte er nach. Der weiße BMW, warum war er hier? Er kannte ihn. Jeder kannte ihn, zumindest in Grömitz. Nur was zum Teufel hatte er hier zu suchen? Bei der Frau, die nicht seine Mutter gewesen war.

Das Fragezeichen

»Um es noch einmal zusammenzufassen«, kam Morten zum Ende, »die Verbindung zu Anke Steffens könnte also auf der Hand liegen, der Ostseeblick muss im Fokus unserer Ermittlungen stehen. Dieses Heim ist der Schlüssel, der uns zum Täter führt. Jemand, dem Anke Steffens damals diese Dinge angetan hat, die man ihr vorwirft, rächt sich an ihr. Bei Alexander Clasen könnte man vermuten, dass das Motiv in seinen und Dirks Sanders geschäftlichen Beziehungen liegt. Auch hier spielt der Ostseeblick eine wichtige Rolle. Aber die Art und Weise, wie der Täter tötet, deutet aus meiner Sicht ganz klar darauf hin, dass es sich um einen Racheakt handelt. Woraus ich schlussfolgere, dass auch Alexander Clasen und Hauke Kröger einen Bezug zu diesem Heim haben müssen.«

»Außer dass Clasen in Grömitz gelebt hat, haben wir keinen einzigen Hinweis, der darauf hindeutet«, sagte Birger. »Ich gebe dir recht, dass die Taten eher auf einen persönlichen Hintergrund schließen lassen als auf kaltblütige Morde wegen nicht zurückgezahlter Schulden, aber bitte bedenke, dass die Vorwürfe aus diesem Heim mehr als zwanzig Jahre zurückliegen. Und wie du selbst gesagt hast, sind die anderen Beschuldigten gar nicht mehr am Leben.«

»Es muss etwas geben, da bin ich mir sicher«, blieb Morten beharrlich. »Als ich Barbara Wendt darüber informierte, dass Anke Steffens tot ist, habe ich die Verunsicherung in ihrem Blick gesehen. Sie weiß mehr, als sie mir verraten wollte. Oder zumindest ahnt sie etwas.«

»Du glaubst also, dass das hier noch nicht das Ende gewesen ist?«, fragte Birger. »Obwohl der Täter ein Zeichen gesetzt hat, indem er Kröger am Leben gelassen hat? Es könnte auch darauf hindeuten, dass er fertig ist. Oder denkst du, hier ist irgendetwas für ihn Unvorhergesehenes vorgefallen?«

»Weshalb er ihn verschont hat, weiß ich nicht. Aber wenn er gewollt hätte, wäre Kröger tot. Ob es noch weitere Opfer geben wird, kann nur er selbst beantworten. Ich würde es allerdings nicht ausschließen. Wer weiß schon, an wem er sich noch rächen will.«

»Angenommen, es wäre so«, sagte Birger, »dann müssten wir uns jeden einzelnen Namen vornehmen, um irgendeine Verbindung zu finden. Und wie du selbst vorhin gesagt hast, gibt es keine Liste mit Namen.«

»Ich habe viel von dir gelernt«, sagte Morten. »Allerdings nicht, den Kopf in den Sand zu stecken. Natürlich müssen wir alles überprüfen, und zwar so schnell wie möglich. Aber vielleicht müssen wir noch einmal durchgehen, was wir bislang wissen.« Er nahm einen Block aus einem Regalfach, riss einige Zettel ab und verteilte sie auf dem großen Glasschreibtisch.

Nachdem Hauke Kröger stabilisiert und ins Uniklinikum gebracht worden war, hatten sich Birger und Morten im Erdgeschoss in einen Raum, der offenbar das Arbeitszimmer war, zurückgezogen. Im Rest des Hauses hatten Seelhoff und seine Leute das Kommando übernommen. Ole wollte ein paar Telefonate führen und später zu ihnen stoßen. Es war Morten ganz recht, aber das ließ er sich nicht anmerken.

Mit einem dicken Stift, den er ebenfalls in dem modernen Designregal gefunden hatte, begann er Namen auf die Zettel zu schreiben. Sechs Opfer, von denen eines noch am Leben war. Außerdem Dirk Sander und der Unbekannte, den sie Rute nannten. Dazu ein großer, schlanker Mann – dieses Blatt legte er halb über das von Rute – und schließlich noch die Person, von der Frank Westphal ihm erzählt hatte. Er überlegte einen Moment, dann schrieb er auch den Namen Barbara Wendt auf.

»Fehlt noch jemand?«, fragte er.

»Der Mörder.«

»Richtig.« Er nahm einen weiteren Zettel und malte ein

großes Fragezeichen auf. Dann schob er ihn in die Mitte des Tisches und begann, alle anderen um den Täter herum zu verteilen.

»So funktioniert das nicht«, sagte Birger plötzlich. »Wenn es so ist, wie du vermutest, kannst du diese beiden Namen herausnehmen.« Er tippte auf Dirk Sander und Rute. »Was auch immer die beiden zu verbergen haben, es hätte dann nichts mit den Morden zu tun. Du hast es eben ja selbst gesagt, im Fokus steht dieses Heim. Es gehört hier also in die Mitte.«

Morten nickte. So hatte er es gewollt. Birger sollte das Gefühl haben, dass er ihn brauchte. Für wichtige Schlussfolgerungen oder zumindest, um ihn auf Fehler aufmerksam zu machen.

Er nahm Sander und Rute vom Tisch, schrieb stattdessen Ostseeblick auf ein leeres Blatt und tauschte es schließlich mit dem Fragezeichen aus.

»Ich weiß nicht, ob uns diese Anordnung weiterbringt«, sagte Birger nachdenklich.

»Das Fragezeichen gehört doch im Grunde in eine Reihe mit den Opfern«, sagte Morten, als wäre es ihm gerade erst eingefallen. »Es besteht bei den Toten ein Bezug zum Ostseeblick, das ist unsere These. Anke Steffens hat dort gearbeitet, das wissen wir. Wenn unsere Vermutung also stimmt, dass sich eines der mutmaßlichen Missbrauchsopfer an ihr gerächt hat, dann reden wir von einem heute vielleicht dreißig- bis vierzigjährigen Mann. Bei Clasen und Hauke Kröger fehlt uns noch die Verbindung, aber aufgrund des Alters können wir eigentlich ausschließen, dass sie ebenfalls dort gearbeitet haben. Clasen war damals gerade mal volljährig und Kröger ein Jugendlicher.«

»Ein Jugendlicher«, wiederholte Birger leise. »Genau wie der Täter?«

»Das wäre für mich die schlüssigste Erklärung«, sagte Morten. »Wir müssen dringend herausfinden, wer damals in diesem Heim –«

»Hauke Kröger hat als Kind mehrere Jahre im Ostseeblick verbracht. Du hattest also recht.«

Morten fuhr herum. Vor ihnen stand Ole, der sie mit ernster Miene ansah.

»Ich habe mit seiner Mutter telefoniert«, erklärte Ole weiter. »Besser gesagt mit seiner Adoptivmutter. Hauke Becker, wie er eigentlich hieß, wurde von dem kinderlosen Ehepaar Kröger 1997 aufgenommen und adoptiert. Er war insgesamt vier Jahre in dem Heim.«

»Die zweite Verbindung«, sagte Morten. »Es stimmt also wirklich.«

»Frau Kröger ist schon über achtzig und lebt in einem Pflegeheim in Ratzeburg. Aber sie ist noch sehr klar im Kopf, wenn auch sehr schockiert darüber, was passiert ist. Sie hat erzählt, dass die Zeit für Hauke im Ostseeblick wohl noch weitaus traumatisierender gewesen sei als die ersten Lebensjahre in seiner richtigen Familie. Er wurde wie andere Kinder dort auch sexuell missbraucht und musste körperliche und seelische Gewalt erleiden. Dass sie ihn dort herausgeholt hätten, wäre für ihn, aber auch für sie das größte Glück auf Erden gewesen. Hauke wäre ein wunderbarer Mensch.«

»Hast du ihr gesagt, dass seine Freundin tot ist?«, fragte Birger.

»Nein, das sollte sie nicht am Telefon erfahren. Eine Streife ist auf dem Weg zu ihr.«

»Welche anderen Kinder?« Morten griff noch einmal Oles Worte auf. Er spürte, dass sich sein Pulsschlag langsam erhöhte. Sie kamen dem Namen des Mörders immer näher. »Hat sie Namen genannt?«

»Ich habe sie gefragt, ob sie sich an Kinder erinnern kann, die Hauke erwähnt hat. Vielleicht welche, die ihn gemobbt haben, oder auch Freunde. Aber sie meinte, er hätte wenig erzählt, und wenn, dann nur über die Mitarbeiter. Der Name Anke Steffens rief die stärksten Emotionen bei ihr hervor. Jahrelang hätten sie alles versucht, diesen abscheulichen Skandal ans Licht und diese Menschen vor Gericht zu bringen. Aber immer wieder habe es Kräfte gegeben, die das verhindert hätten.«

»Was denn für Kräfte?«, fragte Birger argwöhnisch.

»Sie war sich sicher, dass jemand schützend seine Hand über die Beschuldigten gelegt haben muss und nicht wollte, dass aufgeklärt wird, was damals im Ostseeblick tatsächlich geschehen ist. Mehr konnte sie dazu allerdings nicht sagen.«

»Wir müssen Kröger zum Reden bringen«, sagte Morten. »Vielleicht sollten wir ihn mit den Namen der anderen Opfer konfrontieren. Anke Steffens dürfte auch bei ihm Reaktionen hervorrufen.«

»Willst du, dass er noch einmal so einen Anfall erleidet?«, fragte Ole.

Morten versuchte, seinen Blick zu fangen, aber er wich aus. Vielleicht war es schwer für Ole, dass er mit seinen Informationen aus dem Telefonat nur Mortens eigene Theorie bestätigte. Verständlich, dass seine Laune nicht gut war.

»Ich will in erster Linie verhindern, dass es zu einem weiteren Mord kommt«, antwortete er ruhig. Er trat wieder zum Schreibtisch, von dem sie sich ein Stück entfernt hatten, und tippte auf den Zettel, auf den er »Hauke Kröger« geschrieben hatte.

»Eigentlich gehört ab jetzt dieser Name in die Mitte. Er weiß nicht nur, was damals geschehen ist. Er kennt als Einziger auch den Namen des Täters. Ich finde es problematisch, ihn jetzt mit Samthandschuhen anzufassen, wenn wir dadurch weitere Menschenleben riskieren.«

»Und sein Leben zählt nichts?«, fragte Ole. »Du hast doch selbst aus nächster Nähe gesehen, wie sehr ihm die Konfrontation mit seiner Vergangenheit zugesetzt hat. Wie stellst du dir denn vor, ihn zum Reden zu bringen? Oder wenden wir neuerdings auch –«

Morten wollte Ole ins Wort fallen und ihm noch einmal eindringlich erklären, wie wichtig Kröger für sie war, um weitere Taten zu verhindern, als er das Vibrieren seines Handys in der Jackentasche hörte. Wie oft er dieses Gerät heute bereits verflucht hatte, konnte er gar nicht mehr sagen, aber er rief sich vor Augen, dass jeder Anruf und jede Textnachricht in diesen Minuten eine besondere Wichtigkeit hatte. Darum zögerte er auch nicht und zog das Telefon hervor.

Er erschrak augenblicklich, als er sah, dass Elif ihn anrief. Unmöglich konnte er das Telefonat hier vor allen annehmen. Er drückte den Anruf kurzerhand weg, entschuldigte sich dann bei den beiden Andresens und verließ den Raum.

Morten ging raus an die frische Luft und wählte ihre Nummer. Sein Herz schlug bis zum Hals. Die Anspannung, die der Fall mit sich brachte, war das eine. Aber ihre Stimme zu hören nach dem, was in den vergangenen fast vierundzwanzig Stunden geschehen war, machte ihn zugleich unbändig wütend.

»Danke, dass du sofort zurückrufst«, kam sie gleich zur Sache. »Ich habe keine Ruhe gefunden und den ganzen Tag über den Fall nachgedacht. Da war etwas, was mir gestern in Grömitz bei einem unserer Gespräche hängen geblieben ist.«

Sie wollte es also auf die professionelle Weise lösen. Keine Erklärungen. Kein Wort zu dem, was zwischen ihnen geschehen war und heute Morgen ein unrühmliches Ende gefunden hatte.

»Erinnerst du dich noch an unser Gespräch mit diesem Feuerwehrmann?«

»Natürlich«, antwortete Morten.

»Er erwähnte etwas, das mir sofort seltsam vorkam. Aber irgendwie habe ich nicht weiter nachgehakt, weil dann kurz darauf die Bürgermeisterin erschien.«

»Was meinst du?«

»Er redete davon, dass Clasen und seine Frau sich genommen hätten, was sie wollten. Ich habe das so verstanden, als bezöge er sich auf die Immobilien.«

»Ja, ich auch.«

»Anschließend hat er dann aber noch etwas gesagt, was dazu nicht so richtig passte. Er meinte, wenn sie etwas nicht wollten, würden sie es einfach wegschmeißen wie ein Stück Dreck. Ich denke schon die ganze Zeit darüber nach, was er damit gemeint haben könnte, aber ich verstehe es nicht. Hast du eine Ahnung?«

Morten stand mitten auf der Stresemannstraße. Um ihn herum zuckten die blauen Blitze zahlreicher Einsatzwagen und spiegelten sich in den Fensterscheiben der anliegenden Wohnhäuser. Der Sturm war heute Abend zu einem lauen Lüftchen abgeflaut, dafür war es kälter geworden. Doch der kalte Schauer, der ihm über den Rücken fuhr, hatte nichts mit den Temperaturen zu tun.

Hatten die Clasens etwa selbst einmal ein Kind weggegeben? Vielleicht nachdem sie es aus dem Ostseeblick aufgenommen hatten und es nicht ihren Erwartungen entsprochen hatte? Morten verspürte augenblicklich ein unangenehmes Gefühl in der Magengegend. Und Wut. War das also die Verbindung? Nur woher wusste Westphal davon?

Seine Gedanken waren plötzlich ganz klar, und doch fühlte sich alles in ihm so leer an wie nie zuvor.

Er hätte selbst darauf kommen können, vielleicht sogar müssen. Aber ihm war nicht einmal aufgefallen, was Westphal da gestern gesagt hatte. Auf einmal ergab alles einen Sinn. Sein Hass auf Clasen, den er offen gezeigt hatte. Sein Anruf, als ihm eingefallen war, dass er jemanden im Kurpark gesehen hatte, der ihm verdächtig vorkam. Nur ein Ablenkungsmanöver. Der Hinweis auf das Kinderheim und die Pläne von Clasen und Sander, einzig mit dem Ziel, eine weitere Spur zu legen, weil er wusste, dass sie ohnehin dahinterkämen, dass Anke Steffens im Ostseeblick gearbeitet hatte.

Westphal hatte mit ihnen Spielchen gespielt, während er Rache genommen und fünf Menschen brutal getötet hatte. Nein, korrigierte sich Morten. Er selbst hatte sich von ihm an der Nase herumführen lassen. Er ganz allein. Statt zu erkennen, mit wem er es zu tun hatte, war er davon überzeugt gewesen, in ihm eine glaubhafte Quelle zu haben. Sein Bauchgefühl, seine Menschenkenntnis, das kriminalistische Gespür, von dem er eigentlich überzeugt war, all das hatte versagt.

»Bist du noch dran?«

Morten hörte Elifs Worte, aber sie klangen, als wäre sie plötzlich ganz weit weg. Wie vom anderen Ende der Welt. Als hätte er sich Watte in die Ohren gestopft.

»Ja«, brachte er schließlich hervor. »Danke, dass du angerufen hast. Du hast uns sehr geholfen. Ich wünschte, das zwischen uns wäre nie passiert.«

Morten legte auf. Den letzten Satz hätte er sich sparen sollen, schoss es ihm sofort durch den Kopf. Andererseits konnte er einfach nicht so tun, als wäre nichts zwischen ihnen vorgefallen. Die Verletzungen, die sie ihm zugefügt hatte, saßen zu tief.

Hektisch tippte er auf seinem Handy herum und suchte nach einer Nummer. Als er sie gefunden hatte, wählte er sie sofort an. Es war, wie er befürchtet hatte. Der Anschluss, den er anrief, war tot.

Er steckte das Telefon wieder in seine Jackentasche und ging schnellen Schrittes zurück ins Haus. Als er im Arbeitszimmer ankam, sah er, dass die beiden Andresens über den Schreibtisch gebeugt standen und seine Zettel wahllos hin und her schoben. Schweigend stellte er sich neben sie.

»Wir brauchen die Namen nicht länger wenden und neu legen.« Morten nahm das Blatt mit dem Fragezeichen, drehte es um und griff dann nach dem Stift. Dann schrieb er in großen Buchstaben »Frank Westphal« auf und legte den Zettel zurück auf den Tisch.

»Ich befürchte, ich bin euch eine Erklärung schuldig.«

Al dente

Frank Westphal also.

Birger hatte sehr genau zugehört, als Morten ihnen berichtet hatte, was er wusste. Und somit auch, was er ihnen verschwiegen hatte. Er war jemandem auf den Leim gegangen, einem offenbar fünffachen Mörder, der möglicherweise noch immer nicht genug hatte.

Er konnte nicht einschätzen, ob Morten mit Vorsatz Informationen von Westphal zurückgehalten hatte oder nur erst mal die Entwicklungen abwarten wollte. Vielleicht hatte er auch einfach nur vergessen, es ihnen zu sagen. Klar war jedenfalls, dass Morten selbst nicht geahnt hatte, welche Rolle Westphal in diesem Fall spielte. Dass er der mutmaßliche Täter war, wovon er seit Elifs Anruf überzeugt war.

Nachdem auch Ida-Marie eingetroffen war, hatten sie sich kurz ausgetauscht und einige Aufgaben verteilt. Ole sollte alles über Frank Westphal in Erfahrung bringen, was auf die Schnelle möglich war. Ob und wann er als Kind im Ostseeblick gelebt, mit wem er Kontakt gehabt, was für ein Leben er später geführt hatte. Abgesehen davon, dass er offenbar Mitglied der Freiwilligen Feuerwehr war.

Sie hatten keine Zeit zu verlieren, denn es stand zu befürchten, dass er weitere Opfer im Visier hatte. Morten hatte eine Idee gehabt, die Birger nicht abwegig fand. Er hatte noch einmal das gestrige Gespräch mit Westphal vor dem Grömitzer Rathaus erwähnt, in dem er nicht nur seine Abneigung gegenüber Alexander Clasen deutlich zum Ausdruck gebracht, sondern auch von Barbara Wendt ein äußerst schlechtes Bild gezeichnet hatte. Seine Abneigung ihr gegenüber war in jedem seiner Worte zu hören gewesen. Und dann hatte Morten davon geredet, dass er Angst in ihren Augen gesehen hatte, als er sie auf den Tod von Anke Steffens angesprochen hatte.

Konnte es wirklich sein, dass die Bürgermeisterin von Grömitz Angst um ihr Leben hatte, weil sie etwas wusste? Über den Mörder, über Frank Westphal? Weil es bei ihr ebenfalls eine Verbindung zum Ostseeblick gab?

»Denkst du, sie könnte seine leibliche Mutter sein?«, fragte Birger, nachdem sie die meiste Zeit auf der Fahrt über die nachtdunkle A 1 geschwiegen hatten. Er hatte sich kurzerhand Morten angeschlossen, der unbedingt sofort noch einmal mit Barbara Wendt sprechen wollte. Nicht nur, weil auch er sich vorstellen konnte, dass sie potenziell in Gefahr war, er wollte auch ein Auge auf Morten werfen, um weitere Alleingänge zu verhindern. Dass er damit seinen Sohn vor den Kopf gestoßen hatte, nahm er in Kauf.

»Ich bin mir absolut sicher, dass Westphal der Täter ist«, sagte Morten. »Aber je länger ich darüber nachdenke, was er gestern zu Elif und mir gesagt hat, desto mehr komme ich ins Grübeln. Irgendetwas passt noch nicht zusammen. Als er davon sprach, dass sie es einfach wegschmeißen wie ein Stück Dreck, meinte Westphal damit zweifellos die Clasens. Wenn er in dem Heim gelebt hat, wurde natürlich auch er weggeschmissen wie Dreck. So fühlt er es zumindest. Vielleicht, weil sie eine Zeit lang seine Pflegeeltern gewesen waren, ehe sie ihn wieder zurück in den Ostseeblick gegeben haben. Und dann sollten wir davon ausgehen, dass er es auf diese Menschen abgesehen hat, die ihm das angetan haben. Aber um auf deine Frage zurückzukommen: Ja, ich kann mir vorstellen, dass Barbara Wendt seine Mutter ist. Vor allem, weil ich die Angst in ihren Augen gesehen habe. Aber eigentlich ist sie zu jung dafür.«

Birger nickte. Egal, welche Fehler Morten in den letzten Stunden gemacht oder was er falsch eingeschätzt hatte, er musste ihm zugestehen, dass er immer wieder neu und weiterdachte. Und wenn er ehrlich war, mittlerweile schneller als er selbst. Wenn er jetzt noch dazu beitragen konnte, dass Morten, Elif und Ole ein gutes Team bildeten, war ihm nicht bange um die Zukunft des Kommissariats 1 der Bezirkskriminalinspektion Lübeck.

Ohne ein weiteres Wort miteinander zu wechseln, fuhren sie von der Autobahn ab über die B 501 bis fast an den Strand südlich des Grömitzer Ortskerns. Unweit des Yachthafens wohnte Barbara Wendt in einem Neubau-Appartement. Ihre Wohnung lag in der obersten Etage, eine Art Penthouse mit wahrscheinlich traumhaftem Blick auf die Ostsee.

Es war halb neun, als sie an der Tür klingelten und warteten, dass Barbara Wendt sich über die Sprechanlage meldete oder direkt die Tür öffnete. Aber es tat sich nichts, und beim Blick hoch zu ihrer Wohnung deutete leider auch nichts darauf hin, dass sie zu Hause war. Alles war dunkel.

»Ist sie eigentlich verheiratet?«, fragte Birger. »Auf dem Klingelschild steht lediglich ihr Name.«

Morten fasste sich an die Schläfen. Ihm war etwas eingefallen, das Dirk Sander gesagt hatte. Das Gespräch mit ihm war am späten Vormittag gewesen, angesichts dessen, was seitdem passiert war, kam es ihm vor, als läge es bereits Tage zurück. Seitdem war er nicht mehr dazu gekommen, darüber nachzudenken, was Sander damit eigentlich gemeint hatte.

»Dirk Sander hat heute Morgen erwähnt, dass sich Barbara Wendt offiziell in einer Beziehung befindet«, sagte er. »Er klang so, als gäbe es bei ihr aber auch einen inoffiziellen Status, den er mir allerdings nicht verraten hat. Nun stelle ich mir die Frage, ob es sein kann, dass die Bürgermeisterin von Grömitz eine Scheinbeziehung führt, nur um zu verbergen, dass sie in Wirklichkeit mit jemand anderem zusammen ist.«

»Und ich frage mich allmählich, was in diesem Ort eigentlich los ist«, entgegnete Birger. »Aber unabhängig davon, glaubst du denn, das hat irgendetwas zu bedeuten?«

»Wir müssen sie finden, so schnell wie möglich«, blieb Morten beharrlich. »Sie könnte sich gerade bei ihrem offiziellen Lebensgefährten aufhalten oder, und das dürfte wohl wahrscheinlicher sein, bei ihrem tatsächlichen Partner.«

»Weshalb will sie denn nicht, dass jemand erfährt, wer ihr Freund ist?«, sagte Birger mehr zu sich selbst, um sich anschließend sofort eine Antwort zu geben. »Das kann eigentlich nur bedeuten, dass sie denkt, diese Person sei für ihr Amt nicht angemessen.«

»Mir fallen noch andere Gründe ein«, sagte Morten. »Gab doch früher genügend männliche Politiker, die schwul waren und trotzdem in Scheinehen lebten. Im Profifußball ist das heute noch so. Angeblich gibt es Agenturen, die Frauen an schwule Sportler vermitteln, damit nach außen hin nichts auffällt.«

»Du hast es eben selbst gesagt, die Zeiten, in denen Politiker oder Politikerinnen nicht zu ihrer Sexualität stehen, sind doch längst vorbei. Du hast Barbara Wendt erlebt, kam sie dir so vor, als würde sie verschweigen, dass sie auf Frauen steht?«

»Nein, um ehrlich zu sein, ganz und gar nicht«, antwortete Morten. »Das ist in der Tat der Punkt, der mich hieran irritiert.« Er nahm sein Handy und kramte einen Zettel mit einer Telefonnummer aus seiner Jackentasche hervor. »Ich rufe jetzt Sander an«, sagte er. »Er weiß, mit wem Barbara Wendt zusammen ist. Er muss uns den Namen nennen.«

»Dann hoffe ich mal, dass er mit dir spricht. Ich befürchte nämlich, dass Ole und ich ihn heute Nachmittag ziemlich wütend gemacht haben.«

»Wenn wir Westphal gefunden und hoffentlich einen weiteren Mord verhindert haben, können wir uns um ihn kümmern. Aber jetzt muss er uns erst einmal helfen.«

Morten blickte auf das Display seines Handys. Es war kurz nach halb neun. Der letzte Mord lag wahrscheinlich keine vier Stunden zurück. Die beiden anderen Taten waren jeweils nachts geschehen, innerhalb von vierundzwanzig Stunden. Westphal legte ein ungewöhnlich hohes Tempo vor.

»Wann hat jemals ein Serienmörder innerhalb so kurzer Zeit getötet?«, fragte Birger plötzlich, als könnte er Mortens

Gedanken lesen. »Er muss übermüdet und gestresst sein. Kein Mensch hält die Konzentration und diesen Druck auf Dauer aus. Mit Sicherheit steht er kurz davor, einen Fehler zu machen oder schwach zu werden. Das kann ein Vorteil für uns sein, aber wir sollten die Gefahr, dass er unberechenbar wird, nicht unterschätzen. Selbst wenn er alles haarklein geplant hat, hat er jetzt einen Punkt erreicht, an dem er sich in einem Ausnahmezustand befindet.«

»Ja, das macht es nicht einfacher«, sagte Morten. »Umso dringender müssen wir ihn finden.« Er trat zur Seite und tippte die Nummer ein. Nach dem zweiten Klingeln meldete sich Dirk Sander.

»Morten Sandt, Kripo Lübeck. Wir haben uns gestern in diesem Café in Grömitz unterhalten. Und heute Morgen war ich noch einmal bei Ihnen, ich hoffe, Sie erinnern sich.«

»Natürlich erinnere ich mich. Aber vor allem habe ich Ihre unverschämten Kollegen vor Augen, die am Nachmittag hier waren. Das wird noch ein Nachspiel haben.«

»Wir alle sollten angesichts der schrecklichen Ereignisse der letzten Tage möglichst ruhig bleiben«, sagte Morten beschwichtigend. »Unser Fokus liegt darauf, einen mittlerweile fünffachen Mörder zu finden. Ich denke, da ist es vollkommen normal, dass wir uns mit Ihnen unterhalten.«

»Unterhalten?«, platzte Sander heraus. »Sie sind ja ein Witzbold. Ihre Kollegen haben mir unterstellt, ich sei die Person, die Sie suchen.«

»Mir geht es um etwas ganz anderes«, sagte Morten, ohne auf Sanders Kommentar einzugehen. »Ich habe eine einfache Frage an Sie, auf die wir sehr dringend eine Antwort brauchen. Bei unserem Gespräch heute Morgen erwähnten Sie, dass Barbara Wendt in einer offiziellen Beziehung leben würde. Sie müssen uns die Namen nennen. Den des offiziellen Partners, aber auch den des inoffiziellen. Und wenn Sie nicht antworten, werden meine Kollegen dafür sorgen, dass die Staatsanwaltschaft einen Haftbefehl gegen Sie ausstellt. So wie ich es verstanden habe, gibt es genügend Anhaltspunkte, die das zuließen.«

»Weshalb sollte ich …?« Sander brach kurz ab, ehe er weiterredete. »Das ist komplett lächerlich. Ich habe nichts mit dieser Sache zu tun.«

»Wir brauchen diese Namen«, wiederholte Morten. »Wir könnten dank Ihnen weitere Morde verhindern.«

»Ich habe ihr versprochen, niemandem etwas zu verraten.«

»Die Person, mit der sie die offizielle Beziehung führt, dürfte kein Geheimnis sein«, hakte Morten nach.

»Nein, das stimmt«, antwortete Sander. »Sie hat eine Art Agreement mit einem alten Schulfreund von ihr geschlossen. Mario Carnevale, er besitzt das ›Al dente‹, eines der besten italienischen Restaurants an der Küste.«

»Was hat dieser Carnevale davon?«, fragte Morten misstrauisch.

»Keine Ahnung, das müssen Sie Barbara …« Sander stockte. »Nein, das sollen Sie natürlich nicht. Dann wüsste sie ja, dass ich sie verraten habe. Verdammt, ich habe schon viel zu viel gesagt.«

»Nein, das haben Sie noch längst nicht«, sagte Morten unmissverständlich. »Das hier ist eine absolute Ausnahmesituation. Wir brauchen den anderen Namen. Ihnen muss klar werden, wenn Sie uns nicht sagen, mit wem Barbara Wendt ein Verhältnis hat, wird sie das nicht überleben.«

»Sie haben doch überhaupt keine Ahnung.« Sander klang jetzt beinahe verzweifelt. »Andernfalls würden Sie verstehen –«

»Sie wollen also wirklich, dass sie stirbt?«, unterbrach Morten ihn.

»Ich will einfach nur …« Er suchte offenbar nach den richtigen Worten. »Versprechen Sie, dass niemand erfährt, dass ich Ihnen das gesagt habe?«

»Natürlich«, antwortete Morten und biss sich bei seiner Lüge auf die Lippen. Niemals konnte er ein solches Versprechen geben.

»Sie wird mich dafür hassen«, seufzte Sander.

»Besser, als wenn sie tot ist, oder?«

Es entstand eine kurze Pause. Sander schien sich noch einmal zu sammeln, dann rückte er endlich mit dem Namen raus. »Das Ganze ist noch ziemlich frisch«, sagte er zögerlich. »Aber Barbara hat ein Verhältnis mit Julia Stöver.«

»Julia Stöver?«, wiederholte Morten leise. Er stutzte sofort. Der Name war ihm bekannt, nur woher? Er massierte erneut seine Schläfen, dann fiel der Groschen.

Geblendet

Kurz hinter Plön legte Birger sein Handy zum ersten Mal beiseite, nachdem sie in Grömitz losgefahren waren. Ununterbrochen hatte er telefoniert. Zuerst mit Ida-Marie, nachdem er Ole nicht erreicht hatte. Sie hatten vereinbart, alle verfügbaren Kräfte zu mobilisieren. Auch ein MEK musste schnellstmöglich angefordert werden. Solange die Gefahrenlage allerdings noch unklar sei, sollten sie sich zurückhalten, hatte Birger gewarnt. Ohnehin wäre es besser zu warten, bis Morten und er vor Ort waren. Zuletzt und unabhängig von dem Einsatz in Kiel hatten sie sich darauf verständigt, eine Großfahndung nach Frank Westphal in Schleswig-Holstein auszurufen.

Als Nächstes hatte er mit einem Kollegen der Kripo Kiel gesprochen, um die Vorgehensweise und Verantwortlichkeiten abzusprechen. Birger hatte darum gebeten, die Ermittlungen leiten zu können, auch wenn sie sich auf Kieler Stadtgebiet befanden. Sie würden sich mit dem Einsatzleiter der örtlichen Polizeidirektion absprechen.

Sein Bekanntheitsgrad und die Erfahrung aus mehr als dreißig Jahren bei der Kripo kamen ihm in solchen Momenten zugute. Wohl kaum jemand wagte es, ihm zu widersprechen.

Zuletzt hatte er dann noch kurz mit dem Kieler Einsatzleiter telefoniert und abgesprochen, alle Kräfte möglichst unauffällig zu positionieren und gleichzeitig alle Zugangsstraßen und -wege in Richtung Bartelsallee zu sperren.

Als sie den Kieler Kollegen mitgeteilt hatten, dass es wohl zu einem Polizeieinsatz im Haus von Julia Stöver kommen konnte, hatten sie die entsprechende Adresse im Stadtteil Düsternbrook postwendend erhalten. Der Wohnsitz der Ministerin für Soziales, Jugend, Familie, Senioren, Integration und Gleichstellung des Landes Schleswig-Holstein war, wie bei wahrscheinlich allen Kabinettsmitgliedern, natürlich polizeibekannt.

Weder Birger noch Morten hatten ein Bild der Politikerin vor Augen, obwohl sie bereits in der zweiten Legislaturperiode im Amt war. Birger hatte ihren Namen gegoogelt und Fotos einer stilvoll gekleideten Frau mit langen schwarzen Haaren und großen dunklen Augen gefunden. Es wunderte ihn, dass sie ihm noch nie aufgefallen war, aber die Landespolitik war nie etwas gewesen, für das er sich sonderlich interessiert hatte.

Mit achtundfünfzig war sie wahrscheinlich ein paar Jahre älter als Barbara Wendt, aber wäre er nicht in einem Onlinezeitungsartikel über ihr Alter gestolpert, hätte er sie wahrscheinlich zehn Jahre jünger geschätzt. Es war ein Bericht über ihren unermüdlichen Einsatz für sexuell missbrauchte Frauen.

»Wir müssen davon ausgehen, dass er es auf beide abgesehen hat«, unterbrach Morten seine Gedanken. »Zumindest wenn er seiner bisherigen Vorgehensweise treu bleibt.«

»Mit der Ausnahme Hauke Kröger«, sagte Birger nachdenklich. »Etwas, das ich noch nicht verstehe. Was kann der Grund dafür sein, dass er ihn am Leben gelassen hat? Weil er sein Leidensgenosse war? Ein enger Freund?«

»Davon gehe ich aus.«

»Aber weshalb tötet er dann seine Lebensgefährtin? Warum dieser Denkzettel, wie du es nanntest?«

Morten kam nicht mehr dazu, seine Vermutung näher zu erläutern, weil Birgers Handy klingelte. Es war Ole, auf dessen Anruf sie schon gewartet hatten.

»Na endlich, wo hast du denn gesteckt?«, meldete sich Birger genervter, als er eigentlich wollte. Er stellte die Lautsprecherfunktion ein, sodass Morten mithören konnte. »Hast du gehört, wovon wir ausgehen müssen?«

»Natürlich, ich bin mittlerweile selbst auf dem Weg nach Kiel.«

»Das ist gut«, sagte Birger. »Sag uns, wie du darüber denkst. Ist Julia Stöver das finale Ziel von Westphal? Weil sie seine leibliche Mutter ist?«

»Bachmann«, sagte Ole. »Jens Bachmann.«

»Bitte?«

»Es gibt keinen Frank Westphal«, erklärte Ole weiter. »Der Mann, den wir suchen, heißt Jens Bachmann. Er ist vierzig Jahre alt, ledig und seit Jahren arbeitslos. Allerdings hat er sich, wie wir von Morten schon wissen, bei der Freiwilligen Feuerwehr engagiert.« Er holte tief Luft, als wäre das, was er noch zu sagen hatte, besonders schwer verdaulich.

»Als kleines Baby wurde Bachmann ausgesetzt. An einem kalten Herbsttag hat ihn jemand – wahrscheinlich seine leibliche Mutter – vor dem Feuerwehrgebäude in Grömitz in einem Wäschekorb abgestellt, lose zugedeckt mit einer Wolldecke. Es folgten Jahre, in denen dieses Kind in verschiedenen Kinderheimen Ostholsteins untergebracht war. Zweimal auch in Pflegefamilien, aber jedes Mal hielt es nicht lange, und er musste wieder woandershin. 1990 kam er dann schließlich in den Ostseeblick.«

Mit gedämpfter Stimme fuhr Ole nach einer kurzen Pause fort. »Es war der Tag, an dem der Horror für ihn so richtig begann. Die Mutter von Hauke Kröger hat mir ja bereits davon berichtet, wie grauenhaft nicht nur die Bedingungen, sondern vor allem die Übergriffe durch die Angestellten gewesen sind. Ich befürchte aber, es war alles noch viel schlimmer. Jens Bachmann hat ein Martyrium durchlaufen, das in Worten nicht zu beschreiben ist. Er wurde fast täglich sexuell missbraucht oder psychisch an die Grenze des Erträglichen gebracht. Und wohl auch darüber hinaus. Eine systematische Zerstörung eines Kindes durch eine Handvoll Menschen. Wobei Bachmann natürlich nicht der Einzige war, der diese Qualen erleiden musste. Die Dunkelziffer dürfte hoch sein.«

»Klingt einfach unfassbar.« Birger musste tief durchatmen und versuchte, Oles Worte nicht zu tief einsickern zu lassen.

Je älter er wurde, desto mehr belasteten ihn vor allem Verbrechen gegenüber Kindern.

»Mit achtzehn wurde er dann schließlich in die freie Welt entlassen, wo es allerdings auch nicht besser für ihn wurde. Soweit ich herausfinden konnte, hat er einige Jahre auf der Straße gelebt, bevor er irgendwann eine kleine Wohnung in Grömitz bezogen hat. Wie er sich finanziell über Wasser gehalten hat, weiß ich nicht. Wahrscheinlich über ein paar Aushilfsjobs. Aber er muss sich fortlaufend am Existenzminimum bewegt haben. Trotzdem ist er in all den Jahren kein einziges Mal polizeilich in Erscheinung getreten.«

»Nicht schlecht«, nutzte Morten die Chance dazwischenzugehen, als Ole kurz Luft holte. »Wie hast du es denn geschafft, in der Kürze der Zeit diese ganzen Informationen zu sammeln?«

»Es war einfacher, als es sich anhört«, antwortete Ole. »Ein paar Informationen habe ich von jemandem aus der Freiwilligen Feuerwehr in Grömitz bekommen. Aber das meiste stammt gewissermaßen aus erster Quelle. Kurz nachdem ihr losgefahren seid, hat sich das Klinikum gemeldet. Sie sagten, Hauke Kröger wäre wieder bei Bewusstsein und würde reden. Ich bin sofort hingefahren und habe mit ihm gesprochen.«

»Und er hat alles bereitwillig erzählt?«, fragte Morten überrascht. »Ich hatte das Gefühl, er hätte einen schweren Schock erlitten.«

»Es war durchaus schwierig«, sagte Ole. »Er musste immer wieder abbrechen und sich beruhigen. Das Personal war kurz davor, die Befragung abzubrechen, aber Kröger wollte unbedingt alles erzählen, was er wusste. Er und Bachmann waren damals im Heim offenbar eng befreundet. Sie waren wie Brüder, haben in der täglichen Hölle alles miteinander geteilt und sich gegenseitig Mut zugesprochen. Bis Kröger eines Tages mit fünfzehn zu einer Pflegefamilie nach Lübeck kam und Bachmann zurücklassen musste. Diese Familie, die ihn später adoptiert hat, war sein großes Glück, die besten und liebevollsten Eltern, die man sich vorstellen konnte. Er hat eine zweite Chance bekommen. Allerdings geschah das damals wohl so kurzfristig, dass Kröger sich nicht einmal von Bachmann verabschieden konnte. Etwas, das Kröger viele Jahre zu schaffen gemacht hat. Tatsächlich hat er ihn danach nie wieder gesehen.«

»Bis zum heutigen Tag«, sagte Birger leise.

»Bachmann hat Kröger ganz genau erzählt, dass er ihn eines Tages mitten in der Stadt entdeckt hat. Das muss wohl vor etwa zwei Jahren gewesen sein. Seitdem hätte Bachmann ihn immer wieder heimlich beobachtet und irgendwann dann seinen Racheplan geschmiedet. Bis er heute Abend plötzlich vor seiner Tür stand. Aber nicht allein, sondern mit Franziska Noack, Krögers Lebensgefährtin, die er zuvor offenbar irgendwo auf der Straße überwältigt hatte. Anschließend musste Kröger dann allerdings doch abbrechen, als ich ihn fragte, ob seine Freundin überhaupt eine Chance gehabt habe, am Leben zu bleiben.«

»Hat er irgendetwas zu dem Motiv von Bachmann gesagt?«, hakte Birger nach. »Weshalb wollte er sich an Kröger rächen, wenn die beiden sich damals im Heim doch so nahestanden?«

»Er hat ihm vorgeworfen, niemals versucht zu haben, ihn nach dieser Zeit im Ostseeblick aufzuspüren und sich für sein Leben zu interessieren. Er habe Bachmann vergessen und nie wieder auf diese Zeit zurückgeschaut. Kröger war den Tränen nah, als er zugab, dass es leider genauso war.«

»Aber Bachmann hat ihn am Leben gelassen«, sagte Morten. »Also stellt er etwas ganz Besonderes für ihn dar.«

Ole sagte nichts.

»Bist du noch dran?«, fragte Birger nach einigen Sekunden.

»Ja, Bachmann sieht in Kröger so etwas wie seinen Bruder im Geiste«, antwortete Ole schließlich. »Und das Verrückte ist, Kröger hat es wahrscheinlich die ganze Zeit geahnt.«

»Was meinst du?«

»Ich hatte mich schon bei ihm bedankt und verabschiedet, als er sich noch einmal räusperte und dem Pflegepersonal ein Zeichen gab, noch etwas Wichtiges sagen zu wollen.«

»Spann uns nicht auf die Folter!«

»Kröger seufzte und stöhnte zugleich, er suchte nach den richtigen Worten, bis sie dann plötzlich einfach über seine Lippen kamen. Kurz bevor sein Adoptivvater vor knapp einem Jahr starb, hat er ihm etwas verraten, das eigentlich niemand wissen durfte, schon gar nicht Kröger und Bachmann. Aber sein Vater hatte es irgendwie herausgefunden, wahrscheinlich schon damals, als sie Hauke aus dem Ostseeblick zu sich nach Hause geholt hatten.«

»Und was?«, drängte Birger.

»Er hatte mit Hilfe eines Privatdetektivs in Erfahrung gebracht, dass Hauke Kröger ein zweieiiger Zwilling ist und sein Bruder ebenfalls im Ostseeblick untergebracht war. Aber das war noch nicht alles, er kannte nämlich auch den Namen ihrer leiblichen Mutter. Julia Stöver.«

Birgers Blick verlor sich in den Lichtern entgegenkommender Autos, die die Gebäude rechts und links der B 76 beleuchteten. Als wäre dieser Fall nicht schon grausam, tragisch und verworren genug, stellte sich nun auch noch heraus, dass der Täter und eines seines Opfer Zwillingsbrüder waren. Und ihre Mutter, die vor vierzig Jahren aus welchen Gründen auch immer ihre frisch geborenen Babys ausgesetzt hatte, war niemand Geringeres als die Familienministerin Schleswig-Holsteins. Die sich in diesem Moment mit hoher Wahrscheinlichkeit in tödlicher Gefahr befand.

Er schloss die Augen. Nicht nur, um von den Lichtern nicht länger geblendet zu werden. Er musste die Worte seines Sohnes erst einmal sacken lassen. Und so wie er es eben aus den Augenwinkeln wahrgenommen hatte, ging es Morten ganz genauso.

Euch

Er stand auf dem Treppenabsatz und wartete, dass sie auf sein Klingeln die Tür öffnete. Seinen Plan, unbemerkt in das Haus einzusteigen, hatte er kurzerhand verworfen. Warum sollte er die Sache verkomplizieren? Genauso gut konnte er es auch zu Ende bringen, indem er sie direkt an der Haustür konfrontierte und dann rasch überwältigte. So hatte es heute schließlich schon einmal funktioniert.

Dass ihm im Eingangsbereich zwei angebrachte Kameras folgten, hatte er registriert. Er würde sie einfach zerstören und die aufgezeichneten Sequenzen löschen, wenn er hier fertig war.

Warum bloß war er eigentlich so gefasst? Weshalb schlug sein Herz nicht heftiger? So wie am frühen Abend, als er vor Haukes Tür gestanden hatte. Aber zu seiner eigenen Überraschung war er vollkommen ruhig. Der Augenblick war endlich gekommen, und er fühlte sich nicht überfordert, er empfand gerade einfach gar nichts. Selbst die Wut, die ihn jahrelang angetrieben hatte, schien komplett verschwunden.

Die Tür bewegte sich. Es war also so weit. Doch sein Puls reagierte noch immer nicht. Kein Zittern, kein Pochen in den Schläfen, auch keine Angst davor, im entscheidenden Moment zu versagen. Etwas, das ihn sehr beschäftigt hatte. Würde er Skrupel haben, seine Mutter, die sie nicht war, zu töten? Doch seine Befürchtung war offenbar völlig unbegründet gewesen. Ob sich seine Gefühle ändern würden, wenn sie sich in die Augen sahen?

Noch konnte er die Frage nicht beantworten, denn vor ihm stand jemand anders. Die Frau mit dem weißen BMW Z4. Die Person, die er hier nun überhaupt nicht erwartet hatte.

Barbara Wendt schrak zurück, als sie ihn sah. Ihre Gesichtszüge entglitten. Wenn er überrascht gewesen war, als sie mit ihrem Wagen vorfuhr, dann war sie jetzt regelrecht schockiert.

»Was wollen Sie denn hier?«, brachte sie zögerlich über ihre Lippen, nachdem sie sich wieder etwas gefangen hatte. Von ihrem selbstbewussten und über alles erhabenem Auftreten, das sie sonst an den Tag legte, war nichts mehr übrig. Ahnte sie etwa, weswegen er hier war? Eigentlich war das unmöglich.

»Ich würde gerne mit Frau Stöver sprechen.«

»Und weshalb?«

»Wir müssen etwas Persönliches klären.« Er warf einen Blick über seine Schulter. In der Dunkelheit war niemand zu sehen. Kein Fußgänger und auch kein Auto.

»Woher kennen Sie sie denn bitte schön?«

»Das geht Sie nichts an«, antwortete er gereizt. »Ich würde gerne von Angesicht zu Angesicht mit ihr reden.«

»Ich habe keine Ahnung, was Sie hier zu suchen haben und weshalb Sie mit Julia sprechen wollen, aber ich glaube nicht, dass das heute Abend noch eine gute Idee ist.«

Hatte sie gerade Julia gesagt? Sie kannten sich also gut. Nur woher? Eine Verbindung zwischen ihnen hatte er überhaupt nicht auf dem Schirm gehabt. Aber wundern täte es ihn nicht, wenn die beiden miteinander befreundet wären.

»Ich bin nicht hierhergekommen, um mich von Ihnen abspeisen zu lassen«, sagte er schließlich, merkte aber, dass seine Worte schwach klangen.

»Denken Sie etwa, ich weiß nicht, wer Sie sind?«, fragte Barbara Wendt plötzlich mit scharfer Stimme. »Jeder in Grömitz erzählt diese Geschichten über Sie.«

»Was meinen Sie damit?« Er fühlte sich vollkommen überrumpelt von ihrem Vorstoß. Mit einem Mal spürte er doch etwas. Es war nicht das, was er erwartet hatte. Etwas ganz anderes machte sich in ihm breit, nämlich Verunsicherung. Was wusste diese Frau über ihn? Und welche Geschichten meinte sie?

»Sie machen den Menschen Angst«, redete sie weiter und

trat wieder einen Schritt vor. »Ich werde immer wieder auf Sie angesprochen, weil die Leute glauben, Sie stellen ihnen nach. Selbst die Kollegen aus der Feuerwehr haben sich bei mir beschwert. Ich kenne Ihre Vergangenheit. Deshalb habe ich mich immer vor Sie gestellt, aber wenn Sie bei einer Ministerin unseres Landes am späten Abend vor der Haustür stehen und ein Gespräch mit ihr verlangen, frage ich mich, ob ich nicht viel früher hätte eingreifen müssen.«

»Eingreifen?« Er lächelte nervös.

»Was ist denn hier los?« Plötzlich vernahm er eine laute Stimme aus dem Hintergrund. Er erkannte sie sofort. Immerhin hatte er sich zahllose Videos im Internet angesehen, in denen sie als Politikerin in Interviews oder Vorträgen zu sehen gewesen war. Zumindest ihre Stimme war ihm mehr als vertraut.

»Nur jemand, der etwas verkaufen möchte«, sagte Barbara Wendt mit ruhiger Stimme. »Ich habe ihn abgewimmelt.« Sie sah ihn jetzt aus eisigen Augen an und bedeutete ihm unmissverständlich zu gehen.

Er war ganz klar im Kopf gewesen und hätte das Gespräch noch eine Weile weiterführen können, aber innerhalb weniger Sekunden verstand er, dass sich die Situation hier nicht gut entwickelte. Er musste etwas tun, bevor er die Kontrolle verlor.

Angestrengt versuchte er, sich in den Modus der vergangenen achtundvierzig Stunden zu versetzen. Er war komplett fokussiert gewesen. Hatte sich durch nichts und niemanden aus der Ruhe bringen lassen. Hatte sogar noch die Kripo mit Informationen versorgt, die ihm mehr Zeit brachten. Es durfte nicht sein, dass er jetzt, kurz vor dem Ziel, schwach wurde.

Er nickte, trat einen Schritt zurück, als wendete er sich ab. Doch stattdessen zog er eine Tüte aus seiner Jackentasche und stürzte nach vorn. Seitlich mit dem Unterarm versetzte er Barbara Wendt einen heftigen Schlag ins Gesicht. Noch während sie zu Boden ging, stülpte er ihr die Tüte über den Kopf und zog die Kordel fest.

Als er wieder hochblickte, stand sie plötzlich vor ihm. Die Frau, die ihn nicht haben wollte. Obwohl er ihr Fleisch und Blut war. Zum ersten Mal seit vierzig Jahren sah sie ihrem Sohn wieder in die Augen, schien allerdings gar nicht zu verstehen, wer er war.

Sie war vollkommen entsetzt, keine Frage. Aber nicht, weil sie ihn erkannte, sondern weil zu seinen Füßen Barbara Wendt verzweifelt um Luft rang und sie selbst offenbar Todesangst verspürte. Im nächsten Moment drehte sie sich um und rannte die Treppe hinauf ins obere Stockwerk.

Er warf die Haustür hinter sich zu und schleifte die Bürgermeisterin an ihrem rechten Arm weiter ins Haus. Bislang waren alle seine Opfer vor Schock wie erstarrt gewesen. Niemand hatte sich zur Wehr gesetzt oder versucht davonzulaufen. Er musste jetzt einen kühlen Kopf bewahren, aber wahrscheinlich hatte sie sich in irgendeinem Zimmer eingeschlossen, um den Notruf zu wählen, was wiederum bedeutete, dass er kaum Zeit hatte für das, was er tun musste.

Hektisch half er Barbara Wendt auf die Beine, was angesichts ihrer Größe schwerer als gedacht war, und riss ihr die Tüte wieder vom Kopf. Augenblicklich japste sie nach Luft, ehe sie husten musste. Dafür war jetzt keine Zeit. Unsanft schob er sie die Treppe hinauf.

»Rufen Sie sie, los!«, zischte er, als sie fast oben angelangt waren. »Und sagen Sie ihr, sie soll sofort herauskommen, andernfalls sehen Sie beide sich nie wieder.«

»Nicht, bevor Sie gesagt haben, was Sie von ihr wollen.« Barbara Wendt blieb stehen und sah ihn herausfordernd an.

Er spürte, dass die Wut in ihm immer mehr hochkochte. Was erlaubte sich diese Frau, hier die Regeln zu bestimmen? Er packte sie an den Haaren und versuchte, sie die letzten Stufen hochzuziehen. Aber sie wehrte sich, wand ihren Körper und stieß immer wieder lauthals Flüche aus.

»Hören Sie auf!«, schrie er sie an.

Aber das Gegenteil war der Fall. Mit aller Kraft versuchte

sie sich von ihm loszureißen. Er spürte, dass er ihre Haare nicht länger greifen konnte. Sie glitten ihm aus der Hand. Augenblicklich verlor Barbara Wendt den Halt. Unter lautem Poltern rutschte sie die Treppe hinunter und schlug mehrfach mit dem Kopf auf die Holzstufen auf. Auf dem Fliesenboden des unteren Stockwerks blieb sie regungslos liegen.

Auf einmal war alles ganz ruhig im Haus. Einige Sekunden vergingen, in denen er überlegte, wieder hinunterzugehen und nach ihr zu sehen, doch dann entschied er sich dagegen. Es war ihm schlichtweg egal, was mit ihr passierte. Er musste sich einzig und allein um sich selbst und die Frau, die sich hinter einer der Türen auf diesem Flur befand, kümmern.

Langsam ging er über den Gang und horchte, ob er irgendein Geräusch wahrnahm, aber es war mucksmäuschenstill. Die meisten Türen standen weit offen oder waren zumindest nur angelehnt. Aber die ganz hinten war geschlossen. So wie die Räume angeordnet waren, schätzte er, dass es sich um das Badezimmer handelte.

Er trat ganz nahe heran und überlegte kurz, sich gegen die Tür zu stemmen, um sie aufzubrechen. Doch stattdessen ging er in die Hocke und setzte sich dann im Schneidersitz auf den Boden. Vielleicht war es besser, ihr nicht in die Augen zu blicken, während er seine Fragen stellte, die ihm noch unter den Nägeln brannten.

»Ich sitze vor der Tür«, sagte er mit ruhiger Stimme. »Können wir reden?«

Sie antwortete nicht.

»Wahrscheinlich bist du als Ministerin gewohnt, dass dich die Leute siezen, aber ich duze dich«, fuhr er fort. »Ich darf das nämlich.«

Noch immer keine Reaktion.

»Willst du nicht wissen, weshalb ich das darf?« Er wartete kurz, doch es kam keine Antwort.

»Ich schätze, du hast bereits eine Vermutung, aber ich helfe dir gerne auf die Sprünge. Liegt ja auch alles schon vierzig

Jahre zurück. Und bestimmt erinnerst du dich nicht gerne daran. Aber du kannst mir glauben, mir geht es nicht anders. Es gibt nur einen klitzekleinen Unterschied zwischen uns. Während du dein Leben weiterführen konntest, als wäre nichts passiert, war meines von dem Tag an, als du mich verstoßen hast, verloren. Zerstört, bevor es überhaupt richtig begonnen hatte. Wie alt war ich? Du weißt es am besten. Eine Woche? Drei Tage? Oder hast du mich direkt am Tag der Geburt ausgesetzt?«

Wieder hielt er kurz inne, in der Hoffnung, sie würde ihm antworten, aber sie schwieg weiterhin. Er malte sich aus, was in ihrem Kopf vor sich ging. Konnte sie vor Schock nicht reden? Oder war sie vorbereitet, weil sie all die Jahre damit gerechnet hatte, dass dieser Tag irgendwann kommen würde?

»Möchtest du wissen, was ich in den letzten vierzig Jahren erlebt habe?«

Stille.

»Eine Mutter sollte das doch interessieren«, sagte er. »Also eine normale Mutter, nicht so ein Monster, wie du es bist. Eine normale Mutter hätte ihr Baby natürlich auch gar nicht erst … Aber lassen wir das, mein Leben war eine einzige Tortur. In diesem Heim, in dem ich groß geworden bin, wurde ich jahrelang missbraucht und geschlagen. Sie haben uns sogar Kartoffelsäcke über den Kopf gezogen, damit sie unsere panischen Augen nicht sehen mussten. Als ich endlich frei war, habe ich auf der Straße gelebt, hatte kein Geld und nie einen richtigen Job. Ich habe zu viel getrunken und Drogen genommen. Bis heute bin ich schwer tablettenabhängig. Klingt alles nicht so schön, oder?«

Er seufzte und schüttelte den Kopf. Warum erzählte er ihr das alles eigentlich? Hätte er ihr je etwas bedeutet, wäre es ein Leichtes für sie gewesen, ihn zu finden. Er könnte sein Martyrium bis ins kleinste Detail erzählen, aber es würde wahrscheinlich gar nicht zu ihr durchdringen.

»Weißt du, wie ich dahintergekommen bin, dass du meine

leibliche Mutter bist?«, setzte er dennoch ein weiteres Mal an. »Das war gar nicht so einfach. Ich musste mit Leuten reden, die ich in meinem Leben eigentlich nicht mehr wiedersehen wollte. Und ihnen auch noch ein paar Gefallen tun, damit sie sich überhaupt meinen Fragen stellten. Aber selbst das brachte mich nicht weiter, die entscheidenden Antworten konnten oder wollten sie mir nicht geben. Bis ich eines Abends vor ziemlich genau vier Jahren mal wieder in einer Bar in Grömitz versunken bin und mit einem älteren Mann ins Gespräch kam, der neben mir an der Theke saß. Es stellte sich heraus, dass er früher als Privatdetektiv gearbeitet hat. Ein Wort ergab das andere, und ich erzählte ihm immer mehr von meinem Leben. Es waren seine Fragen, die mich plötzlich stutzig machten. Ich hatte das Gefühl, er würde mich kennen. Oder zumindest meine Geschichte. Irgendwann hat er dann immer mehr preisgegeben, wohl weil er noch besoffener war als ich. Ich habe keinen Schimmer, wie er damals an seine Informationen gekommen ist, aber er wusste einfach alles. Über mich und über dich. Darüber, was du getan hast.«

Er machte eine bedeutungsvolle Pause, redete dann allerdings schnell weiter. »Ich hatte plötzlich deinen Namen schwarz auf weiß. Verstehst du, was das für mich bedeutete? Und als ich dann auch noch herausgefunden habe, wer du bist, konnte ich es gar nicht glauben. Eine der bekanntesten Politikerinnen des Landes? Familien- und Sozialministerin. Verantwortlich für den Schutz von Kindern und Jugendlichen und vielem mehr. Ich dachte wirklich im ersten Moment, man hätte sich einen makabren Scherz mit mir erlaubt, weshalb ich weitere Erkundigungen über dich eingeholt habe. Aber es stimmte tatsächlich, Julia Stöver, die erfolgreiche Ministerin, ist meine leibliche Mutter.«

Er lachte kurz laut auf. Ein wenig hysterisch, aber das, was er gerade gesagt hatte, klang auch für ihn noch immer vollkommen surreal, obwohl er es schon seit einigen Jahren wusste.

»Ich habe nicht erwartet, dass ich irgendeine Erklärung

von dir bekomme«, sagte er jetzt wieder ernst. »Und eigentlich würde ich gerne sagen, dass es mir egal ist, weshalb du das getan hast. Als ich dich zum ersten Mal sah, habe ich nichts gespürt. Ich habe befürchtet, dass es mich emotional mitnehmen würde, aber es passierte nichts. Genauso wenig wie jetzt. Mir geht es nur noch darum, mit dieser ganzen Sache abzuschließen. Bevor ich jetzt reinkomme und dich töte, interessiert mich allerdings noch eine Sache: Warum hat mir diese Person vorhin die Tür geöffnet?«

Wieder keine Antwort.

»Na schön, dann werde ich jetzt –«

»Was hast du mit ihr gemacht?«

Er zuckte zusammen. Ihre Stimme zu hören, löste plötzlich doch eine Reaktion in ihm aus. Ein kurzer Schauer fuhr ihm über den Rücken.

»Sie ist die Treppe hinuntergestürzt, war nicht meine Schuld.«

»Wie geht es ihr?«

»Keine Ahnung, nicht so gut, schätze ich.« Die Wut kam wieder zurück. Weshalb war ihr das Schicksal dieser Frau wichtiger als das ihres eigenen Sohnes?

»Bitte sieh nach ihr!«, flehte sie.

»Weshalb sollte ich das tun?«

»Weil ich sie liebe«, antwortete sie mit zittriger Stimme. »Und weil du …« Sie zögerte. »Weil du … trotz allem mein Sohn bist.«

Wieder lachte er. Diesmal aber leise in sich hinein. Sie liebte also eine Frau? Es interessierte ihn nicht. Aber hatte sie ihn gerade ernsthaft als ihren Sohn bezeichnet? Trotz allem? Sie war noch zynischer, als er gedacht hatte.

»Warum?«, fragte er schließlich. Mehr Worte fielen ihm nicht mehr ein.

»Was meinst du?«

»Ich will nur noch diese eine Sache von dir wissen: Warum hast du mich damals weggegeben?«

»Es ist schwer für mich«, antwortete sie noch immer mit brüchiger Stimme.

»Es ist schwer für dich?« Er sprang auf und schrie die Worte laut heraus. Seine Wut war in diesem Moment endgültig übergekocht. Er fasste an den Griff, um die Badezimmertür zu öffnen, doch sie war natürlich verschlossen.

Er hämmerte einige Male dagegen, bevor er ein paar Schritte zurücktrat, um sie mit Anlauf aufzubrechen, als sie plötzlich »Warte!« rief.

»Es gab einen Grund, weshalb ich euch nicht behalten konnte. Ich war siebzehn, als ich vergewaltigt wurde. Von meinem eigenen …«

Er hörte nicht mehr richtig zu und sank wieder zu Boden. Niemals würde er zulassen, so etwas wie Mitleid oder Verständnis für sie zu empfinden.

Euch.

Sie hatte *euch* gesagt.

Hauke.

Tief im Innern hatte er es immer geahnt. Und plötzlich ergaben auch die seltsamen Anspielungen des Privatdetektivs, die er nie verstanden hatte oder vielleicht nur nie verstehen wollte, einen Sinn.

»Die Tür bewegt sich!«, rief plötzlich einer der Kieler Kollegen aufgeregt und reichte sein Fernglas weiter.

Morten schnappte es sich, während er aus den Augenwinkeln sah, dass der Einsatzleiter des MEK, ebenfalls mit Fernglas ausgestattet, sofort hektische Anweisungen gab. Sie standen am Ende der Straße an der Ecke zur Caprivistraße. Zum Haus von Julia Stöver waren es etwa dreißig Meter. Nah genug, um es im Auge zu haben, und hoffentlich weit genug entfernt, um nicht entdeckt zu werden.

»Was siehst du?«, fragte Birger. Er war unruhig, scharrte förmlich mit den Hufen. Nicht selten hatte er in der Vergangenheit im Alleingang einen Täter überführt. Sich hier mit zahlreichen Kollegen abstimmen zu müssen, war er nicht gewohnt.

»Die Tür steht einen Spalt offen, aber ich kann niemanden erkennen. Vielleicht will Bachmann vorsichtig die Lage checken.«

»Wenn die Zielperson auftaucht, kann der Zugriff erfolgen«, sagte der Leiter des MEK, ein drahtiger Mann um die fünfzig, der offenbar nur einen einzigen, ernsten Gesichtsausdruck kannte. »Ein paar meiner Leute befinden sich bereits in unmittelbarer Nähe des Hauses in geschützter Deckung.«

»Ich kann jetzt jemanden erkennen«, sagte Morten. »Es ist Barbara Wendt, sie schleppt sich auf allen vieren aus dem Haus. Ich glaube, sie ist verletzt.«

»Was genau hat sie denn?«

»Sie blutet am Kopf, und wenn ich das richtig sehe, ist etwas mit ihrem rechten Fuß nicht in Ordnung.«

»Wenn sie es ein paar Körperlängen weit geschafft hat, sollen deine Leute sie da möglichst unauffällig wegholen«, sagte Birger eindringlich in Richtung des MEK-Leiters. »Mit einem Zugriff warten wir noch«, schob er hinterher.

Der Mann nickte kaum sichtbar, ehe er mit ruhiger Stimme in sein Funkgerät sprach.

»Jetzt ist Bachmann allein mit seiner Mutter«, sagte Birger nun wieder Morten zugewandt. »Er wird sie nicht verschonen. Ich bin mir aber sicher, dass es für ihn nicht so einfach wie bei den anderen wird. Und ich könnte mir auch vorstellen, dass er Fragen hat, auf die er Antworten haben will.«

»Was schlägst du vor, wie sollen wir vorgehen?«

»Früher hätte ich gesagt, wir schleichen uns ins Haus und machen das, was nötig ist, aber …«

»Dann tun wir das doch einfach«, sagte Morten entschlossen. »Wir können hier nicht warten, bis er auch sie umgebracht hat. Ich spreche mit den Kollegen und regele das.«

Birger nickte und blickte seinem Kollegen nach, während der sofort das Gespräch mit dem MEK-Leiter und anderen Kieler Beamten suchte. Er war nie der Beste darin gewesen, wenn es darum ging, mit anderen Polizeieinheiten zusammenzuarbeiten. Jedenfalls hatte er in diesem Moment überhaupt kein Problem damit, dass Morten diese Aufgabe übernahm.

Einer der MEK-Leute kam plötzlich aus Richtung des Hauses von Julia Stöver angerannt. Sofort war klar, dass er Informationen von Barbara Wendt mitbrachte.

»Sie ist die Treppe hinuntergefallen«, sagte er. »Wahrscheinlich eine Gehirnerschütterung und ein gebrochener Fuß. Die Zielperson befindet sich im oberen Stockwerk und spricht mit der Bewohnerin des Hauses, die sich wahrscheinlich in einem der Räume eingeschlossen hat.«

»Ist die Person bewaffnet?«, fragte Birger.

»Wir sollten es zumindest nicht ausschließen.«

Morten kam zurück, mit einer Mimik, die Birger nicht deuten konnte. »Wir gehen rein, allerdings nicht alleine. Wir bekommen Begleitschutz.«

»Nicht ganz unvernünftig«, sagte Birger. »Wir sollten versuchen, ihn möglichst lange in ein Gespräch zu verwickeln. Ihr beiden kennt euch, vielleicht hilft uns das.«

»Zumindest hatten wir einen vernünftigen Draht zueinander«, sagte Morten. »Aber um ehrlich zu sein, er hat mich benutzt, um seinen perfiden Plan umzusetzen. Und ich bin darauf reingefallen.«

»Fehler begeht man«, sagte Birger. »Wichtig ist, dass man daraus lernt.«

Morten rümpfte die Nase. Auf solche väterlichen Ratschläge konnte er nun wirklich verzichten. Er verzichtete jedoch auch auf einen Kommentar und raunte Birger stattdessen ein »Gehen wir« zu, als er aus den Augenwinkeln erkannte, dass drei MEK-Beamte und ein Kollege der Kieler Kripo bereitstanden.

Zusammen näherten sie sich Julia Stövers Haus in gebückter Haltung im Schatten einiger Bäume und Hecken. Vor dem Grundstück hielten sie kurz inne, versicherten sich über Funk bei den Kollegen, dass Bachmann nicht an einem der Fenster stand. Als sie das Okay hatten, huschten sie über den Rasen bis vor zur Haustür. Hinter einem Gebüsch traten zwei weitere MEK-Leute vor und gaben ihnen ein Zeichen, ein Stück entfernt in Deckung zu gehen.

Mit ihren halb automatischen Waffen im Anschlag pressten sich die beiden links und rechts vom Eingang mit dem Rücken an die Hauswand. Der Rechte tastete mit seiner Hand nach der Tür und schob sie erst langsam und dann kraftvoll auf. Im nächsten Moment fuhren beide herum und richteten ihre Pistolen in den Raum, der sich vor ihnen öffnete. Morten konnte erkennen, dass sie noch ein paar Schritte vortraten und sich dabei immer wieder im Halbkreis drehten, um alles überblicken zu können.

Nach wenigen Sekunden wandten sich die beiden um und nickten ihnen zu. Die Luft schien rein zu sein, sie konnten das Haus jetzt betreten.

Auch Morten und Birger zückten jetzt ihre Dienstwaffen. Zwischen den Spezialkräften mit ihren Sturmhauben und den schusssicheren Westen fühlten sie sich sicher. Und obwohl Morten in den letzten beiden Tagen immer wieder Kontakt zu Bachmann gehabt hatte, musste er sich vor Augen führen, wozu dieser Mann fähig war. Er hatte fünf Menschen auf brutalste Weise ermordet. Und sein wahrscheinlich finales Opfer befand sich gerade in höchster Gefahr.

Morten blickte sich um. Das Haus machte einen sehr gediegenen, schicken Eindruck. Nichts anderes hatte er erwartet. Möbel, Tapeten und die Fliesen im Flurbereich waren in sehr hellen Tönen gehalten, die Blutspuren am Boden waren der einzige farbliche Kontrast. So wie sie sich verteilten, stammten sie zweifellos von Barbara Wendt.

Am unteren Treppenende blieben sie stehen. Vor ihnen lagen ein Paar High Heels und eine Perlenkette. Mortens Blick wanderte die relativ schmale und steile Treppe hoch. Barbara Wendt hatte Glück gehabt, ihr Sturz hätte ohne Weiteres noch schlimmer ausgehen können.

Er legte den Finger auf seine Lippen und sah Birger an. Sie versuchten, irgendein Geräusch aus dem oberen Stockwerk zu hören, aber es war so still im Haus, dass Morten plötzlich ein ungutes Gefühl überkam. Waren sie etwa zu spät?

Wieder waren es die beiden MEK-Beamten, die vorausgingen und langsam die Treppe hochstiegen. Diesmal warteten Morten und Birger allerdings nicht, sondern folgten ihnen mit einer Körperlänge Abstand.

Das Holz der Treppe knarzte bei jedem Schritt. Spätestens jetzt musste Bachmann mitbekommen haben, dass sie hier waren. Wenige Stufen bevor sie oben anlangten, blieben die Einsatzkräfte vor ihnen stehen, um sich per Handzeichen abzustimmen.

»Wir warten hier erst mal«, flüsterte Birger auf einmal. »Lass sie vorgehen und die Lage checken. Es sieht so aus, als böge ein Flur nach links ab.«

Morten sagte nichts. Eigentlich hatte er vorangehen, sich nicht hinter diesen beiden Kampfmaschinen verstecken wollen. Die Situation war aus seiner Sicht von überschaubarem Risiko. Er ging nicht davon aus, dass Bachmann eine Schusswaffe bei sich trug. Das passte auch nicht zu seinem bisherigen Vorgehen. Sie mussten sich darauf konzentrieren, einen weiteren Mord zu verhindern. Und dabei musste ihm die entscheidende Rolle zukommen, wenn es zum Beispiel zu Verhandlungen mit Bachmann kam. Schließlich war er der Einzige von ihnen, der ihn kannte.

»Zielperson erfasst«, klang es auf einmal aus einem Funkgerät hinter Morten. Die beiden MEK-Beamten vor ihnen waren langsam weitergegangen und konnten jetzt offenbar den ganzen Flur einsehen.

Morten forderte den Uniformierten hinter sich auf, ihm sein Funkgerät zu geben, was dieser eher widerwillig tat. »Was ist zu sehen?«, fragte er hastig. »Ist die Person allein?«

»Ja, die Zielperson sitzt mit dem Kopf zwischen den Beinen an eine Wand gelehnt. Wir könnten sofort zugreifen.«

Morten und Birger tauschten einen kurzen Blick, bevor sie nickten.

»In Ordnung, Zugriff.«

Im nächsten Moment verwandelte sich die fast gespenstische Stille im Haus in ein großes Durcheinander aus Stimmengewirr und sehr lauten, unmissverständlichen Anweisungen.

Morten hielt es nicht länger aus. Er stürzte die letzten Treppenstufen hinauf und erkannte sofort, dass Bachmann von den beiden MEK-Beamten bereits überwältigt worden war. Der kräftige Mann, wie ihn Petersen bezeichnet hatte. Es stimmte, Bachmann hatte einen muskulösen Oberkörper. Sie zogen ihn hoch und pressten ihn gegen die Wand, um ihn abzutasten. Nach wenigen Sekunden war klar, dass er keine Waffen bei sich trug. Er machte auch keinerlei Anstalten, sich zu wehren.

»Zielperson gefasst.«

Morten spürte, wie der Adrenalinspiegel in seinem Körper rasch absackte. Die Anspannung verschwand, von einer Sekunde auf die andere schien ihn sämtliche Energie zu verlassen. Die letzten Schritte auf dem Flur bis hin zu dem Mann, der ihnen in den letzten fast vierzig Stunden alles abverlangt hatte, kamen ihm vor wie eine nicht enden wollende Zielgerade. Obwohl er erleichtert war, fühlte er sich gleichzeitig auch seltsam leer.

Aber kein Vergleich zu Bachmann, der apathisch wirkte und offenbar nicht ansprechbar war. Augenblicklich musste Morten an den Moment denken, als er Hauke Kröger in dessen Haus angetroffen hatte. Jetzt, wo er wusste, dass sie Zwillingsbrüder waren, erkannte er immer mehr Ähnlichkeiten.

Von dem wütenden Feuerwehrmann, mit dem er gestern Morgen vor dem Rathaus in Grömitz gesprochen hatte, war nichts mehr übrig. Nicht einmal der Name stimmte noch. Nein, Bachmann hatte er gar nicht gekannt, korrigierte Morten sich gedanklich. Er hatte lediglich geglaubt, Frank Westphal zu kennen. Eine Person, die gar nicht existierte.

»Wo ist Julia Stöver?« Birger trat neben Morten und baute sich direkt vor Bachmann auf, der noch immer von den beiden MEK-Beamten im Griff gehalten wurde. »Los, reden Sie schon!«

Bachmann schwieg. Und nichts deutete darauf hin, dass Birgers Worte ihn überhaupt erreichen.

»Dann führt ihn ab«, sagte der und wandte sich ab. Nicht ohne dem wie erstarrt wirkenden Morten einen fragenden Blick zuzuwerfen. Dann ging er hastig auf die Tür ganz am Ende des Flurs zu.

»Frau Stöver, sind Sie da drin? Die Polizei ist hier, die Situation ist sicher. Wir haben Ihren …« Birger stockte kurz und korrigierte sich. »Sie können rauskommen.«

»In Ordnung.« Ihre Stimme klang überraschend klar und deutlich.

Im nächsten Moment wurde das Schloss entriegelt, und die Tür öffnete sich. Vor ihm stand die Ministerin und sah ihn aus wässrigen, aber kämpferischen Augen an.

»Wie geht es Barbara?«, fragte sie und trat ein Stück vor auf den Flur der oberen Etage ihres Hauses.

»Sie ist verletzt, aber nicht schwer. Sie hat es allein aus dem Haus geschafft.«

Ein kurzes Lächeln huschte über Julia Stövers Gesicht. Doch im nächsten Moment verdunkelte sich ihr Blick. Laute Stimmen drangen erneut durch den Flur. Birger drehte sich um und sah gerade noch, wie Bachmann an ihm vorbei in Richtung seiner Mutter rannte. Er musste sich losgerissen haben.

In ein paar Metern Entfernung standen die beiden MEK-Beamten und zielten mit ihren Pistolen in Bachmanns Richtung. Aber Birger befand sich direkt in der Schusslinie.

Er wandte sich erneut um und sah gerade noch, wie Bachmann einen Plastikbeutel hervorzog und ihn Julia Stöver über den Kopf stülpte. Dann zog er kräftig an der Kordel, die daran befestigt war.

Birger hatte keine Chance, darüber nachzudenken, ob und wie er eingreifen sollte, um Julia Stövers Leben zu retten. Plötzlich peitschte ein Schuss durch das Haus und traf Bachmann mitten auf der Stirn. Er sank sofort in sich zusammen und blieb regungslos liegen. Birger hatte keinen Zweifel daran, dass er tot war.

Um ihn herum brach Chaos aus. Die MEK-Beamten stürmten an ihm vorbei und kümmerten sich um Julia Stöver, die sich bereits selbst von der Plastiktüte befreit hatte. Der Kollege der Kieler Kripo rief aufgeregt in sein Funkgerät und forderte Rettungskräfte und weiteres Personal an, während er sich über den Körper von Jens Bachmann beugte.

Jemand fehlte.

Birger fuhr langsam herum. Da stand er ein paar Meter entfernt. Morten. Ganz allein. Nur mit seiner Dienstwaffe in der Hand, mit der er gerade einen Menschen getötet hatte.

Müde Gesichter

Zwei Tage später

»Aus diesem Grund habe ich mich dazu entschlossen, von meinem Amt als Ministerin mit sofortiger Wirkung zurückzutreten. Angesichts der Vorkommnisse stehe ich für Nachfragen nicht zur Verfügung. Die Staatsanwaltschaft Lübeck und die zuständige Bezirkskriminalinspektion werden im Laufe des Tages weitere Einzelheiten bekanntgeben. Vielen Dank.«

Julia Stöver stand auf, verließ das kleine Podium und schirmte das Gesicht mit ihrer Handtasche vor dem Blitzlichtgewitter ab. Dann verschwand sie, und die Übertragung der Pressekonferenz endete.

Ida-Marie schaltete den großen Multimedia-Monitor, der seit ein paar Wochen im Besprechungsraum hing, aus und setzte sich an den Tisch zu den anderen.

»Es wäre besser gewesen, sie hätte die ganze Wahrheit gesagt.« Birger ergriff das Wort und sprach aus, was wohl alle im Raum dachten. »Jetzt wird sie es mit dem Boulevard zu tun bekommen. Die werden keine Ruhe geben, bis sie die Wahrheit in Erfahrung gebracht haben.«

»Die werden sie so oder so belagern«, sagte Ida-Marie. »Die Medien sind voll mit diesem Fall, im Internet kursieren die wildesten Gerüchte. Auch wenn die Sache längst verjährt ist und sie um eine Strafe herumkommt, wird sie nicht ewig verheimlichen können, dass sie ihre Kinder damals ausgesetzt hat. Und dann wird sie erklären wollen, was die Gründe dafür waren, allein um ihre Reputation zu wahren. Ich kann mir jedenfalls nicht vorstellen, dass diese Geschichte für immer unter Verschluss bleiben wird. Vielleicht wird Hauke Kröger dafür sorgen.«

»Das glaube ich nicht«, entgegnete Ole. »Er wusste schon

seit einem Jahr davon und hat keinerlei Verbindung zu ihr aufgebaut. Er hat seine Adoptiveltern als seine leiblichen Eltern betrachtet. Und er war glücklich mit seiner Lebensgefährtin.«

»Jetzt ist allerdings nur noch seine Adoptivmutter am Leben«, gab Ida-Marie zu bedenken.

»Denkst du etwa, er könnte genauso durchdrehen wie sein Zwillingsbruder?«

»Nein, und deshalb kann es uns im Grunde auch egal sein. Reden wir lieber über die offenen Fragen, mit denen wir uns noch herumschlagen. Ole, würdest du uns bitte wieder auf den aktuellen Stand bringen?«

Birger beobachtete seinen Sohn. Eine einzige Ermittlung und nur ein paar Tage hatten ausgereicht, um Ole reifen zu lassen. Keine Spur mehr von dem Konkurrenzgehabe und seinem etwas übertriebenen Wunsch nach Anerkennung. Dass Morten nicht am Tisch saß, spielte vielleicht auch noch eine Rolle. Aber entscheidender war mit Sicherheit die Tatsache, dass er den Job des Kriminalkommissars in seiner ganzen Wucht in kürzester Zeit kennengelernt hatte.

»Als Erstes muss ich doch noch einmal auf Julia Stöver zu sprechen kommen«, begann Ole. »Uns gegenüber hat sie sich bislang sehr kooperativ verhalten. Wir werden sicherlich noch weitere Gespräche mit ihr führen, aber viele offene Fragen haben wir nicht mehr. Allerdings werden wir wohl nicht abschließend klären können, ob ihr Vorwurf, damals vor über vierzig Jahren von ihrem eigenen Vater vergewaltigt und daraufhin mit den Zwillingen schwanger geworden zu sein, tatsächlich stimmt. Der Mann ist nämlich vor sechs Jahren gestorben.« Ole setzte kurz ab und trank einen Schluck Wasser.

»Auch Julia Stövers Mutter ist tot. Sie hat sich vor zwanzig Jahren das Leben genommen. Hier könnte man vermuten, dass sie vielleicht wusste, was ihr Mann mutmaßlich getan hat, und mit der Schuld nicht länger leben konnte. Wenn Hauke Kröger darauf bestehen würde, die Vaterschaft zu klären, könnte es theoretisch sein, dass das Ganze aufgerollt wird.

Keine Ahnung, inwiefern das nach so langer Zeit noch nachweisbar ist. Aber wie schon erwähnt, glaube ich nicht, dass Kröger ein Interesse daran hat.« Er zog einen Zettel aus dem kleinen Stapel Papier, der vor ihm lag, und fuhr fort.

»Über Jens Bachmann haben wir kaum mehr in Erfahrung bringen können, als wir bislang schon wussten. Das, was damals im Ostseeblick vorgefallen ist, wird sicherlich politisch noch einmal aufgearbeitet werden müssen. Aber auch hier wird es wohl nicht zu strafrechtlichen Konsequenzen kommen, weil alle Personen, denen schon damals Gewalt, sexuelle Übergriffe und Psychoterror gegenüber den Kindern vorgeworfen wurden, tot sind. Anke Steffens war die Letzte von ihnen, die noch lebte. Über Bachmanns Leben in den letzten Jahren tragen wir derzeit mühsam Einzelheiten zusammen, aber es gibt kaum Menschen, die etwas über ihn sagen können. Auch bei der Freiwilligen Feuerwehr war er eher ein Außenseiter. Wir haben ein paar Äußerungen dahingehend, dass er oft unzufrieden war und sich über alles Mögliche beschwert hat.«

»Seid ihr in seiner Wohnung noch auf irgendetwas gestoßen, das Rückschlüsse auf sein Leben oder die Taten zulässt?« Birger nutzte die kurze Pause, die Ole machte, und wandte sich an Harald Seelhoff.

»Es gibt leider kein Manifest, wie Täter es heute gerne verfassen. Nicht einmal ein Tagebuch oder sonstige Aufzeichnungen haben wir gefunden. Man muss dazu sagen, dass die Wohnung sehr klein ist und nur aus einem Zimmer plus Bad besteht. Wenige Möbel, dafür umso größeres Chaos. Ich denke, man kann ohne Weiteres sagen, dass Bachmann sein Leben nicht im Griff gehabt hat. In solchen hygienischen Verhältnissen kann man eigentlich unmöglich wohnen. Auf seiner Matratze haben wir mehrere Brandlöcher, wahrscheinlich durch Zigaretten verursacht, entdeckt. Das hätte leicht auch schiefgehen können. Aber um auf deine Frage zurückzukommen: Nein, wir haben im Grunde nichts gefunden, was einen Hinweis auf seine Taten zulässt. Mit Ausnahme eines Kartons voll mit Kordelzugbeuteln. Die gleichen, die er bei seinen Morden benutzt hat. Von der Marke, die wir auch bereits recherchiert hatten. Die verkaufen nur in Großmengen zur Aufbewahrung von allem Möglichen.«

»Gut, dass du es erwähnst«, sagte Ole. »Die Erklärung, weshalb Bachmann seinen Opfern diese Beutel übergezogen hat, könnte in den Erlebnissen in dem Heim liegen. Julia Stöver hat ausgesagt, dass Bachmann während ihres Gesprächs in ihrem Haus erwähnte, dass man den Kindern damals Kartoffelsäcke über den Kopf stülpte, bevor man sich an ihnen vergangen hat. Hauke Kröger hat das mittlerweile bestätigt. Er glaubt, dass Bachmann mit dem langsamen Ersticken seine Opfer die gleiche Angst spüren lassen wollte, die auch die Kinder damals hatten. Die transparenten Beutel hat er wahrscheinlich benutzt, damit die Opfer sich gegenseitig sehen mussten und noch mehr Panik bekamen.«

»Können wir eigentlich davon ausgehen, dass Bachmann voll zurechnungsfähig gewesen ist?«, warf Ida-Marie ein. »Ich meine, diese furchtbaren Misshandlungen im Heim haben ihn im Gegensatz zu seinem Bruder psychisch kaputtgemacht und durchdrehen lassen.«

»Immerhin war er so klar im Kopf, dass er uns an der Nase herumführen konnte«, warf Elif ein. »Er hat sich einen falschen Namen gegeben. Und erinnert euch nur daran, dass er Morten von dieser angeblichen Person im Park erzählt hat. Er hat sogar behauptet, er selbst würde einen Hund namens Albert besitzen.«

»Ob das alles Teil eines Plans war?«, fragte Ida-Marie skeptisch. »Könnte auch dafür sprechen, dass er längst seinen Verstand verloren hatte.«

»Natürlich war er psychisch nicht mehr zurechnungsfähig«, sagte Birger entschieden.

Im Lauf der Jahre hatte er es mit so vielen Tätern zu tun gehabt, die unter Traumata oder Psychosen litten. Und trotzdem hatte sich nie ein klares Schema ergeben. Manchmal war er es leid, immerzu nach Erklärungen zu suchen, obwohl es sie natürlich gab. Es brachte sie dennoch nicht weiter. Und einen erfolgreichen Lernprozess konnte er auch nicht erkennen, wenn sie immer nur in die Vergangenheit sahen.

»Wer will es ihm verdenken, dass er die Kontrolle verloren hat?«, fuhr er fort. »Weshalb der eine Bruder ein erfolgreiches und normales Leben führte, während der andere abstürzte und am Ende nur noch auf Rache aus war, werden wir leider niemals ganz herausbekommen. Die einfachste Erklärung ist natürlich die Pflegefamilie, in der Hauke Kröger gelandet ist. Dadurch hat er Halt und Stabilität gefunden. Irgendwie hat er die Zeit im Heim aus seinem Leben streichen können. Aber auch er hatte dieses Päckchen oder vielmehr das riesige Paket zu schleppen. Es scheint einfach so zu sein, dass jeder Mensch mit solchen seelischen Belastungen anders umgeht.«

Als Birger endete, war es für einige Sekunden ganz still im Raum. Eigentlich ein passender Moment, um die Besprechung zu beenden, worüber wohl alle froh gewesen wären, aber Ole räusperte sich und setzte noch einmal an.

»Ich weiß, wir sind alle ziemlich müde und wollen ins Wochenende, aber es gibt tatsächlich noch ein paar Dinge, bei denen wir Licht ins Dunkel bringen konnten«, sagte er und blickte nach links zu Elif.

»Bis heute Mittag wussten wir nicht wirklich, weshalb Clasen und seine Frau sterben mussten. Aber dank Elifs Recherchen und eines wichtigen Tipps wissen wir nun, was Bachmann meinte, als er zu Morten und ihr sagte, wenn sie etwas nicht wollten, würden sie es einfach wegschmeißen wie ein Stück Dreck. Maren Clasen hat als Siebzehnjährige offenbar das Gleiche getan wie Julia Stöver. Sie war damals schwanger und hat ihr Kind ausgesetzt. Irgendwie muss Bachmann das in Erfahrung gebracht haben. Vielleicht hat er es irgendwo aufgeschnappt, oder aber er hat ganz bewusst nach solchen Fällen gesucht, wir wissen es nicht.«

»Heißt das, es ging gar nicht um Alexander Clasen?«, fragte Ida-Marie überrascht.

»Wir gehen davon aus, dass es um beide ging«, antwortete Ole. »Die beiden sind sehr früh zusammengekommen, aber das müssen wir noch einmal genau überprüfen. Die Umstände von damals kennen wir noch nicht. Jedenfalls muss Bachmann das Ganze so sehr an sich selbst erinnert haben, dass die Clasens als Erste sterben mussten. Wahrscheinlich kam auch noch hinzu, dass die beiden in Grömitz und auch bei Bachmann aufgrund ihrer geschäftlichen Aktivitäten ziemlich verhasst waren, wie wir wissen.« Wieder hielt er kurz inne. Er war noch nicht fertig.

»Anke Steffens«, sagte er. »Sie ist das einzige Opfer, das Bachmann persönlich durch Misshandlungen Schaden zugefügt hat. Als das Heim damals schließen musste, gehörte sie zu den Personen, denen sexuelle Übergriffe, Misshandlungen und anderes vorgeworfen wurde. Ob eines ihrer Opfer Bachmann hieß, können wir nur vermuten. Vielleicht musste sie auch deshalb sterben, weil sie die einzige Person aus dem Ostseeblick war, der diese Vorwürfe galten, die noch am Leben war.«

Birger beobachtete weiter aufmerksam seinen Sohn. Er schien noch immer nicht am Ende seines Berichts angelangt zu sein. Einerseits bewunderte er ihn für seine Beharrlichkeit, sie an diesem Freitagnachmittag, nach einer Woche, die alle an den Rand der Erschöpfung gebracht hatte, auf den aktuellen Stand zu bringen. Auf der anderen Seite schien er die müden Gesichter der anderen nicht zur Kenntnis zu nehmen.

»Ich will euch nicht weiter quälen, aber einen letzten Punkt würde ich gerne noch besprechen. Wir haben zwischendurch immer wieder geglaubt, dass Dirk Sander etwas mit den Morden zu tun hat. Dabei ging es auch um den Mann, den wir Rute genannt haben. Aber es hat sich herausgestellt, dass das nicht der Fall war. Wir wissen mittlerweile, dass er André Rutenbeck heißt und in Sanders Unternehmen als

Aushilfsarbeiter angestellt ist. Offenbar war er tatsächlich sein Handlanger. Ich gehe davon aus, dass Sander ein florierendes Nebengeschäft geführt hat, indem er Leuten Geld mit lukrativen Zinsen geliehen hat. Sowohl Clasen als auch Onno Steffens gehörten zu seinen Kunden.« Ole malte bei den letzten Wörtern mit den Händen Gänsefüßchen in die Luft.

»Ich habe zwar gelernt, dass es eigentlich keine Zufälle gibt, aber in diesem Fall war es tatsächlich so, dass es eine weitere Verbindung zwischen den Clasens und den Steffens gab, die aber nichts damit zu tun hatte, dass sie sterben mussten. Allerdings wird es wohl schwierig werden, Sander etwas nachzuweisen, das in irgendeiner Weise strafbar wäre, sieht man mal davon ab, dass Rute offenbar in das Haus der Steffens einsteigen wollte, wahrscheinlich in der Hoffnung, irgendetwas im Gegenwert der Schulden, die Onno Steffens bei Sander hatte, zu finden. Sander hatte jedenfalls kurzzeitig kalte Füße, als wir ihm auf die Schliche kamen und bei ihm auftauchten. Bleibt abschließend festzustellen, dass Dirk Sander alles andere als ein seriöser Bauunternehmer ist, aber wohl auch niemand, dem wir etwas Schwerwiegendes anlasten können.«

Ole hatte seinen Bericht beendet, was er dadurch untermauerte, dass er den Stapel Papier vor ihm vom Tisch nahm und zusammenrollte.

»Danke, Ole«, sagte Ida-Marie. »Wichtig, dass wir viele Fragen schon geklärt haben. Gute Arbeit von euch allen. Ich glaube, jetzt ist es aber wirklich an der Zeit, ein paar Tage freizuhaben und auf andere Gedanken zu kommen. Wer nach dem Wochenende noch einen freien Tag braucht, kein Problem. Das regeln wir ganz unbürokratisch. Ruht euch aus, wir sehen uns dann am Dienstag wieder.«

Sie stand auf, nickte in die Runde und verließ dann den Besprechungsraum. Harald Seelhoff schnappte sich ebenfalls seine Tasche und hob seine Hand zum Abschied.

»Ich muss noch eine Mail schreiben«, sagte Ole. »Gehen wir danach noch was trinken? Dein letzter Abend als Strohwitwer, bevor Agnes wiederkommt.«

»Sollten wir wohl ausnutzen«, sagte Birger noch etwas zurückhaltend, aber für Ole war die Entscheidung schon gefallen.

»Alles klar, ich bin in zehn Minuten so weit.«

Birger seufzte. So richtig Lust hatte er nach den Ereignissen der letzten Tage eigentlich nicht mehr. Ihm war mehr nach einem Abend allein zu Hause mit einem Buch oder vor dem Fernseher. Andererseits war er froh über jede weitere Annäherung zwischen Ole und ihm.

»Genießt die Zeit, die ihr zusammen habt«, sagte Elif plötzlich. Sie war die Einzige neben Birger, die den Raum noch nicht verlassen hatte.

»Du meinst, bevor ich den Löffel abgebe?«, entgegnete er flapsig und merkte sofort, wie unangebracht das war. Elif hatte erst vor ein paar Monaten allen im Team erzählt, dass sie verheiratet gewesen und ihr Mann bei einem tragischen Unfall ums Leben gekommen war.

»Es kann jederzeit vorbei sein. Wie du weißt, habe ich –«

»Tut mir leid«, unterbrach Birger sie. »Das war völlig unüberlegt und daneben von mir.«

»Schon gut«, wiegelte sie ab. »Solche Sprüche nehme ich nicht persönlich. Niemand soll in meiner Gegenwart befangen sein. Ich wollte nur sagen, dass ich es gut finde, wenn du mit Ole etwas unternimmst. Jeder Moment zählt.«

»Da hast du absolut recht.« Birger lächelte. »Vor allem, weil es noch viel aufzuholen gibt bei uns beiden.«

»Hast du etwas von Morten gehört?«, wechselte sie plötzlich das Thema.

»Ich kann nicht in ihn hineinsehen, aber ich schätze, er wird eine Weile krankgeschrieben. Er muss sich Hilfe holen, ich habe ihm dazu geraten, das Gespräch mit unserer Polizeipsychologin zu suchen.«

»Sie ist nett«, sagte Elif. »Ich war auch ein paarmal bei ihr. Aber am Ende muss man sich aus jeder Krise selbst befreien. Es gibt niemanden, der das für dich übernimmt.«

»Du bist stark«, sagte Birger. »Ich hoffe, Morten ist es auch.«

»Ich würde ihn gerne unterstützen.«

»Aber?«

»Es war in den letzten Tagen etwas kompliziert zwischen uns.«

»Willst du darüber reden?«

»Eigentlich nicht.«

»Eigentlich?«

»Ich habe einen großen Fehler gemacht«, antwortete Elif zögerlich. »Besser gesagt, sogar zwei.«

Fehler begeht man. Wichtig ist, dass man daraus lernt. Dieses Mal dachte Birger seine Worte nur und sprach sie nicht aus.

»Ich habe Morten Hoffnungen gemacht, sogar sehr große. Das war ziemlich dumm von mir. In dem Moment habe ich mich gehen lassen. Ich musste das dringend rückgängig machen, also habe ich ihn sehr verletzt.«

»Eine etwas eigenwillige Logik«, sagte Birger.

»Ich wollte, dass er richtig wütend auf mich ist, damit er keinerlei Gedanken mehr daran verschwendet, dass er und ich … du weißt schon.«

»Du hast also nur ein wenig mit seinen Gefühlen gespielt, empfindest aber gar nichts für ihn?«, sagte Birger und fixierte sie.

»Nein … ich meine, ja … Darum geht es gar nicht«, brach es plötzlich aus ihr heraus. »Egal, ob ich mir mit Morten mehr vorstellen kann oder nicht, es wird einfach niemals dazu kommen können.«

»Und weshalb nicht?«

»Ich habe es meinen Schwiegereltern am Grab von Caner versprochen. Wir sind noch immer verheiratet, ich kann nicht mit einem anderen Mann …« Elif brach ab.

»Und das hast du Morten so gesagt?«

»Nein, ich habe behauptet, ich wäre seit Wochen vergeben.«

Birger atmete tief durch und fuhr sich etwas verzweifelt mit beiden Händen durch die Haare. Das erklärte wohl so manches Verhalten von Morten während ihrer Ermittlungen. Wahrscheinlich war er nicht immer bei der Sache gewesen. »Empfindest du nun etwas für ihn oder nicht?«, fragte er und klang dabei wenig verständnisvoll.

»Darum geht es doch gar nicht.«

»Es geht ausschließlich darum.«

»Wenn ich jetzt Ja sage, macht es das nur noch schwieriger.«

»Bei allem Respekt vor deinen Schwiegereltern und davor, dass du dein Wort nicht brechen willst, du kannst nicht dein Leben lang durch dieses Versprechen, das du ihnen in der Trauer gegeben hast, gefangen sein. Ansonsten wirst du andere Menschen immer wieder vor den Kopf stoßen. Und vor allem wirst du selbst nicht glücklich werden.«

»Kann ich denn nur glücklich sein, wenn ich einen neuen Partner habe?«

»Das musst du für dich entscheiden«, antwortete er. »Aber du solltest es nicht auf dem Rücken von Morten oder jemand anderem ausprobieren.«

»Wäre wohl am besten, wenn ich ihm wenigstens den wahren Grund für meine Reaktion nenne.«

»Das wäre ein Anfang. Aber in nächster Zeit würde ich ihn erst einmal damit in Ruhe lassen.«

Elif nickte stumm.

»Komm, lass uns jetzt gehen«, sagte Birger. »Hast du Lust, den Andresens Gesellschaft zu leisten?«

»Meinst du, das wäre für Ole in Ordnung?«

»Warum sollte es das nicht sein? Umso weniger gute Ratschläge muss ich mir von meinem Alten anhören.«

Elif und Birger fuhren herum. Ole stand in der Tür und

tippte ungeduldig mit dem rechten Fuß auf den Linoleumboden.

»Na, dann los.« Birger sah seinen Sohn mit einer Mischung aus Grinsen und Argwohn an. »Aber nur, wenn du versprichst, heute Abend kein Wort mehr über die Ermittlungen zu verlieren.«

»Versprochen.«

Glögg und Muzen

Drei Wochen später

Die Schneeflocken fielen so langsam vom Himmel, dass es ihn an einen kitschigen Weihnachtsfilm erinnerte. Eigentlich hätte Morten bei diesem Anblick ein Gefühl der Zufriedenheit und Ausgeglichenheit erwartet. Aber davon war er weit entfernt. Da war nur noch diese seltsame innere Unruhe, die an dem Tag, als er Bachmann erschossen hatte, eingesetzt hatte. Seitdem konnte er nichts dagegen tun.

Sie hatten ihn nach Hause geschickt. Er solle sich erst einmal ausruhen, hatte Birger gesagt. Und dann müsse er das Gespräch mit der Polizeipsychologin suchen.

Hatte er getan. Sogar schon zweimal. Die Frau hatte ihm jede Menge Fragen gestellt. Aber im Kern eigentlich immer dieselben beiden. Nämlich was er in dem Moment, als er abdrückte, empfunden habe. Und wie er sich jetzt, mit etwas Abstand, fühle.

Der Augenblick, in dem er den tödlichen Schuss abgegeben hatte, war ihm noch immer erstaunlich präsent. Die Stunden danach waren dagegen ein einziger verschwommener Brei in seinem Kopf. Er erinnerte sich daran, dass er sich kurz zuvor sehr erschöpft gefühlt hatte. Als sie Bachmann festgenommen hatten, war die ganze Last der Ermittlungen in den Tagen zuvor von ihm abgefallen. Bis sich Jens Bachmann plötzlich aus dem Griff der MEK-Beamten losgerissen hatte. Empfunden hatte Morten gar nichts, als er auf Bachmann zielte. Er hatte diese Sache einzig und allein beenden und gleichzeitig das Leben von Julia Stöver retten wollen.

Die andere Frage war sogar noch einfacher zu beantworten. Morten fühlte sich leer, komplett ausgebrannt. Er konnte nicht lachen, aber auch nicht weinen. Die Erkenntnis, dass er das Leben eines anderen Menschen beendet hatte, setzte ihm viel mehr zu, als er sich jemals vorgestellt hatte.

Es gab keine Blaupause für diesen Moment. Wie sollte er sich schon fühlen? Das einzige Bild, das er permanent vor Augen hatte, war dieses Einschussloch auf der Stirn von Jens Bachmann. Immer wieder lief die Szenerie vor seinem inneren Auge ab. Wie die Kugel in Zeitlupe aus seiner Waffe flog und die Schädeldecke von Bachmann traf.

Morten zweifelte daran, dass er das Erlebte je wieder aus seinem Kopf bekommen würde. Vor nicht allzu langer Zeit hatte er einen Krimi gelesen, in dem ein Kommissar einen Serienmörder erschoss. Irgendwann entwickelte diese Person dann eine Art Psychose und wurde süchtig danach, weitere Menschen zu töten. Eine merkwürdige und ziemlich kranke Vorstellung, dachte Morten. Nichts in ihm wünschte sich, diesen Augenblick, in dem er getötet hatte, noch einmal zu erleben.

Es bestand kein Zweifel daran, dass dieser Moment etwas mit ihm gemacht hatte.

Bereits in ein paar Tagen würde er in den Dienst zurückkehren, so hatte er es Ida-Marie versprochen, es gehe ihm schon viel besser. Die Termine mit der Psychologin hätten ihm sehr geholfen. Und überhaupt, er sei schließlich nicht der erste Polizist, der damit leben musste, im Dienst einen Menschen erschossen zu haben. Er würde sich einfach nichts anmerken lassen, wenn er wieder an seinem Schreibtisch saß.

Es gab auch immer wieder Tage, an denen er an Elif denken musste. An das, was für ein paar Stunden zwischen ihnen gewesen war. Und an die schmerzhafte Enttäuschung am nächsten Morgen. Aber nicht einmal sie schaffte es, ihn aus seiner Emotionslosigkeit herauszuholen. Wenn er wenigstens wieder diese Wut auf sie spüren könnte, dachte er manchmal. Aber die Gedanken an sie lösten einfach nichts in ihm aus.

Morten stand auf und trat an sein Küchenfenster. Der

Schnee fiel immer dichter, während es langsam dunkel wurde. Auf dem Kopfsteinpflaster der Engelsgrube hatte sich bereits eine feine weiße Schicht gebildet. Trotzdem strömten mehr Menschen als an anderen Sonntagen die Rippenstraße hoch in Richtung Altstadtmitte. Was ihn nicht verwunderte, war es doch das erste Weihnachtsmarktwochenende in diesem Winter.

In den Fensterscheiben der gegenüberliegenden Häuser spiegelten sich wechselnde Farblichter. Einen Moment lang sah Morten vor seinem inneren Auge Einsatzfahrzeuge der Polizei die Straße hinaufrasen. Bis er verstand, dass die Lichter vom Koberg, dem bekannten Platz vor dem Heiligen-Geist-Hospital, stammten. Das große Riesenrad, das jedes Jahr in der Vorweihnachtszeit hier stand, strahlte über alle Dächer hinweg.

Wann hatte er zuletzt in einer der Gondeln gesessen und seinen Blick über die Stadt mit ihren sieben Türmen schweifen lassen? Das musste bestimmt ziemlich genau zehn Jahre zurückliegen. Ein kalter Winterabend mit Lea. Sie hatten Glögg getrunken, gebrannte Mandeln und Muzen gegessen und waren am Ende in der »Sternschnuppe« gelandet, wo sie Bier und Schnaps bis weit in die Nacht getrunken hatten.

Sie war damals seine beste Freundin gewesen. Zwei Jahre lang hatten sie jede freie Minute miteinander verbracht, ohne dass es zu mehr zwischen ihnen gekommen war. Sie war wie ein Kumpel für ihn gewesen. Und ihr war es wohl nicht anders gegangen, bis sie sich eines Tages in jemanden verliebt hatte. Nach und nach war der Kontakt weniger geworden, und irgendwann hatten sie sich ganz aus den Augen verloren. Aber ihre Telefonnummer, wenn sie denn noch aktuell war, besaß er noch.

Er brauchte nicht lange, um sie in der Kontaktliste auf seinem Handy zu finden, und rief sie ohne zu zögern an. Nach dem dritten Klingeln meldete sich Lea.

»Morten?«, fragte sie perplex.

»Kannst du dich noch an diesen Abend auf dem Weihnachtsmarkt vor zehn Jahren erinnern?«, kam er direkt zur Sache.

»Ich weiß ehrlich gesagt nicht ...« Sie stockte. »Dein Anruf kommt ziemlich überraschend.«

»Erinnerst du dich noch?«, fragte er unbeeindruckt weiter.

»Ja, wir sind in der ›Sternschnuppe‹ übel abgestürzt.« Lea klang, als würde sie leise lachen.

»Genau, und wo fing der Abend an?«

»Im Riesenrad?«

»Richtig. Und genau das machen wir heute Abend wieder. Also natürlich nur, wenn du Zeit und Lust hast.«

»Ich hätte wirklich Lust, mal wieder mit dir auf die alten Zeiten anzustoßen«, antwortete Lea. »Aber meine Kleine ist gerade im Tragetuch eingeschlafen. Ich befürchte, heute wird das leider nichts.«

»Deine Kleine?« Morten spürte, dass seine Stimme plötzlich so leer klang, wie er sich fühlte.

»Malia ist erst drei Monate alt.«

»Das wusste ich nicht.«

»Woher auch?«

»Glückwunsch«, sagte Morten beinahe emotionslos.

»Danke. Schön, mal wieder deine Stimme zu hören.«

»Ich will dich jetzt aber auch nicht länger stören. Vielleicht passt es ja ein anderes Mal besser.«

»Ja, ich kann mich bei dir melden, gar kein Problem«, sagte Lea. »Dann gehen wir mal ganz entspannt einen Kaffee trinken.«

»Ich habe zwar viel um die Ohren, aber das bekommen wir bestimmt irgendwie hin. Dann dir noch einen schönen Abend.« Morten legte auf, ohne abzuwarten, ob sie noch etwas zur Verabschiedung sagen wollte.

Was für eine Schnapsidee, fuhr es ihm durch den Kopf. Was sollte Lea bloß von ihm denken? Dass er sie nach so vielen Jahren einfach anrief und so tat, als wären sie noch immer

Anfang zwanzig. Als wäre die Zeit nicht weitergelaufen und sie könnten spontan ausgehen.

Er wandte sich vom Fenster ab und ließ sich auf seine Couch fallen. Lustlos schaltete er den Fernseher ein und zappte sich eine Weile durch die Sender. Es gab nichts, an dem er länger als ein paar Sekunden hängen blieb.

Morten spürte, dass er müde wurde. Er schlief seit der Sache unregelmäßig, tagsüber sogar besser als nachts. Nach einer Weile fielen ihm schließlich die Augen zu. Ein leichter Schlaf, in den sich Bilder einer Fahrt mit dem Riesenrad im dichten Schneegestöber mischten. Er verlor das Zeitgefühl, die Bilder wechselten. Aus dem Schnee wurden dunkle Wolken und ein heftiger Sturm. Eine Ermittlung, die alles von ihm abforderte. Tote Menschen mit Plastikbeuteln über dem Kopf. Ein langer Flur, ein großes Durcheinander. Ein Schuss.

Plötzlich fuhr er hoch und atmete hektisch ein und aus. Da war es wieder, das Einschussloch auf der Stirn. Aber diesmal war es nicht Bachmanns Stirn, sondern die von Elif.

New York Times

Fünf Wochen später

In Birgers Kopf huschten die Bilder früherer Jahre vorbei. Wie oft sie hier gesessen hatten. In den ersten Jahren mit Kalle Hansen, später auch mit Simon Winter. Einfach war es nie gewesen, denn meistens hatten ihre Treffen einen ernsten Hintergrund gehabt. Und manch ein Fall hatte hier in der alten Bierstube sogar eine entscheidende Wendung genommen.

Heute waren sie alle drei zusammen hier. Es war Hansen gewesen, der ihn letzte Woche angerufen und gefragt hatte, ob er Lust auf ein frisch gezapftes Bier im Buthmanns habe. So wie in alten Zeiten.

Eigentlich hatte ihn wenig an einem solchen Abend gereizt. Weder wollte er über die alten Zeiten sprechen, noch hielt er irgendetwas von den Ambitionen der beiden, wieder als Privatermittler aktiv zu werden. Nicht, weil er ihnen nicht zutraute, noch immer den richtigen Riecher zu haben, aber er war sich sicher, dass den beiden dieser Job nicht guttat, wie sie ja eigentlich auch schon selbst festgestellt hatten.

Der eine hatte gerade erst eine schwere Krebserkrankung überstanden und war dem Tode mit viel Glück noch einmal von der Schippe gesprungen, und der andere schleppte traumatische Erlebnisse aus der Kindheit mit sich herum, die Birger seinem schlimmsten Feind nicht wünschte. Noch dazu war Winter mittlerweile Vater eines Sohnes, und das auch noch ausgerechnet von Ida-Marie.

Das erste Herrengedeck gehe auf seinen Deckel, hatte Birger gönnerhaft mit einem Zwinkern gesagt. Sie müssten es ihm aber natürlich nicht gleichtun.

Hansen trank im Gegensatz zu früher alkoholfrei, schien aber kein Problem damit zu haben. Er war bekannt dafür gewesen, jeden unter den Tisch zu trinken, doch seine schwere Krankheit hatte seinen ungesunden Lebenswandel jäh gestoppt. Ein großes Glück im Unglück, in Anbetracht dessen, wie topfit er mittlerweile wieder aussah.

Auch Winter hatte als junger Erwachsener Alkoholprobleme gehabt, wusste Birger. Doch er hatte die Sache schon vor langer Zeit in den Griff bekommen. Und auch sonst verlief sein Leben aktuell offenbar in ruhigen Bahnen. Ida-Marie betonte immer wieder, wie froh sie sei, dass er endlich stabil sei. Wenn da nicht diese Treffen mit Hansen gewesen wären, die sie so beunruhigten.

»Mehr kriminalistisches Gespür auf einem Fleck kann es ja gar nicht geben«, sagte Hansen, nachdem sie endlich angestoßen hatten.

»Ich bin ehrlich gesagt froh, nur noch auf Abruf zur Verfügung zu stehen«, sagte Birger. »Die Sache letzten Monat hat mich noch einmal darin bestätigt, dass es die richtige Entscheidung war, mich langsam zurückzuziehen. War für alle im Team eine sehr heftige Ermittlung.«

»Mir kommt es vor, als hätte ich das schon Dutzende Male von dir gehört. Und jedes Mal wusste ich, dass genau das Gegenteil passiert. Dass du erst recht wieder mitmischst.« Hansen lachte. Es klang nicht mehr so laut und exzentrisch wie damals. Vielleicht, weil der Resonanzkörper nicht mehr derselbe war.

»Und was ist mit dir?«, fragte Birger. »Hattest du nicht endgültig damit abgeschlossen, dein Geld mit Kontakten und Informationen zu verdienen?« Er spürte sofort wieder, wie sehr Kalle Hansens Worte ihn herausforderten. So war es auf eine gewisse Weise schon immer gewesen.

»Du weißt also bereits Bescheid?«, fragte Hansen mit hochgezogener rechter Augenbraue.

»Ich hörte etwas in diese Richtung.«

Hansen warf Simon Winter einen vielsagenden Blick zu. Er hatte zweifelsohne Ida-Marie in Verdacht, Birger von ihren

Plänen erzählt zu haben. Aber Winter zuckte nur mit den Schultern.

Auch er hatte sich optisch verändert. Nicht nur dass seine halblangen dunkelblonden Haare einem Kurzhaarschnitt gewichen waren, in seinem Gesicht zeichneten sich immer mehr Falten ab. Er musste mittlerweile vierundvierzig sein, hatte Birger kurz im Kopf überschlagen, aber es waren wohl vor allem die letzten Jahre und die verzweifelte Suche nach den Mördern seiner Eltern, die ihn hatten altern lassen.

»Wir wollen gar keinen Hehl daraus machen, dass wir eine Privatdetektei gründen wollen«, erklärte Kalle Hansen mit einem Sound in der Stimme, als wollte er eine große Rede halten. »Simon hat mich davon überzeugt, dass wir unsere Stärken zusammenbringen sollten, um Verbrechen aufzudecken, die gesellschaftlich von Relevanz sind.«

»Irgendwie habe ich noch immer meine Probleme mit diesem neuen Kalle Hansen«, sagte Birger. »Du redest, als hättest du eine Gehirnwäsche hinter dir.«

»Nur weil ich erkannt habe, dass es Verbrechen gibt, gegen die es sich lohnt zu kämpfen?«

»Das, was wir tun und wobei du mir früher so oft geholfen hast, lohnt sich etwa nicht?«

»Was ihr bei der Kripo macht, ist etwas anderes«, antwortete Kalle Hansen. »Wir wollen nicht mit euch konkurrieren.«

»Du musst dir das so vorstellen«, ergriff nun auch Winter das Wort, »uns interessieren nicht die alltäglichen Verbrechen. Keine Morde und zwischenmenschlichen Tragödien. Wir wissen natürlich, wie wichtig es ist, dass es Leute wie dich gibt, die sich tagtäglich für die Sicherheit der Menschen einsetzen. Aber mich haben schon immer größere Fragen und Herausforderungen angetrieben. Früher habe ich darauf gewartet, dass jemand kam und mich beauftragen wollte. Ich habe nur einen Bruchteil der Anfragen angenommen. Mir war es immer wichtig, dass ich mir meine Klienten sorgfältig aussuche. Aber erst in den letzten beiden Jahren habe ich gemerkt, dass mich eigentlich etwas ganz anderes antreibt.«

»Ich bin mir nicht sicher, ob mich deine Worte nicht nur noch mehr verunsichern«, sagte Birger, während Simon Winter kurz absetzte und einen großen Schluck Bier trank.

»Unser Ziel ist es, die ganz großen Verbrechen dieser Zeit aufzudecken. Dafür brauchen wir nicht einmal einen Auftraggeber, die Medien werden uns die Storys aus den Händen reißen.« Winter winkte der Frau hinter der Theke und gab ihr ein Zeichen, eine weitere Runde zu bringen.

»Das klingt, wie soll ich sagen, sehr ambitioniert«, sagte Birger etwas süffisant. Er kannte Winter schon zu lange, um von seinem übergroßen Selbstbewusstsein überrascht zu sein. »Oder seid ihr etwa an den wahren Drahtziehern der Explosion der Ostseepipeline dran?«, schob er noch grinsend hinterher.

»Ob du es glaubst oder nicht, aber nächste Woche erscheinen wir in der New York Times.« Winter trank sein Glas leer, machte ein zufriedenes Geräusch und sah Birger herausfordernd an.

»Schaltet ihr eine Anzeige, oder was?«, fragte Birger provokant, aber auch leicht irritiert.

»Nein, wir sind hinter den wahrscheinlich größten Medikamentenskandal der letzten zwanzig Jahre in Europa gekommen. Mehr als ein Jahr haben wir recherchiert und mit unzähligen Menschen gesprochen. Kalle ist mehrfach quer durch den Kontinent gereist. Das wird eine Hammerstory, für die wir gut bezahlt wurden. Du weißt, dass mir Geld nicht viel bedeutet, aber wir haben jetzt ein vernünftiges Polster, mit dem wir noch größere Projekte in Angriff nehmen können. Und eines davon haben wir gerade in Planung. Eine Riesennummer.«

»Ihr wollt mich doch auf den Arm nehmen, oder? Kommt Ida-Marie gleich mit der versteckten Kamera zur Tür rein?« Birger blickte die beiden abwechselnd an. Er wartete darauf, dass sie laut losprusteten, aber die einzige Miene, die sie aufsetzten, war eine sehr von sich überzeugte.

»Neige ich denn zu Späßen?«, fragte Winter.

Das war in der Tat ein Punkt, dachte Birger. Winter war alles, nur nicht lustig. »Auf jeden Fall aber zu Übertreibung«, antwortete er.

»Nur weil du dir etwas nicht vorstellen kannst, ist es noch keine Übertreibung. Kalle hat anfangs auch so gedacht, bis er verstanden hat, dass wir etwas ganz Außergewöhnliches schaffen können. Wir wollen den ganz großen Schurken auf der Welt das Handwerk legen. Denjenigen, die sich sicher fühlen, weil sie so viel Macht besitzen und unantastbar zu sein meinen.«

»Eine Nummer kleiner geht es bei dir offenbar wirklich nicht.« Birger schüttelte den Kopf und lächelte dabei. »Aber ich wünsche euch natürlich viel Erfolg.«

»Ich glaube, du hast noch nicht ganz verstanden.« Hansen lehnte sich ein Stück vor, als wäre es jetzt an der Zeit, dass sie verschwörerisch ihre Köpfe zusammensteckten.

»Ihr sagt es mir bestimmt.«

»Passenderweise kommt gerade Nachschub zum Anstoßen«, sagte Winter. »Die Runde geht auf mich.«

Sie stießen an, und alle drei wischten sich fast gleichzeitig mit dem Handrücken den Mund ab.

»Und, was hältst du davon?«, fragte Winter schließlich.

»Wie gesagt, ich denke –«

»Das meine ich nicht«, unterbrach Winter ihn, ohne dass er überhaupt gehört hatte, was Birger sagen wollte.

»Sondern was?«

»Eigentlich ist deine Leitung doch gar nicht so lang.« Winter hob die Augenbrauen. »Was meinst du wohl, warum wir heute Abend zusammensitzen? Wir wollen von dir wissen, ob du ein Teil des Ganzen sein willst.«

Birger lachte. Einige Sekunden lang. Bis er verstummte, als er verstand, dass Winter und Hansen es tatsächlich ernst meinten.

Alle Bücher von Jobst Schlennstedt:
Auch als eBook erhältlich

Krimis mit Birger Andresen

Tödliche Stimmen
ISBN 978-3-89705-561-2

Der Teufel von St. Marien
ISBN 978-3-89705-624-4

Möwenjagd
ISBN 978-3-89705-825-5

Traveblut
ISBN 978-3-89705-918-4

Küstenblues
ISBN 978-3-95451-110-5

Todesbucht
ISBN 978-3-95451-299-7

#hanseterror
ISBN 978-3-95451-813-5

Nebelmeer
ISBN 978-3-7408-0079-6

Lübsche Wut
ISBN 978-3-7408-0310-0

Lauerholz
ISBN 978-3-7408-0679-8

Weißer Sand
ISBN 978-3-7408-1336-9

Krimis mit Jan Oldinghaus

Westfalenbräu
ISBN 978-3-89705-768-5

Dorfschweigen
ISBN 978-3-89705-996-2

Sennegrab
ISBN 978-3-7408-0526-5

Velmerstot
ISBN 978-3-7408-0819-8

Mord auf Westfälisch
ISBN 978-3-7408-1502-8

Krimis mit Simon Winter

Spur übers Meer
ISBN 978-3-95451-450-2

Lübeck im Visier
ISBN 978-3-95451-691-9

Hafenstraße 52
ISBN 978-3-7408-0002-4

Unter dem Pseudonym Jesper Lund erschienen

Schwedensommer
ISBN 978-3-7408-1133-4

Schwedenlicht
ISBN 978-3-7408-1659-9

111-Orte-Reihe

111 Orte an der Ostseeküste, die man gesehen haben muss
ISBN 978-3-7408-1096-2

111 Orte in Ostwestfalen-Lippe, die man gesehen haben muss
ISBN 978-3-7408-1648-3

111 Orte an der Ostseeküste Mecklenburg-Vorpommerns, die man gesehen haben muss
ISBN 978-3-7408-0742-9

111 Orte in Lübeck, die man gesehen haben muss
ISBN 978-3-7408-1548-6

111 Orte in der Lüneburger Heide, die man gesehen haben muss
ISBN 978-3-95451-844-9

111 Orte in Bielefeld, die man gesehen haben muss
ISBN 978-3-7408-1653-7

111 Orte für Kinder in und um Lübeck, die man gesehen haben muss
ISBN 978-3-7408-0845-7